開麥拉！大災變

我的女主角眼神很兇，演技卻誇張地強！？

洛米 著
繪 咪婭Miya

目次

PROD.NO
SCENE
TAKE
ROLL
SOUND
DATE
PROD.CO
DIRECTOR
CAMERAMAN

序章・THREE, TWO, ONE, ACTION!

大災變已經降臨。

曾是充滿青春氣息的高中校園，如今只剩陰沉沉的天空為這片死寂投下一抹黯淡的光。走廊上遍布著紙屑、鋁罐，以及沾染血跡的布條。除了滿地的垃圾，這裡什麼都不剩。

微弱的風聲正點綴著這份寂靜。隨後，好幾陣急促的腳步聲從遠方傳來，就像一把美工刀在這份寂靜上用力劃出一道刮痕。

腳步聲越來越近、越來越急。伴隨著聲響，有三名女學生從走廊的角落跑了出來。

她們拚命地跑著、賣力地跑著。就算是體育課的短跑測驗，也從未見過有學生跑成這種模樣。

不僅如此，其中有一名女學生緊握著一把金屬撬棍，另外兩人分別拿著一枝木製球棒，以及一根從管線上拆下來的水管。她們臉上充滿著驚恐和疲憊，彷彿就在與死神比賽一場大隊接力，只不過規則是被死神握到接力棒就會出局。

「那……那邊！」

那名拿著撬棍、背著背包、有著棕色馬尾的女學生。在她看到右側的教室門還開著，便指向那間教室放聲大喊：「快點進去！然後把門封上！」

三人立刻跑進了教室。而拿著水管、手臂上用透明膠帶捆著一本厚課本的黑色長直髮女學生，在最後跑進教室時直接一個順手把門甩上，不僅如此還拉了旁邊的桌子壓在門前。做完這一系列的動作後，黑色長直髮的女學生才開始大口喘氣，調整著自己的呼吸。

「哈……哈……我們……安全了嗎？」拿著木製球棒、有深藍色側邊低馬尾髮型的瞇瞇眼女學生一屁股坐在地上。她喘得很大力，額頭滲出細碎的汗珠。

「應該吧……還好這裡……好像沒有屍體……也沒有那些喪屍……」棕色馬尾的女學生一邊喘氣一邊回答，用手臂擦了一下額頭上的汗水。三人的喘息聲交織著，彷彿連心跳聲都在為此打著緊湊的節拍。

「妳們……還好吧？」

棕色馬尾的女學生脫下背包檢查裡面的物資後，就走向另外兩名夥伴想要關心她們。只不過，在她看向瞇瞇眼女學生後，棕色馬尾的女學生原本看起來就十分兇狠的眼神開始添加了幾分恐懼，如同一杯紅茶被倒入了黑色墨水，慢慢混濁了起來。

「世琪……妳手上的那個傷口……是什麼？」

「……欸？這個？」被稱為世琪的瞇瞇眼女學生嚇到差點忘記喘氣，看著手背上的傷口後急忙地解釋：「這不是！我也不知道為什麼會有這道傷口……但這絕對不是妳想的那樣！」

「……妳不知道？」棕色馬尾的女學生緊握著撬棍，呼吸越來越趕：「我們剛剛就為了逃開那些喪屍跑得死去活來的……然後妳手上就有傷口了……有這麼巧的事嗎？」

「不是的！我很確定……我剛剛離那些喪屍還有一段距離……我很確定沒有被它們抓到！」

「妳很確定嗎？百分之百確定？」棕色馬尾的女學生把撬棍揮到世琪的面前指著她，她那兇狠的眼神已經漸漸被恐懼取代：「要是妳下一秒突然吐了怎麼辦？突然昏死過去怎麼辦？要是妳之後站起來突然攻擊我們要怎麼辦？」

「不要……我真的沒有……」

「星羽，冷靜一點。」黑色長直髮的女學生立刻插話，冷靜的語氣就像一把冰冷的刀擋在兩人面前：「不要隨便懷疑一起行動的夥伴。」

「懷疑？我為什麼不能懷疑？妳有看過那些被咬過的人嗎？妳有看過他們變成喪屍後的模樣嗎？」被稱為星羽的女學生越喊越激動，柔軟的嘴唇伴隨著激動的話語做出更誇張的形狀：「明明……我的同學……那時候明明就說著沒事的……結果……結果他吐了一地……就這麼倒在地上……然後他又站了起來……咬了……咬了其他人啊——！他咬了其他人啊——！有越來越多人就這樣死在我面前！然後又活過來攻擊其他人！我要怎麼不懷疑？我已經……已經不想要再看到這樣的畫面了啊啊啊啊啊——！」

「好了，別喊了。」黑色長直髮的女學生輕輕地搖頭：「妳這麼大聲，會吸引那些喪屍的。」

「我不要！」星羽閉著眼睛大喊，她已經激動到握著撬棍的手不斷地抖著：「除非她離開這裡！除非她滾開！」

黑色長直髮的女學生趁機起身，並用手上的水管揮打星羽手上的撬棍。閉著眼睛的星羽來不及反應，手上的撬棍就這樣被震落、摔到了地上，敲出了響亮的金屬聲。

「妳竟敢……呀啊！」星羽還來不及用她兇狠的眼神瞪回去，就被黑色長直髮的女學生用手抓住喉嚨，讓她慘叫了一下。

「搞清楚，妳再這樣下去，要滾開的是妳。」黑色長直髮女學生每一句冰冷的話，都像是用針刺進星羽的心窩般，讓星羽的眼神顫抖不已：「我們一起行動不就是要互相幫助嗎？如果我們自己就先彼此

傷害，是要怎麼對付外面那些喪屍？要是世琪根本就沒有被咬，妳有辦法賠罪嗎？」

「嗚……我……」

星羽開始哽咽了起來，表情逐漸扭成一團。她那兇狠的眼神開始匯聚著淚水，並從她的淚痣旁慢慢滑落下去。

「妳要是再懷疑其他人，妳就自己走吧。別在這裡散播妳的恐懼來破壞我們。」

黑色長直髮女學生放開了手，星羽就像是失去了力氣般跌在地上。她依然哭紅著臉，依然放任著淚水滑落到她的臉頰下。

「為什麼……」星羽一邊哽咽，一邊努力換氣說著話：「為什麼……要讓我遇到這種事……嗚……」

現場就只剩下她的哽咽哭聲。從那間教室裡，不斷傳出她無力的抗議。

「……好，卡！」

一聽到我喊了卡，拍攝現場的三人都停止了演出並在原地調整著自己的狀態。飾演「藍世琪」的子誼學姊依然坐在地上，鬆了一大口氣；飾演「簡宇湘」的妙妙學姊彎下了腰撿起了剛剛被扔在地上的撬棍；而飾演「劉星羽」的女生，也就是我那眼神兇狠的同班同學小瞳，她好像還沒從戲中的情緒中抽離，不斷用手擦掉臉上的眼淚。

不忍心看到小瞳這樣，我還沒查帶、確認拍攝的結果，就先從包包拿出一小包衛生紙上前遞給了她：「來……那個……辛苦了。」

「謝謝……」小瞳抽了好幾張衛生紙，擦了臉好幾次後還用力擤了一次鼻涕。

「小瞳總是這樣這麼賣力地演戲呢。」瞇瞇眼的子誼學姊看著小瞳微笑地說著。

「因為……不想要辜負子誼學姊的劇本啊……」小瞳擦了好幾次眼淚，她的眼神漸漸變回平常兇狠的模樣了：「也不想要讓小栗這麼辛苦重拍好幾次……所以就卯足全力上了……」

「沒問題的。」子誼學姊接著看向妙妙學姊，她微微地鼓著臉頰好像在生著悶氣：「不過妙妙，剛剛不是對過很多次了嗎？剛剛那一幕只要打掉撬棍就好，為什麼還要抓住星羽的脖子呢？」

「因為我覺得如果是當下的簡宇湘，就一定會這麼做的。」妙妙學姊還是一副冷冰冰的語調，彷彿她就是用本人的設定來詮釋劇中的角色一樣。

「真是的……我知道妳有自己的想法，但是好歹也要尊重一下我的劇本呀！」

「好了……那個……沒……沒關係啦……」我不希望看到學姊她們有爭執，即使講話會結巴我也要趕緊出聲制止她們：「至少畫……畫面看起來不會很突兀。拍攝的畫面可以用，沒關係的……」

「看吧，小栗都說可以了。」妙妙學姊搬起擋在門前的桌子歸回原處，並彎著腰繼續收拾附近的垃圾。

「妳吼……」子誼學姊揉了揉手上的假傷口，然後轉過頭來微笑地問著我：「小栗，今天拍攝的進度完成了嗎？」

「是……是的，今天的工作已經完成了。」

「那我先去跟妙妙一起去收拾走廊上的垃圾了喔！等等你跟小瞳也過來一起幫忙吧！」

「好……好的。謝謝學姊。」

子誼學姊跟隨在妙妙學姊的後面一起去場復。而我拿起了拍攝用的手機，開始檢查剛剛那一幕的結果。從她們三人賣力地在走廊上奔跑，到進入教室後的衝突畫面都拍得很順利沒有問題。我還特地特寫了小瞳情緒激動到哭出來的表情，因為她的表演張力真的太強了……

她真的很厲害，平常雖然只是一個眼神兇狠、看起來酷酷的女生。不過一旦進入了表演環節，她就能在短時間之內進入狀況，接著彷彿變了個人般似的進行表演。不僅如此，她的表演還有著強烈的感染力，讓觀眾都會被她的情緒拉了進來。像是剛剛她激動哭喊的模樣，即使是知道劇本、負責進行拍攝的我，心頭都不免揪了好幾下。

「怎麼樣？拍得如何？」

小瞳靠近到了我的身邊，一頭鑽向我手上的手機螢幕瞧著。這讓我聞到了她頭髮跟汗水混合的髮香，讓我不好意思地憋了一下氣。

「嗯……那個……還……還……還滿不錯的。」我用手指輕輕滑著螢幕，讓影片跳到小瞳特寫的橋段：「尤其是妳的演技很厲害，也……也會讓觀眾感受到妳的情緒……」

「呵呵，厲害吧！」

小瞳把頭轉向了我，她的後馬尾就這樣掃了我的手臂一下。她看向我開朗地笑著，那是一種把自己的兇狠眼神微瞇起來、露出健康牙齒的開心笑容。

「畢竟我們都說過了，要一起拍出經典鉅作唷！」

其實我已經分不清楚現在的小瞳是真誠地對我笑，還是這也是一種演技。反正……我只要知道，她的笑容的確能帶給我力量……那就夠了。

「嗯……嗯！」

我們，一定可以拍出經典鉅作的！

第一章・那個眼神兇狠的同班同學

我是張誌宣，就讀於欣明高中一年級，不過是最近才轉學過去的。

在這之前我一直都在南部生活。從小我就喜歡窩在電視機前面，電視機播放的那些戲劇、電影、動畫、卡通基本上就是我的童年。我一直都很喜歡看著電視上的畫面，看到都快要把任何有趣的畫面都深深印在腦海裡頭。

不過真正影響到我、讓我開始對拍攝影片有興趣的，是我在網路上看到一部短片。

那是一部由大學生團隊拍攝的短片。短片中用擬人化的方式來體現出網路論壇的環境，並講述這個網路論壇因為被駭客預告即將摧毀，人們在論壇上漸漸失序的故事。它沒有誇張的特效，也沒有華麗的場景。但是劇情完整、節奏得宜，不到半小時的短片卻讓我感受情緒的跌宕起伏。最讓我印象深刻的是那名飾演駭客的女主角，從她一開始登場時那稚嫩而真摯的表情，到破壞論壇後，她邊脫下眼鏡邊露出那得逞如意的賊笑。女主角那精湛的演技實實在在地震撼到我了。

那真的是同一個人嗎？

她是怎麼做到的？是靠那明顯的表情差異嗎？還是靠那透露出不同情感的眼神？

反覆的思考之下，一股念頭在我的心中開始萌芽。

我是不是也有機會，能拍出這樣的經典鉅作？

我是不是也有機會，能拍下這麼動人的表情？

從那次開始，我開始拿著手機不斷拍起影片。不管是在田邊玩耍的小狗們，還是鄰居家正在練習騎腳踏車騎得搖搖晃晃的女生，只要是有趣的畫面，我都會拿起手機錄下影片。也許就是從那個時候開始喜歡上拍影片的吧，為此我還在網路上或是書店裡尋找將影片成品弄得更好的技巧或是知識，我希望自己的作品能夠朝我心目中的經典鉅作越來越靠近。而在這過程中陪伴我最久的朋友大概就是阿健了。

「喂小栗！你今天又拍什麼東西了呀？」

他是蔡健佑，我都叫他阿健。跟內向的我不一樣，他看起就像是一隻很活潑的刺蝟。很久以來，我都一直跟他分享拍片上的想法，而他也都樂意參與其中。雖然他沒有什麼厲害的演技，但他每次都會盡全力地來幫助我。如果要只用一個名詞來代表他，那大概就是「義氣」了吧。不論我有多麼異想天開的想法，只要是能做得到的，阿健都會盡力配合。也因為他的幫助，我開始累積了一些屬於自己短片作品。雖然上傳到網路上的觀看次數大概也只有幾百次就是了……不過阿健都會鼓勵我，也期待我有一天能拍出人人讚賞的經典鉅作。

「要是那一天到來了，要送我一張電影票喔！」阿健都會這樣笑著跟我講，然後再對我比一個讚。

然而……我才進入高中的生活沒多久，父母因為工作的關係必須要搬到北部，而我也要跟著搬過去。於是我跟阿健就這樣分隔兩地，儘管我們還是可以透過通訊軟體聯絡，不過他就沒辦法像之前一樣親自來幫助我了。我的拍片夥伴就這樣少了一個人……不對，是我又變成一個人了……

又變成一個人了啊……

我也知道像我這種個性的人很難交到朋友……好不容易認識到阿健，還跟他成為死黨……結果我不但要搬到我不熟悉的新環境，連最好的朋友也沒辦法一起在新環境陪著我……

要去新的學校，面對新的同學……一想到這裡，我只覺得好麻煩……

我一點都不期待接下來的生活……反正……不會有什麼特別的……

「……所……所以我跟爸媽一起來到了這裡……然……然後就來這裡上學了……大……大概就是這樣……請大家多多指教……」

現在，我還要在新班級裡面自我介紹，而且還是頂著所有人的視線……為什麼我還要虐待會結巴的自己來做自我介紹呢……整個過程我都幾乎低著頭，因為只要我一不小心抬起頭，就會接觸到底下所有人的視線。感覺自己就好像被關在籠子裡的動物一樣給大家觀賞著，有夠難受的……而且那個坐在窗邊的女生是怎樣，為什麼要用那麼兇狠的眼神看著我啊……我就算自我介紹講得很不好也不用這樣看著我吧……

「……嗯好，謝謝張誌宣同學的自我介紹！」旁邊的女班導好像看我的苦還受得不夠多似的，繼續追加問題讓我無法逃離：「那……你有綽號嗎？讓大家多多認識你一下！」

「綽……綽號？」我不管了，如果講出來能早點結束這尷尬的環節我就講出來吧：「大……大家都叫我小栗……因為……大……大家都說……我長得很像黑……黑色的花栗鼠……」

果不其然底下的人都噗哧笑了幾聲……而且那個眼神兇狠的女生還撇開頭遮住嘴巴不知道在想什麼……丟臉死了……長得很像黑色的花栗鼠又不是我願意的……拜託你了神明……早點結束這個環節吧……

「……哈哈，小栗啊！」女班導彷彿嫌我在斷頭台前的表演還不夠精彩，繼續刁難我：「那……你的興趣呢？平常有在做什麼嗎？」

「我……」我也不知道為什麼會想要照實回答這一題，可能心中還有點小小的期盼吧：「我平常……喜歡拍短片……」

不過跟我的期望相反，底下的人反應沒有什麼反應，頂多有些人只是點點頭而已……唉我就知道……來到了新學校也不會認識到有共同興趣的朋友的……我還注意到那個兇狠眼神的女生用著更可怕的視線，她像是獵豹一樣用著殘暴的眼神不斷盯著我這裡……到底是怎樣……她是覺得我的興趣很遜嗎……還是覺得我是在拍什麼奇怪主題的短片嗎……

「……這樣啊！以後有機會再分享看看你的作品吧！來大家給一下掌聲，歡迎我們的新同學小栗！」老師求求妳了不需要掌聲啊，我用聽的都可以數得出來拍手的人有多麼稀少：「那我看看……劉語瞳後面還有位置，你就先坐窗邊角落那裡的空位吧！」

「好……謝謝老師……」

我不知道用了多快的步伐走向自己的座位，一到位子上就立刻把書包裡的一堆課本都拿出來塞到抽屜裡。在整理座位的時候，我好像還察覺到坐在我前面的那個女生不時回頭用她那兇狠的眼神看著我……完蛋了……才進入新學校的第一天我就被什麼可怕的人盯上了嗎……我會不會一整個學期都在被她欺負下度過啊……我的腦中就這樣一直在擔心這些雜七雜八的事情……所以接下來的整堂課我根本沒有把台上老師講了什麼給聽進去……我只希望時間快點過去……

下課鐘聲響起了。我還來不及收拾課本先逃離這裡喘口氣，坐在我前面的女同學就轉身過來抓在椅背上，用她兇狠的眼神盯著我……完蛋了完蛋了完蛋了……為什麼她要一直這樣看著我？她到底想要對我怎樣？我還來得及逃走嗎？可是我又還能逃到哪裡去呢……

「啃。」

「呃啊啊！怎……怎麼了！」一聽到她在叫我，我嚇到整個汗毛都豎了起來，趕緊從抽屜拿出一本課本擋在臉上，希望這樣可以擋住她的視線。

「那個……我有事情要問你啃。」

「什……什麼事？」我依然把頭埋在書本後不敢出現。

「你真的會拍影片嗎？」

「……咦？」

她問的問題有點出乎我的預料，讓我稍微把課本拿低了一點，並鼓起勇氣把視線對向她。她的眼神還是一樣又兇狠又可怕，不過眼睛滿漂亮的，就像一對璀璨的琥珀。在她的左眼旁還有個淚痣，不知道為什麼還覺得這點淚痣和她兇狠的眼神有一點搭。除此之外她還有著小巧堅挺的鼻子，以及看起如花瓣般柔軟的嘴唇。在看到她有綁著棕色高馬尾並留著兩個鬢角的髮型後，我發現自己之前只一直注意到她兇狠的眼神，到現在才終於看清楚這位女同學的樣貌。老實說除了眼神真的很可怕以外，她的外表還滿可愛的。

她趴在椅背上，繼續用著兇狠的眼神看著我，好像還在等著我的答案。而我卻開始懷疑了自己，懷疑自己為什麼會突然接受眼前的情況。明明我是這麼害怕班上的新環境，明明我是這麼害怕這個眼神兇狠的女生。但這樣的我竟然在她的身上點亮了一盞期待，期待她是不是真的想了解我的興趣……儘管懷疑自己的情感為何如此矛盾，我還是真的希望這個期待能如願以償……一點點也好……

「嗯……沒錯……我……我很喜歡拍影片……」我用力抓緊手上的課本，希望可以緩和一些緊張的情緒：「雖……雖然……我只有一些小作品就是了……哈哈……」

「真的啊！那你拍多久了？」眼神兇狠的女生一邊講著一邊前後搖晃椅子。

「大……大概兩、三年前就開始在拍了……」

「欸！感覺很厲害唷！」

眼神兇狠的女生突然挺直了身體靠了過來，我嚇到差點又把課本擋在臉前。面對陌生的新同學這麼突然拉近距離我有點吃不消，更何況還是眼神兇狠的女同學。

「我問你唷。」她繼續用著兇狠的眼神緊緊盯者我不放，好像在期待我怎麼回答：「你還沒加入社團對吧？」

「社……社團？」這個問題倒是讓我有些意外：「這個……我……我才剛轉進來……還……還不知道有什麼社團……」

「那太好了！」眼神兇狠的女生情緒好像比我想像的還要來得激動，一直把椅子當作公園的搖搖馬來晃：「要加入我們的社團嗎？我們社團現在嚴重缺人，而且還缺一個厲害的攝影師唷！要不要？拜託你！」

「是……是什麼社團啊……？」

「電影研究社唷！」

「……欸？」

沒想到眼前發生的事情完全出乎我的預料……有這麼碰巧的事情嗎？坐在前面那眼神兇狠的女同學對我拍過短片的事情很有興趣，還想要邀請我加入他們的社團？這間學校竟然還有電影研究社嗎？這麼多事情如願以償地碰巧發生，讓我反而擔心這會不會是在捉弄我還是準備偷偷惡整我。只是看到眼神兇狠的女生轉頭拒絕了前來搭話的其他女同學，又感覺她是真心誠意地想要邀請我……

「啊抱歉！我正在忙著招募新社員，不能陪妳們去廁所了唷。」

「是喔？好吧，我跟她一起去好了。」另外一位女同學就牽著她旁邊女同學的手一起離開了教室。

「掰掰唷！」之後眼神兇狠的女生回頭繼續看著我，再次用著她可怕的眼神緊緊咬著我：「要嗎？」

「呃……」我被她的眼神嚇到吞了一下口水，還沒辦法答覆。

「拜託啦！」她突然將椅子往前傾，兩手扶在我的桌子前面，這讓我嚇到差點把我的椅子給往後倒：「我們社團要面臨廢社危機了！現在除了我以外只剩下兩個學姊在裡面了，要是再找不到人進來的話，我們社團就會因為人數不足要被廢社了唷！」

「……欸？廢……廢社？」

會不會太巧了？連這個社團都是即將被廢社的社團？而且剛剛聽起來社團裡面除了這位眼神兇狠的女同學外，還只有兩個學姊在裡面……只有女生在裡面的社團？而且還邀請我進來？這是什麼輕小說的王道套路發展嗎？這麼多巧合在一起，我都懷疑這是不是一個誘人的陷阱了……

「對啊，拜託嘛！」她靠得離我的臉越來越近，那像是獵豹般兇狠的眼神像是鎖定了我一樣：「只要你加入，我們社團人數就足夠了唷！拜託嘛！」

「我……」

我沒辦法再往後退了。再把椅子往後傾，我可能會整個人倒在地上。電影研究社……聽起來可能會是我感興趣的社團沒錯，但是才剛轉學第一天就做這樣的決定會不會太草率了？如果我毫不猶豫就答應，等到進去後才發現不是我想要的社團又立刻退出，也會傷害到她們吧？

「我……我考慮一下……」

「……這樣啊……嗯……」

她慢慢地退回到自己的位置上，維持著扶在椅背上的姿勢，神情看起來落寞了一些。她微微地撇著頭，兇狠的眼神看起來像是在凝視地板上的某一塊汙點。看到她那模樣，讓我不自覺把後傾的椅子往回移……

我還是能感覺得出來，儘管有點倉促，但她是真心想邀我入社的。在她沒有得到肯定的答覆後，那失望的感覺也是真實的……畢竟……畢竟是我一開始把期望加在她身上的，現在這樣又把期望收回來對她好像也不太公平。

雖然她兇狠的眼神還是有點可怕，但是我還是能看得出來現在她的眼神並不是只有兇狠這個感覺。也許……也許除了給予不確定的答覆以外，我好像還有什麼其他的事情是可以做的……

「那……那個……」我鼓起了比剛剛在台上自我介紹時更多的勇氣：「有……有空的話……再……再帶我去社團看看……我……我看過之後再做決定……」

「真的嗎！」聽到我的答覆，她就像是被陽光照耀把臉上的陰霾一掃而空，整張臉都開朗了起來：

「好！沒問題唷！那……就中午好了！你還不知道我們學校的食堂在哪裡對吧？」

「嗯……」

「那中午我帶你去食堂拿午餐，再順便帶你去電影研究社參觀！」她跳了起來一整個人跪在椅子上，好像真的很高興的樣子：「啊對了！我叫劉語瞳，可以叫我小瞳唷！」

「我……我叫張誌宣……或是叫我小……」

「小栗對吧？你在台上的介紹我都記得唷！」

她對我露出牙齒，開心地笑著，這應該是我第一次看見她的笑容。老實說她的笑容跟她的兇狠眼神不怎麼搭，不過卻讓人印象深刻，彷彿自己的情緒也會被一起感染一樣。我也立刻點了好幾次頭回應，並跟她約定了中午要一起去電影研究社好好參觀。

很快就到午餐時間了。現在那個眼神兇狠的女同學……不對，我已經知道她叫小瞳了。現在小瞳帶著我去食堂打完飯後，就帶路前往電影研究社的社團辦公室，而我就跟在她的後頭一起在走廊上前進。她把鐵盒便當跟餐具拿在自己的前方，一邊走路一邊有節奏地搖晃身軀，棕色馬尾和水藍色的百褶裙也隨著她的律動不斷搖擺著。我就算在後頭只看到她的背影，還是能感覺得出來她的心情似乎不錯。

「在食堂裝完餐點後就可以留在食堂內吃午餐，或是帶回去教室吃也可以唷！不過要記得把餐盒跟餐具拿回去食堂回收，不然被那個很兇的教務主任發現的話就會很慘了唷！」小瞳講到一半突然回頭看著我，這讓還沒適應她那兇狠眼神的我嚇了一跳：「怎麼樣？我們學校的食堂不錯吧！」

「呃？那……那個……」我為了趕快吐出句子差點忘了換氣：「好……好不好吃還不知道……不過……食堂的確滿大……也滿乾淨的……」

「嘻嘻！我也這麼覺得唷！」小瞳開朗地笑了一下後，回頭繼續搖晃著她的馬尾。

走了一段距離後，我看到在右側某一處門牌上用著泛黃的紙張寫著「電影研究社」，看來應該就是那裡沒錯了。

「到了唷！」小瞳輕快地跑到電影研究社的門前，一邊敲敲門一邊大喊著：「學姊——！我帶新社員來了唷！」

「欸？我……我還沒答應啦……」

小瞳沒有理會我，直接推開門進了電影研究社。而我倚靠在門旁邊偷偷探頭，想先觀察一下電影研究社的社辦長什麼樣子。裡面的空間看起來不大，可能只有我們的教室一半的大小。不過裡面的櫃子擺得很滿，各種模型、書本以及看起來在萬聖節才會出現的道具都擺在上面。而在社辦中間擺著一張大桌子，有兩個女生正坐在旁邊吃著午餐，她們應該就是小瞳提到的學姊們吧……

「新社員？在哪裡？」其中一個瞇瞇眼的學姊往我這邊探頭看著，之後就對我露出親切的微笑：「……啊！你躲在那裡呀，呵呵。快點進來，我們一起來吃午餐吧。」

「嗯……好……」

我慢慢地從門口旁退出來，進入了社辦後再慢慢拉上門。我的目光還在巡視社辦裡的東西時就不自覺對到另一個戴著黑框眼鏡的學姊的身上，而她也用冰冷的眼神注意到我了。

「原來是新社員啊。」戴眼鏡的學姊一邊夾動著手上的筷子，一邊像是用品鑑般的眼神看著我：「我還以為是哪隻迷路的黑色花栗鼠跑過來想吃東西了。」

「什麼？我……我才沒有迷路……」我羞紅了臉反駁著。這位學姊是怎麼一回事？不但以冰冷的表情講出驚人的話，還迅速觀察到我的確像隻黑色花栗鼠……看來這位學姊可能不是一般角色。

「他是我們班上新來的轉學生，叫做小栗唷！」小瞳走到了桌子旁邊，輕快地放下她手上的餐盒和餐具：「因為他想要過來看看電影研究社就拉他過來看一下了唷！」

「嗯……對……學姊們好……」

「原來如此。那快點坐下吧，不用太見外。」瞇瞇眼學姊繼續用溫柔的微笑來招呼我，還站了起來幫我拉了一張椅子：「我們一邊吃飯一邊介紹彼此來認識一下吧，來請坐。」

「好的……謝謝學姊……」

接下來，我吃著還算不錯的飯菜，跟著電影研究社的大家一起進入了自我介紹的環節。

「那麼就由我先開始吧。」首先第一個介紹自己的是瞇瞇眼學姊：「我叫藍子誼，在二年七班，我也是電影研究社的社長。綽號嘛……我沒有什麼綽號，就叫我子誼就可以了。」

子誼學姊有著深藍色的側邊低馬尾髮型，雖然不知道為什麼她一直都是瞇瞇眼的狀態，但她總是能用微笑來對待一切。如此溫柔親切的她，讓我在她身上聯想到了一頭溫馴的綿羊。

她桌上的便當盒跟我們不太一樣，子誼學姊解釋著，那是因為他們家是開餐館的，所以平常的午餐都是由店裡做好，中午再送到學校這裡。說到這裡，子誼學姊還很大方地分享便當盒裡的煎餃給我們吃，那也是他們家餐館的招牌菜之一。我和小瞳在跟子誼學姊道謝後就個別夾起了一個煎餃並慢慢品嚐……嗯！不愧是專業廚師的手藝！煎餃的皮被煎得又脆又香，內餡很多汁，肉的調味也充分足夠。這還只是他們家的招牌菜之一而已，我都開始好奇其他的招牌菜會是什麼樣子了。

「很……很好吃……」我依依不捨地把嘴巴裡的食物吞進去後才慢慢說出感想：「有……有機會我也想要去……去學姊家的餐廳看看……」

「沒問題的。謝謝小栗的捧場，你來的話我也會好好招待的。」子誼學姊還在答謝我時，她看到煎餃再被戴眼鏡的學姊夾走一個，就轉頭對著她喊：「喂，妳不是已經夾過了嗎？」

「沒辦法，因為子誼家的煎餃太好吃了。」戴眼鏡的學姊說完後就把嘴巴塞滿煎餃。

「妳吼……一直都是這樣。」子誼學姊微微地鼓起臉頰，看樣子是拿戴眼鏡的學姊沒有辦法，只好生著悶氣。還以為子誼學姊都會是笑臉迎人的大好人呢，看來那個戴眼鏡的學姊果真不是一般角色。

「那下一個換我了。」戴眼鏡的學姊吞完煎餃後，就開始她風格獨特的自我介紹：「三年一班，簡妙妃。綽號妙妙。」

戴著黑框眼鏡的妙妙學姊就連自我介紹的風格都獨樹一格。她的身型看起來比大家都來得修長，擁有著亮麗柔順的黑色長直髮。然而跟冰冷的表情不同，她的發言和舉止總是能讓人意想不到，就像一隻捉摸不定的貓。

那些櫃子裡的收藏，妙妙學姊說全都是從她家裡帶過來的。因為她的父母本身也是重度的電影愛好者，這些放在社辦裡的收藏在家裡面只不過占了一小部分空間，在她的家甚至有好幾排櫃子陳列著電影實體片收藏。她的父母對電影的狂熱嚴重到學姊最一開始的名字原本要被取名成「簡漫威」，結果惹得學姊的爺爺奶奶那輩不高興。在不斷地爭吵之下，最後妥協的結果是學姊的名字被四捨五入成現在的

「簡妙妃」……我只能說，我必須要放棄思考學姊的故事是否合乎常理……不只是這位妙妙學姊，她的一家人根本都不是一般角色。

「不……不過……」我吃了一口飯後，好奇的問了一下：「這些收藏看起來也滿厲害的……要……要全部搬過來也不容易吧……」

「還好，比想像中的輕鬆。」妙妙學姊邊說著，邊往後躺並從後面的櫃子上取出一把看起來像光劍的道具：「你還滿有眼光的，大部分的人都認為這些只不過是玩具。我很中意你，小栗。」

妙妙學姊一說完，就把她手上的光劍道具往我這裡猛揮。我嚇到不小心喊出了一聲，結果學姊揮到了我的肩膀上就停了下來，光劍道具還響出了劈啪音效。

「願原力與你同在。」妙妙學姊的眼神看起來很認真，彷彿就真的把自己當作電影角色一樣。

「呃……謝……謝謝學姊……」

在妙妙學姊收回光劍後，下一個就輪到我自我介紹了。基本上就跟早上時講的自我介紹差不多，一年五班的新轉學生，興趣是拍短片。雖然短短半天之內還要自我介紹第二次讓我還是有些害怕，不過可能是因為這裡包括我只有四個人而已，已經沒有早上時那麼緊張了。

「會拍短片啊？聽起來很厲害呢。」子誼學姊散發著她的溫柔氣場，並一邊誇獎著我的興趣：「能不能讓我們看看你的作品呢？」

「可……可以……」我趕緊從口袋掏出了手機並且滑到了自己的頻道：「我……我有上傳到自己的頻道……不過都是些小作品就是了……」

我好像還是表現得很緊張，不但站了起來還用著像是遞名片的方式把手機交給子誼學姊，而學姊也只是輕聲笑了笑就接下手機。她現在看的是我幾個月前找阿健一起幫忙拍的小短劇，主角是在我南部老家鄰居養的土狗和貓咪。基本上是我用手機鏡頭來特寫土狗和貓咪的臉部，後製階段時我跟阿健再幫他們配音。老實說子誼學姊一開始就選到了這部片我還有點擔心，擔心要是學姊認出幫貓咪配音的人就是我的話要怎麼辦……

「我也要看！」小瞳就像片中的狗狗一樣蹦蹦跳跳地來到子誼學姊旁邊，把腦袋湊向學姊肩上看著手機螢幕：「……好可愛唷！話說幫貓咪配音的是不是小栗你呀？嘻嘻！」

小瞳用那兇狠的眼神看著我，卻是用雀躍的語氣講著話害我不知所措了起來……結果第一個認出來的是小瞳嗎？這讓我尷尬到好想要找個紙箱把自己給全部蓋住……

「也借我看一下。」妙妙學姊趁子誼學姊沒注意時再偷夾一個煎餃吃掉後，就雙手接過了手機：「……這個拉近鏡頭的特寫方式……還有這節奏恰到好處的轉場……小栗，你拍短片大概多久了？」

「咦？大……大概兩、三年有了……」

「這些拍片的技巧，和影片的後製，都是你自己學的嗎？」雖然妙妙學姊臉上的表情沒有什麼變化，但我能感受到她是認真在問著問題。

「是……是的……」

「……很厲害。」妙妙學姊把手機還給了我，慢慢吞下了嘴巴裡的煎餃後對著我誇獎：「只靠自學就可以做到這樣的程度，看來你並不是個一般角色。」

「謝……謝謝學姊……」

能聽到妙妙學姊的讚美我是很高興，但我更想說的是學姊妳更厲害啊！我也只是因為想要離夢想更近一步才會開始自學到現在，並沒有多了不起就是。相較之下很少有人看到我的影片會仔細分析手法並有這樣的感想，我覺得妙妙學姊才是真正有料的那個人。

「最後輪到我了對吧？」小瞳又蹦蹦跳跳地回到自己的座位旁站著，一邊抓著自己座位的椅背一邊搖擺著自己的身體：「我也是一年五班！我叫劉語瞳！大家都叫我小瞳唷！目前在電影研究社擔任雜工！」

「雜……雜工？」我有點不太理解小瞳的話：「等等……這……這是什麼意思？」

「就是幫學姊們打雜唷！」小瞳把她那兇狠的眼神移向學姊們，只不過學姊們似乎不怎麼害怕小瞳兇狠的眼神：「這個社團的學姊們都很有才華，像是子誼學姊厲害的是編寫劇本唷！只需要幾個晚上的時間，子誼學姊就有辦法寫出一本精彩的故事劇本唷！」

「哎呀沒那麼厲害啦，我只是在做白日夢而已，呵呵。」子誼學姊害羞地搔搔臉。

「而妙妙學姊有雙厲害的巧手唷！」小瞳攤開雙手伸向妙妙學姊介紹著她：「不管是什麼樣的電影道具，還是需要什麼樣的服裝和布景。就像是變魔術一樣，妙妙學姊都有辦法變出來唷！」

「沒什麼，花拳繡腿罷了。」妙妙學姊的表情毫無波瀾起伏，而她的這句話我也開始懷疑是不是在學某個電影的台詞。

「至於我的話嘛……我不會拍影片，也不太會像學姊們那樣創作出厲害的東西，所以我能做的就只有在社團這裡打雜工了唷。」小瞳說完時還無奈地吐了下舌頭，只是吐舌頭的表情跟她兇狠的眼神也不怎麼搭就是。

「這……這樣嗎……」

「才不是這樣呢，小瞳。」
我還在對小瞳如此的介紹自己感到些許困惑時，妙妙學姊就出聲直接打斷了我的疑惑。
「妳會只能打雜工，是因為被我們社團難產沒辦法拍出作品導致的。」妙妙學姊吃完了筷子上的菜後，就把筷子指向小瞳：「妳具有什麼樣的才能，我和子誼都清楚得很。來吧，讓小栗見識一下妳有多麼厲害。」
「欸？這裡嗎？」面對妙妙學姊的要求，小瞳反而有點不知所措，她的兇狠眼神好像一直在我的身上亂飄：「好像……有點突然……」
「沒問題的。就簡單一點，表現出『喜、怒、哀、樂』四種情緒就可以了。」
「好……好吧……」小瞳看著我苦笑了一下，接著她慢慢闔起眼睛遮住了她的兇狠眼神，還深呼吸了好大一口氣：「我準備好了唷。」
「看好了，小栗。」妙妙學姊好像把手上的筷子當成導演的大聲公一樣，對著小瞳的方位揮了下去：「『喜』。」
小瞳慢慢睜開了眼睛，用著我從沒在她身上見過、甚至從來沒在她臉上想像過的柔和表情對著我。
「謝謝你。」小瞳用著她不應該存在的溫柔眼神注視著我，讓我不自覺地屏住了呼吸：「你願意加入我們，我真的很高興喔。」
「欸……？」
這是同一個人嗎？為什麼小瞳就像變個人似的？原本的她不管怎麼笑，那兇狠的眼神從來都不會改變。可是剛剛的她，為什麼能把那兇狠的眼神轉變成這樣？同樣的眼型、同樣的眼眸，但兇狠的眼神就

像是被加入了名為柔和的牛奶並攪拌均勻，已經變成不同的飲品了。我明明就在室內空間，但看著小瞳對著我微笑的模樣，我彷彿身在一處有著微風吹拂、樹葉緩緩飄落的山坡。好厲害……小瞳到底是怎麼做到的……

「很好很好，瞧瞧小栗嚇到呆掉的樣子。」妙妙學姊非常得意的說著：「下一個，『怒』。」

小瞳閉起了眼睛並深呼吸，當她再次睜開眼睛時，我不自覺地倒吸了一口氣。她的兇狠眼神回來了……不對，不僅僅是兇狠的眼神，感覺更可怕、更有壓迫感。她的眼珠子微微顫抖著，好像一個壓力鍋正積累著大量怒氣準備爆發開來。

「不是說好了嗎？」小瞳用著誇張的嘴型對著我大喊，再用著那含有複雜情感的兇狠眼神瞪著我：「為什麼說話不算話？為什麼要背叛我們！」

「我……」

明明知道小瞳是在演戲，但我的背脊就像是被刺了好幾針一樣，對著小瞳的言語開始愧疚了起來。我感受到的不僅僅只有小瞳的憤怒，也許還有傷心，甚至可能是失望。這些其他的情感讓小瞳的憤怒更加地立體，也更有說服力。小瞳的表演太讓人印象深刻了……才演到『怒』而已，我就感覺身上的每一處細胞都被她的情緒感染了。

「太棒了，繼續乘勝追擊吧。」妙妙學姊像是在指揮部下戰鬥一樣，用力把筷子往前一揮：「再來，『哀』。」

小瞳再次閉起了眼睛，深呼吸一次後她緩緩地張開眼。讓我驚訝的是她的兇狠眼神還在，卻混雜了更多不一樣的情感。她的眼神漸漸地迷茫、漸漸地失焦，總感覺是凝視著我這裡卻又像是在望著我這裡的虛空。在她急促地喘了幾口氣後，有好幾滴淚水從她的眼框下開始溢出，從她的淚痣旁開始滑落。

「不要……」小瞳哽咽地說著，哭紅的臉蛋也擠出誇張的表情：「求求你……求求你！不要就這樣離開啊！」

我的情緒已經完全被小瞳拉走了，甚至差一點就想要伸手去安慰難過的小瞳，只怕這樣就破壞她的表演。如此震撼到我的演技，反倒讓我有種熟悉的感覺……精湛的演技、動人的表情、彷彿不是同一個人……對啊，那部短片……

那部影響到我、讓我也開始走向拍片之路的啟蒙之作，我一直希望有機會也能找到像那部短片中演技如此出色的女主角，現在就有一位演技出色的女生在我面前。

小瞳……妳會是我的女主角嗎？

「非常好，來個漂亮的收尾吧。」妙妙學姊這一次還站起來下了指令：「最後一個，『欒』。」

小瞳閉上了眼睛後深呼吸了好幾次，還偷偷用手指擦掉臉上的淚水。我專心地看著小瞳最後會帶來什麼樣的表演，都快忘記了呼吸這件事。沒想到小瞳睜開眼睛後卻只是回到了平常兇狠眼神的模樣，然而她的臉上充滿著雀躍的神情，像個狗狗一樣往我這裡一跳並緊緊抱住我。

「太好了！小栗！我們真的拍出經典鉅作了呢！」

「咦……？」

我根本來不及建立好心理準備，就跟小瞳有如此大的肢體接觸。現在我的臉一定漲紅得跟蘋果一樣，雙手也只能在空中亂揮，完全不知道該不該順勢抱住她，只好用慌張眼神跟旁邊的妙妙學姊求救。

「好了，表演結束。」妙妙學姊看著子誼學姊偷笑了一下後，就拿著筷子在桌上敲出幾聲：「小瞳，結束了。妳可以退駕了。」

「好唷！」

小瞳用非常快的速度離開我身邊，再次用著兇狠的眼神看著我，還吐了下舌頭。剛剛她的動作真的太突然，腦袋完全處於當機的情況不知道該怎麼辦……這下得換我深呼吸好幾次了……

「怎麼樣，小栗？」小瞳靠在後頭的牆上，等待著我的回答：「我的表演，還可以吧？」

「這……這不只是……『還可以』的程度吧？」我猛力地點頭著，回饋小瞳的表演：「真……真的很強……很厲害……妳有這樣的表演才能……只是打雜工太可惜了……」

「嘻嘻！沒有你說的那麼誇張啦！」小瞳不好意思地笑了一下，還把她的兇狠眼神瞇了一會。

「我也覺得很可惜呢。」子誼學姊吃了一口餐盒的菜後，看著我回答：「不過現在有小栗的加入了，我們社團說不定有機會可以再次動工。這樣小瞳也有機會發揮她的才能了，呵呵。」

「欸……加入？」我察覺到學姊們好像誤會了什麼，急忙解釋著：「我……我今天只是過來參觀而已……老實說……我……我還沒有答應要加入……」

「小栗？」

聽到小瞳在喊我，我立刻回頭。只見小瞳的表情疊滿了落寞以及難過，她那兇狠的眼神再次變得淚汪汪的。看到她那樣我完全慌了，連她的名字我都嚇到到快喊不出來。

「為什麼……明明都這樣了……結果還是不行嗎……」

「等等！我……我還沒說完……」為了制止小瞳的淚水，我甚至用不知道哪來的勇氣大喊了一聲：「不……不過……今天看到大家後……我覺得……也許……可以試試看……加入這個社團……」

「……真的嗎？太好了！」小瞳突然像是卸妝一樣把難過的表情卸了下來，對著我露出開朗的笑容：「說話要算話，不能反悔唷！」

「欸？小……小瞳……難道剛剛……也是演技嗎？」

「嘻嘻！讓你再見識一下我的演技而已唷！」

「小瞳！真……真是的！」意識到自己被上鉤，讓我感到有些害躁，甚至連結巴也快忘記了：「就算妳不用演技……我……我也會答應的好嗎！」

「咧——！」小瞳只是退後了幾步，再對著我用兇狠的眼神吐著舌頭。

「呵呵呵……」子誼學姊掩著嘴笑了好幾聲後，用溫柔的笑容再次歡迎我：「還是一樣，歡迎小栗你的加入喔。」

「謝謝……」我不好意思地搔了搔後腦杓：「這……這樣一來……我加入的話……這個社團就不會被廢社了……是吧……？」

只不過當我講完這句話時，學姊們和小瞳只是互相看著彼此，然後露出無奈的笑容。這讓我感受到不對勁，該不會……這個社團還有別的問題存在吧？

「那個……」為了確認心中的疑惑，我問著大家：「人……人數不是足夠了嗎……還……還有什麼問題嗎……？」

「我剛剛有提到社團難產了很久，對吧。」妙妙學姊雙手抱胸，冰冷的視線從她的眼鏡裡穿透出來：「我們社團已經好幾年沒有拍出任何影片作品了，前幾屆的社團成果發表會一直都只是打混過去。要是今年的成發也一樣沒有拿出任何作品，學務主任會認為我們社團沒有在運作，一樣會把這個社團給解散掉的。」

「怎……怎麼會……為什麼會這樣子……？」

「這是一段很長的故事，坐下來吧。」妙妙學姊用手勢示意著我們回到座位上，在她吃了好幾口午餐後便開始了她的故事時間。

其實這個社團以前人並不是這麼少的，至少在妙妙學姊加入時還有很多成員。只是社團常常為了要拍出什麼樣的作品而爭吵，有許多人認為只要拍出校園的日常跟人際互動就好，但也有一派人認為既然在電影研究社，就應該拍出日常生活中看不到的、不怎麼現實的特別作品。而妙妙學姊和後來加入的子誼學姊也是屬於特別這一派，鬼故事也好、超能力也罷，即使是低成本製作也會希望自己拍出來的故事很特別、很有趣。於是這兩派人馬為了堅持成果發表會要端出什麼樣的作品就不斷爭吵，爭吵的結果就是有人受不了陸續離開。

社團的人越來越少，最後就只剩下妙妙學姊、接下社長大任的子誼學姊以及剛加入的小瞳。而這幾年來因為社團都在爭吵的關係，學校的社團成果發表會自然也拿不出任何東西，因此也被學務主任注意到了社團的情況。所以不光是人數要湊足，今年的成果發表會也一定要端出作品，不然還是會一樣會面臨被廢社的命運。

「原……原來是這樣嗎……」我嘆了好大一口氣，原來這個社團還有這麼多的過往：「那……那個學務主任有要求你們……是成果發表會只要有作品就可以了……還是需要有一定的成績……？」

「他沒有講明這一點，應該是只要拿出東西來就好了，可能成果發表會最後的人氣投票沒有前幾名也沒關係。」妙妙學姊轉頭看向窗戶外頭，似乎在凝視著窗外的風景：「只是……如果隨便拍個東西交差，我會很不甘願，感覺就像對另一派的人認輸了一樣。而且子誼一直以來也這麼用心地寫劇本，我不希望子誼的劇本就被這樣草率對待了。」

「還好啦。」子誼學姊雖然微笑說著沒關係，但她臉上的表情看起來就是有苦說不清。

「沒辦法啊，命運就是這樣捉弄人。」妙妙學姊伸了個懶腰後，就回頭繼續看著我：「畢竟我也已經高三，準備要畢業了。在畢業的最後一年，沒有在社團留下任何有意義的回憶，說實在也有點可惜就是了。」

「這樣嗎……」我感到有些遺憾，也想要看看學姊們努力過的結果：「那個……子誼學姊……妳有任何已經寫好的劇本嗎？我想要……觀摩一下……」

「沒問題，等我一下喔。」子誼學姊起身轉向後方的櫃子，並抽出了一本釘成冊的本子。

「啊！是那一本！」小瞳倒是先注意到學姊手上的劇本，兇狠的眼神藏不住興奮的感覺：「是學姊給了我很多戲份的那本嗎？」

「是啊，畢竟我們社團最有表演天賦的就是妳了啊。」子誼學姊呵呵笑了一下，就兩手把劇本遞給了我：「來，請慢慢看。」

「謝……謝謝學姊……」

我把劇本接過來後仔細閱讀。劇本名稱為《學園大災變》，故事大綱是這座城市發生了一場喪屍浩劫，有三名被困在學校且不認識彼此的女學生互相幫助、解決困境，最後建立起羈絆並度過了難關。的確是主題很特別的劇本呢……

「喪屍主題……」我慢慢的翻起劇本並瀏覽著劇本的每一行字：「學……學姊喜歡這樣的主題

嗎……？」

「是啊，我還滿喜歡的。」子誼學姊捧起了她的雙臉，對著我露出瞇瞇眼的笑容：「我一直都很喜歡國外的喪屍片影集，喜歡看著劇中角色在那樣的末日之下還會有什麼樣的情感衝突。所以我也想要嘗試一下，看看自己也能不能寫出那樣的感覺。」

「原……原來如此……」

我繼續閱讀劇本，把大致的段落都看了一遍。可以感受得到子誼學姊是真的用心在上面，不只每一幕都有描述場景的模樣，人物的對話都還會備註要用什麼樣的動作以及表情。故事具有起承轉合，還能感受到要表達的意境，這的確是完成度很高的劇本。

「很……很不錯呢……」我的眼睛離不開劇本，繼續發表我的感想：「不過……這種類型的短片……難度比較高呢……」

「嗯，是啊……」子誼學姊輕輕的嘆了口氣：「難度的確很高。尤其是裡面有好幾幕需要一群喪屍的畫面，我光是想要怎麼找人演一群喪屍就想破頭了。」

「所以我不是說了嗎，我做幾個喪屍人偶擺在旁邊就好了。」妙妙學姊看起來是認真的不是在開玩笑。

「不行啦，那畫面有多怪妳又不是不知道。」子誼學姊鼓起臉頰回嘴著。

「哈哈……那個……」我突然想到了一個很重要的問題：「話……話說……距離社團成果發表會……還有多久……」

「大概在一月底，放寒假之前。」妙妙學姊不知道是在看著子誼學姊，還是在看著子誼學姊餐盒上剩下的煎餃：「也就是說，我們只剩下四個月左右的時間了。」

「這樣嗎……」

我把視線移回到劇本上沉思著。的確就算劇本再怎麼好，沒有實際上能執行的可能性就沒有多大的意義。再說還有時間的壓力，要完成難度這麼高的劇本也不太可能……

……真的不可能嗎？

「小……小瞳……」

「怎麼了，小栗？」小瞳聽到我喊她，便湊過來一起看劇本。她靠得好近，讓我不自覺捏緊了劇本一下。

「妳……妳會想要……演出……這個劇本嗎……」

我偷偷轉頭想要看小瞳的反應，她還是用著兇狠眼神看著我，但她還是給出了愉快的笑容。

「我會唷！」小瞳的回答非常肯定：「雖然不知道能不能完成，但是我會唷！」

我好像看著小瞳的兇狠眼神以及笑容看到差點恍神，晃了晃頭後趕緊把視線對回劇本。小瞳也是對這個劇本有所期待啊……明明就是個好劇本，如果沒有把它實現成一部短片真的很可惜……明明在這個社團的大家是對電影這麼有想法，明明小瞳的演技也是這麼地出色……

是啊。

明明我心目中的女主角有機會出現在我的鏡頭裡了，難道我真的什麼都不能做嗎？

那就試試看吧。

就像當初被感動到的我憑著一股衝勁想要試試看的念頭，這次我也要再用這股衝勁試試看吧。

「學……學姊……」我的這一句話絕對是把今天剩下的勇氣都用在這上面了：「我……我們來試試看拍這部短片吧……來拍這部《學園大災變》！」

小瞳用著驚訝的兇狠眼神看著我，妙妙學姊原本打算再偷夾煎餃卻被我的話嚇到呆住了，而子誼學姊原本在擋住妙妙學姊的筷子也因為聽到我的話而停下動作了。

「小栗，你確定嗎？」妙妙學姊坐回到自己的座位上，認真地問著我：「你剛剛也說過了，這是難度很高的劇本，況且我們也只剩下四個月左右的時間了。」

「我……我知道……」我把手中的劇本捏得緊緊地，想要克制自己緊張的情緒：「四個月的時間……的……的確不夠充裕……但是……要在四個月內完成……也不會是……不可能的任務……」

「嗯？」妙妙學姊雙手抱胸繼續聽著。

「這部片最需要的喪屍演員……我……我們可以……現在開始就招募臨時演員……我們的短片規模不用太大……只要……十個人左右應該就夠了……」

「十個人左右……應該可以。」子誼學姊摸著自己的嘴唇思考著。

「對……至於那些服裝……道具……場景……妙妙學姊有辦法嗎？」

「只要不是很超的情況下，我應該沒有問題。」妙妙學姊推了一下自己的眼鏡，再比了個OK的手勢。

「我……我也會幫忙的！」我把劇本放在桌上，呼吸了好幾次後繼續講下去：「雖然……我……我沒有拍過喪屍片之類的東西……但……但我會去研究一下要怎麼拍才會更好看……我……我會盡力幫忙……因……因為……」

我深吸了一口氣，把剛才眼前的感動與遺憾都一口氣喊了出來。

「我……我不想要看到……妙妙學姊抱著遺憾畢業……也不想要看到……子誼學姊的心血結晶就這樣被埋沒……更不想看到……小瞳明明有著這麼好的才華……卻沒有被人看到！」

把心中的感受都發洩出來後，我才深呼吸了好幾次來平復緊張的情緒。當我的視線再次回到學姊身上時，我只看見妙妙學姊跟子誼學姊互相看著對方而會心一笑。

「不錯，小栗。」妙妙學姊對著我比出了讚的手勢：「你充滿了決心，很有前途。從明天開始的中午和放學時間，有空的話我們一起來社辦這裡做準備吧。」

「嗯，要做的事情還有很多，會很辛苦的。」子誼學姊也對著我笑著，但好像還感受到了她更多的信任：「不過，我也很期待我們拚盡全力的結果會是如何。我們一起加油吧！」

「嗯嗯！一起加油！」小瞳跳到了我身旁並兩手撐著桌子，對著我笑得很開心：「謝謝你小栗！我們要一起拍出經典鉅作唷！」

我回頭看著小瞳，看著她那兇狠卻又藏不住喜悅的眼神。雖然我還是不確定自己有沒有把握，但我想有大家的幫忙，我自己也會努力到最後一刻，讓這部作品能越來越靠近經典鉅作。

畢竟……只有經典鉅作，才配得上妳的演技。

「好……我也會……一起加油的！」

第二章・有著花栗鼠耳朵的攝影機

放學回家後，我就一直窩在電腦前找著喪屍電影或是相關主題短片的解析，還順便開著通訊軟體跟死黨阿健聊著今天在學校發生的那些事情。畢竟這一連串事情太突然也太不真實了，先是被眼神兇狠的女同學小瞳找上還被拉進了電影研究社，這個社團還面臨著被廢社的危機，最後為了拯救這個社團我還要一起幫忙拍一部喪屍主題的短片……要是把這些事情講給幾天前的我聽，我自己也絕對不會相信的。

「我說小栗啊，這發展不就是輕小說主角的遭遇嗎？」耳機裡傳出了阿健聲音，看樣子連他也覺得這故事很難以置信：「你接下來該不會要覺醒主角光環，最後坐享後宮了吧？」

「最好是啦！」我沒好氣地反駁著：「要是我真的有主角光環就好了。一想到要怎麼拍喪屍片，我的腦袋裡還沒有完整的想法呢。」

「你剛剛不是說劇本已經寫好了嗎？」

「是寫好了沒錯……」我點了點滑鼠把螢幕上的解析影片切換到下一則：「但那也只是劇本。要怎麼用鏡頭把劇本的感覺呈現出來，以及要怎麼拍才能讓觀眾喜歡，這才是我苦惱的地方。總之我現在還沒有清楚的概念就是了。」

「原來如此。」耳機裡的阿健笑了笑：「你還是跟以前一樣很熱衷於拍片呢，加油啊！要是有什麼事情我可以幫得上忙的，儘管跟我說吧！」

「謝啦，有你這句話我就很高興了。」

「啊對了。既然你說到喪屍主題，最近有一個滿熱門的 VTuber，很喜歡看喪屍的電影還有玩打喪屍的遊戲，叫做『希希』。你要不要也去看一下？說不定會找到什麼靈感，比如抓到觀眾想要的感覺之類的？」

「VTuber？真稀奇，原來你有在看 VTuber 啊。」我會這樣想也難免，畢竟以前在南部可沒看過阿健有這樣的興趣。

「最近無聊才去追的啦，那個希希也是偶然下才知道的……真的啦。」阿健好像傻笑了一下，瞧他這個反應應該是有在隱瞞什麼：「她好像是個小有名氣的個人勢 VTuber，你找她的名字就找得到了，兩個字都是希望的那個『希』。」

「好吧……我晚點再去看一下好了。」我嘴巴是這麼說著，然而我已經在搜尋欄打上「希希」這兩個字了。

「嗯嗯，那就這樣吧。我去幫我姊收一下衣服，先下了，掰掰！」

「好啊，改天再聊。掰掰！」

我把阿健的電話掛掉後就去找希希的頻道，在搜尋列表剛好第一個就是她的直播便點進去瞧瞧。希希看起來是一名穿著黑色哥德式洋裝的女角色，除了有著像是吸血鬼般的獠牙，還有著銀色雙馬尾以及紅藍雙色的異色瞳。她的頻道有接近三萬的訂閱人數，而現在這場直播的同時觀看人數也快一千人了。現在希希正玩著打喪屍的動作類型遊戲，畫面上的電玩人物在希希的操作之下不斷揮舞著消防斧。在旁邊的喪屍們不是被砍中腦門像西瓜一樣爆出紅色的果肉，就是腰部被砍下去身高直接除以二，而希希似乎樂在其中，一直發出高亢的狂笑聲。

「啊哈哈哈哈哈哈哈哈哈！就是這樣吶！就是這樣吶！」希希不但狂笑著，還狂搖自己的VTuber身體，搖得身體一抖一抖的：「去死吧！你們這群喪屍敗類！全都死在希希的攻擊之下吶！」

希希玩得很激動，而一旁的聊天室似乎也很喜歡希希這樣子，不斷刷出一行行的文字訊息。

↓草

↓好晃

↓晃到我快暈了

↓希希嗜血日常

↓消防斧很好用但是攻速太慢了，我比較喜歡鐵釘棒球棍

↓希希　我的鮮血女王

看起來的確是個有趣的遊戲直播。雖然跟我想找的東西沒什麼關聯，不過感受一下歡樂的氛圍也不錯。於是我拿出子誼學姊複印給我的劇本，一邊聽著直播一邊確認劇本有沒有哪裡要修正的。

大概過了十幾分鐘，希希就關掉了遊戲進入雜談環節。看來我加入直播的時間有點晚，也許再過不久希希就會結束直播了。

「呀——！今天玩得好高興吶！」希希發出了像是伸懶腰喊出的聲音後，繼續跟觀眾們聊天：「各位奴僕們！今天過得好嗎？」

↓好

↓很好

↓還可以

↓今天有一坨鳥大便砸中了我的機車　心情很差

↓樓上拍拍

「今天過得好那真的是太好了吶！要是今天過得不好希希也會幫你的吶！希希會用最熱情的笑聲來把你的壞心情一掃而空吶！」

↓謝謝女王陛下

↓希希最棒了

↓只要看到希希的笑容　今天就過得很好了

聊天室看起來很響應希希的加油打氣，甚至還有人投放了五百元的超級留言送給希希，真不愧是小有名氣的VTuber啊。

「謝謝『住在月球的鯊魚』的抖內吶！『這是今天殺喪屍的清潔費』，哈哈哈！什麼跟什麼吶！希希是不是要拿這些錢去買拖把跟漂白水清掉血跡吶？」希希回覆完超級留言的內容後，便開始詢問聊天室裡的觀眾們：「對了對了！奴僕們知不知道最近要新上映的喪屍電影吶？希希還滿期待那部電影的吶。聽說特效做得很夠，演員也表現得很厲害吶！」

聊天室們開始跟希希討論著喪屍電影的話題。正好我現在就煩惱著要怎麼拍出好看的喪屍短片，也不知道哪根筋不對，大概只是想要試試看有沒有人能注意到我的煩惱，於是我就在聊天室打上這一段話：「大家都喜歡看什麼樣的喪屍主題作品？」

只不過聊天室刷得很快，還好我的留言在被刷到快要看不見之時，有人注意到我的問題。然而……

↓女角會被喪屍爆衣

↓穿比基尼拿武士刀砍喪屍

↓我心目中的神作是下腰時奶子會閃躲從遠方狙擊的子彈　結果子彈還打中喪屍

哈啊……我就知道不該在網路的聊天室上放太多期待的。雖然我也知道這種B級片般的要素確實滿吸引人的，但我們可拍不出來啊……小瞳和學姊們制服被喪屍撕壞掉還露出內衣的畫面嗎……這個提案絕對會被子誼學姊打槍的。不對為什麼我腦袋還想像這個畫面啊？而且為什麼第一個想像的人還是小瞳啊！哎呀我真是的！

「欸欸你們在聊什麼吶？希希看看……」希希好像注意到了聊天室討論的內容，在瀏覽聊天室紀錄的同時希希還不斷發出怪聲：「欸……嗯……吶……原來是在講喜歡什麼樣的喪屍作品吶！希希喜歡的當然是可以看到喪屍的血液亂灑、腦袋分家、最好還可以看到喪屍的內臟噴出來的作品吶！」

嗚啊……希希的答案也不行啊……我們只是小成本製作的短片，要後製弄一些血腥的效果還勉強可以，那種浮誇的血腥效果我們大概也做不來吧。

「不過吶，除了那種作品，希希也很喜歡另一種作品吶！」沒想到希希的回答還沒結束：「希希很喜歡看到在那種喪屍災難發生時，那些倖存下來的人類會有什麼樣的情感糾葛吶！背叛吶、失望吶、自己的愛人被感染成喪屍吶……希希每次看到這些橋段都沒輒吶！哈哈！」

原來如此……希希講的這個，跟當初子誼學姊創作這個劇本的想法還挺類似的。

好像有點抓到感覺了。如果是這種類型的劇本，喪屍固然重要，但也只是陪襯。觀眾更想看的會是倖存者的反應、表情以及作為。那麼我的鏡頭就一定要時常把握住倖存者們的動作、臉部表情等能感受到情感的畫面。

心中的想法越來越多……太好了，看來這次看希希的直播是真的有收穫呢。我還沒等到希希結束直播就先關掉電腦了，因為我想要先把湧現出來的想法筆記起來，也想要早點弄完就早點休息睡覺。畢竟明天開始在電影研究社可能會越來越忙……

真是的……原本以為我會很討厭新學校、新環境，沒想到我會這麼期待明天的到來呢。

第二天來到學校，我就一直期待午餐時間，期待再次跟電影研究社的大家見面。只不過小瞳似乎比我還要迫不及待的樣子，上課的時候坐在我前面的她就一直往後倒想要跟我說話，好像還在對昨天的事情感到興奮不已。

「所以小栗，你有想到演喪屍的人要怎麼招募嗎？」小瞳一直把頭往後倒，她的棕色馬尾都塌在我的桌上了。

「大……大概就畫招募海報……然後看看能貼在哪裡吧……」我偷偷把身體往前傾並壓低聲音：「現……現在講話不方便啦……晚點……晚點再說好不好……」

「可是我已經等不及了唷。」小瞳雖然也在壓低聲音，但她的動作還是太明顯了，還轉頭用她那兇狠眼神的眼角餘光看著我：「小栗你一定也很期待對吧？」

「是……是啊……我是很期待……」我越來越把自己的頭往小瞳靠近，好像自己在做什麼壞事一樣：「可……可是現在這樣……動作太明顯了……老師會注意到啦……」

「劉語瞳？還有新同學？」才剛說完，講台上的老師就已經注意到我們了：「有什麼問題嗎？」

「沒事——！」

小瞳只是大聲回答後就很乾脆地把椅子往前移回，我也鬆了一口氣。以前也不是沒在上課時偷偷摸摸做過別的事情，只是剛剛那樣真的太顯眼了，要是我跟小瞳一起被叫起來罰站也一定會被同學們說閒話的。還是低調一點比較好……

我還沒把思緒整理回來，口袋內的手機就震動了好幾下。我偷偷地把手機拿到抽屜裡看，是小瞳傳了訊息給我。說起來昨天在電影研究社的大家已經先互相加過通訊軟體，我都快要忘記這件事情了。

小瞳傳了「中午我們也一起拿午餐，再去社辦唷」這一行字後，再傳了一張狗狗高興吐著舌頭的貼圖。不知道為什麼我看了螢幕發呆了好一陣子，最後才回傳一張花栗鼠喊著OK的貼圖。

於是從今天開始，我們電影研究社不論是午餐時間還是放學後的時間，我們四人都聚在一起討論接下來的計畫以及做好事前準備，為的就是這週末的第一次開拍。

比如說，我們會聚在一起，討論《學園大災變》的劇本是否還有可以修正的地方。

「子……子誼學姊……」我拿著被我畫筆記畫到密密麻麻的劇本跟學姊說：「劇本的時間……能否改到白天？現在的劇本時間……設定在黃昏……黃昏對我們的拍攝條件……太不利了……就……就算週末可以跟學校申請場地……要是拍到晚上……學校大概也不會同意……而且……最重要的是……我……我們沒有足夠的燈光設備……來夜間拍攝……」

「嗯……我還真的沒有考慮到這個問題呢……」子誼學姊摸著自己的嘴唇思考著。

「別看我啊，就算是我們家也沒有那麼厲害的設備。」妙妙學姊不知道為什麼先打了岔。

「可是！如果要把劇本的時間改到白天的話，那幾乎要把整本都改掉唷！整本唷！」小瞳翻著我的劇本，然後用兇狠的眼神望向子誼學姊擔心地表示。話說小瞳明明就有自己的那份劇本，為什麼要翻我的啊。

「沒關係的。小栗對待我的劇本這麼用心，我也不能辜負小栗的心意呢。」子誼學姊看向我溫柔地笑著，依然是維持瞇瞇眼的笑容：「給我一些時間吧，等我改完我會再發給你們新的劇本。」

「沒……沒問題！謝謝學姊！」

我不知道為什麼對著子誼學姊做了九十度的鞠躬，這讓小瞳不小心噗哧笑了出來，還讓子誼學姊不斷呵呵笑著。

還有，我們一起製作了招募扮演喪屍臨演的海報，並準備貼到學校內能貼的各個布告欄。

「已經跟學務主任報備過了喔。」子誼學姊從辦公室走了出來，手上拿著一卷我們剛印出來的海報：「我跟妙妙就一起到我們年級的大樓去貼海報，再麻煩你跟小瞳去貼你們那裡的海報了。」

「沒問題唷！」

「沒……沒問題。」

我們分頭進行張貼招募海報。我和小瞳一同前往我們年級的大樓，布告欄大概位於一樓的樓梯旁。

我打開捲起的海報並偷偷看了一下，這是妙妙學姊用電腦繪製的招募海報，上面寫滿了綠色大字「招募喪屍臨演」以及旁邊的橘色小字「請洽電影研究社」，旁邊還有擺出滑稽動作的卡通喪屍，以及一個像是被血液濺到的大汙漬。這張招募海報畫得好不好看我不太清楚，但我可以肯定這絕對畫得很醒目，任何人經過這張海報一定會先看個兩眼的。

「小栗。」走在我旁邊的小瞳輕輕撞了一下我的肩膀，讓我嚇到趕緊回神：「你覺得會有很多人來報名當喪屍嗎？」

「欸？這……這個……」我以飛快的速度再把海報捲成一捆：「不……不知道呢……雖然……我想說只要十個人左右就可以了……但是……如果來的人越多……當然越好啊……」

「對啊！來的人越多越好！」小瞳看起來很雀躍，她是真的很期待這次的拍攝：「要是能拍出很壯觀的喪屍群畫面就太好了唷！」

「是……是啊……」

以及，我們為此準備了許多器材和道具，希望能在當天發揮最好的效用。像是……

「這……這個……」我把包包裡的手機支架拿出來給大家看：「這是……我以前花零用錢買的……手機支架……今天……終於能用到它了……」

「手機支架？看起來好像很厲害唷！」小瞳擠到了學姊身旁，用兇狠的眼神瞧著我手上的支架。

「因……因為……我們不是有好幾幕……要跟著一起拍妳們逃跑的樣子嗎……」

為了對比裝上手機支架前的效果，我先兩手拿著手機螢幕，在社辦外面的走廊邊錄影邊來回跑了一下。當我跑回社辦時，大家好像都只是愣在原地凝視著我。

「你……你們看……」我不敢對上大家的視線，就把剛剛手機錄下的畫面放給大家看：「畫……畫面會晃動得很厲害……甚至還會模糊起來……雖……雖然這樣的晃動……有時候也能當作效果……但要是晃動得太頻繁……觀眾也……也會厭煩的……不過……有了這個……三軸穩定器的支架……」

我把手機裝上支架後，再一次跑到走廊上握著支架握把錄影。當我氣喘呼呼地跑回社辦時，大家好像都在偷笑。

「哈……哈……妳……妳們看……」我只是大聲喘了好幾口氣，然後再把錄影好的畫面給大家看：「畫面……雖……雖然還是有跟著擺動……但是……清晰很多……沒有那種……晃動到模糊的效果了……」

「哈哈哈！小栗你也太賣力了！」結果是小瞳先忍不住笑意，對著我開懷大笑。

「謝謝小栗，不過你也用不著跑成這樣吧。呵呵呵……」子誼學姊一直遮住嘴巴笑著，她的瞇瞇眼一直在隨著笑聲抽動。

「你看起來……超像一隻在花田快樂奔跑的黑色花栗鼠。」妙妙學姊努力憋住嘴唇，但她的冰冷表情已經快破功了。

我現在也才意識到，其實我可以在社辦原地晃動手機展示就好了，剛剛跑出去的動作實在有夠糗的……我用手機把自己的臉遮起來，希望自己難為情的表情不要被她們看見。

當然，過程中也少不了爭吵。尤其是子誼學姊和妙妙學姊，常常為了劇本的事情在爭論著。

「這一幕要吸引喪屍的注意，為什麼是要丟旁邊的碗盤？」妙妙學姊指著劇本的某處對著子誼學姊問著，口氣似乎有些強硬。

「喪屍不是會被聲音吸引嗎？碗盤摔在地上的聲音不就很大聲嗎？」子誼學姊似乎也不甘示弱，都用瞇瞇眼把眉頭擠皺了。

「那並不能當作誘餌。當下的情況是要把喪屍引開到另外一頭，然後從另外一邊趕緊逃跑。碗盤摔在地上就算很大聲也只有那麼一聲，喪屍一聽到其他人逃跑的腳步聲馬上就會跟上來了。誘餌是要持續發出聲響，來替其他人爭取逃跑的時間。」

「但是那一幕的場景是在教室，教室裡面能找到容易發出聲響的東西也只有碗盤了吧？不然我也想要用鞭炮來吸引喪屍注意啊，但是鞭炮出現在學校很不合理吧？」

我和小瞳乖乖的坐在座位上，看著子誼學姊和妙妙學姊一來一往。因為子誼學姊很堅持自己編寫劇本時的想法，妙妙學姊又有自己的一套觀念，所以在討論劇本時很常看到學姊們在彼此爭論。她們到底是感情好還是感情差呢……

「很簡單啊，用手機不就好了。設定鬧鐘後調到最大聲，然後這樣……」妙妙學姊才剛說完，就從她的口袋拿出一台手機直接往地上直接扔，響出了清脆的撞擊聲。

「學……學姊！那不是新出的手機嗎！」這個動作直接嚇到我的汗毛都豎起來，連結巴都忘了。

「放心吧，我可是裝了地表最強的防摔手機殼，不會有事的。」

妙妙學姊才剛撿起地上的手機，看到我一臉驚恐的模樣後，就再一次把手機往地上扔。

「噫！學姊！好……好了啦！」

「妙妙就是這樣的人呢。」妙妙學姊輕輕地搖頭，帶著一抹苦笑。

總之，為了這幾天的籌備，電影研究社的大家總是聚在一起。一起分享想法、一起準備道具、一起規劃流程、一起互相打氣……即使是我，也能感受得到大家是真的很期待，期待我們電影研究社在正式開拍的第一天能把心目中的經典鉅作完成到什麼樣的程度。更不用說我了，我一直都在反覆檢查包包是否有沒帶到的東西，搞得好像明天是去郊遊一樣。

就這樣，週末很快就到來了。

星期六的早上八點，我們約好了先到電影研究社的社辦進行開拍前準備。

現在天氣陰陰的沒有什麼大太陽……這樣的天氣正好，畢竟我們劇本的場景設定就是在沒有什麼陽光的白天。還好外頭的操場也沒有人在打球，要是有錄到拍打籃球的聲音或是不相干的喊叫聲就麻煩了。很好，今天的狀況不錯，一切也準備就緒了。

當我來到社辦並打開門後，我就看到小瞳、子誼學姊和妙妙學姊已經坐在裡頭正整理著等等拍攝的道具。

「早……早安……」我也進到社辦後關上了門，還觀察到了她們三人今天都穿著便裝：「第……第一次看到妳們不是穿校服的樣子呢……」

「當然唷！我才不想要放假還穿制服來學校呢！等等拍戲前再換衣服就好了唷！」小瞳看著我開朗地笑著。她穿著黑色短袖外套，內搭的白色低胸上衣還能看見深邃的鎖骨以及明顯的胸部曲線……不行不能亂看！意識到自己視線不規矩的我就趕緊看向別處……總之，搭配著貼身牛仔長褲的她，整個人看起來就像準備要在都會叢林冒險的年輕女孩。

「呵呵。不過就像在群組說過的，因為角色設定的髮型就跟大家平常的一樣，所以先不要換別的髮型喔。」子誼學姊維持瞇瞇眼的笑容，聽學姊這麼一說我才發現大家的髮型幾乎沒什麼變化。子誼學姊戴著一頂粉紅色的貝雷帽，穿著白色的上衣和寬鬆的粉紅色吊帶裙，讓子誼學姊看起來就跟她的為人一樣，都像綿羊般軟綿綿的。

「我也是第一次看到穿得很休閒的小栗啊。」妙妙學姊只是往我這裡瞧了一眼後就繼續整理桌上的東西。她穿著白色橫條紋的灰色長袖上衣，以及寬鬆的黑色長褲，這讓她原本修長的身形顯得更加勻稱。妙妙學姊就連收拾東西的動作都很輕巧，一舉一動如同貓咪般靈活俐落。

「我……我還好啦……哈哈……」我看著自己隨意穿搭的短袖上衣和長褲後，不好意思地搔搔頭。

「啊對了，我們來的時候好像還沒有跟警衛報備。如果沒事先講過，我擔心拍片的時候會引來警衛的關切。」子誼學姊想起了什麼後，抬頭對著小瞳說著：「小瞳，可以幫我去跟大門口的警衛報備一下嗎？」

「嗯……好唷。」

小瞳似乎沒有很乾脆地答應。在她起身準備離開社辦時，她又轉過身來想跟我說話，身體還微微前傾。

「可以陪我去嗎？」

「呃？可……可以啊。」

我不太清楚小瞳是怎麼了，不過我也沒有考慮太多，就點頭答應她一起過去大門那了。

一來到大門口，我就走向了警衛室。而原本走在我身旁的小瞳漸漸放慢了腳步，最後緊跟在我的後頭。似乎從剛剛開始，小瞳好像就一直在顧慮什麼東西似的，原本掛在臉上的笑容也漸漸消失……晚點再關心一下小瞳好了，我先敲了敲警衛室的窗戶喚著在裡面看著手機的警衛大哥。

「……來啦！」裡頭的警衛大哥收起了手機並打開了窗戶問著我們：「有什麼事嗎……哇啊啊啊啊！」

警衛大哥像是看到鬼一樣驚慌失措地大叫，還後退好幾步因此摔倒了椅子。我完全在狀況外，不知道為什麼警衛大哥要有這麼大的反應，還是他看到我後面的東西？於是我回過頭，只看到眼神兇狠的小瞳。

小瞳的眼神兇狠到連我看到都打了個冷顫，不對……這感覺我也很熟悉，我在剛轉學過來的第一天，小瞳也是用這樣兇狠的眼神看著我……

「喂！妳是怎樣？幹嘛一直瞪著我看？」警衛大哥指著我和小瞳大聲吼叫著。

小瞳還是那樣使著兇狠的眼神沒有說話……現在的情況是不是有點不太妙啊？

「我知道了！妳該不會就是來學校作亂的不良少女吧？」警衛大哥雖然說自己不怕，但他明明就怕得要死：「可惡！為了學校的安全我也只能豁出去了！」

警衛大哥從裡面的櫃子拿出了一個防衛用的電擊棒，還打開了電源劈啪作響著……不……不對啊！現在的情況是真的很不妙啊！

「不是的警衛大哥！」我連忙對著警衛大哥揮舞雙手，想要趕緊解釋這一連串奇怪的誤會：「我……我們是這所學校的學生！我是一年五班的張誌宣！她是我的同班同學叫做劉語曈！我們是電……電影研究社的社員！今天要來學校這裡取景拍片！是真的！」

警衛大哥還在維持警戒動作大聲地喘著氣，我回頭看小曈她也還是用著兇狠的眼神看著警衛大哥。這種像是在荒野遇到猛獸的視線對峙是怎麼一回事？

「是真的啦！」我顧不了形象喊到快要破音了：「我……我有帶學生證！可以證明我說的話是真的！」

「……真的嗎？」警衛大哥的動作似乎緩和下來了。

「對……稍……稍等我一下」我立刻從自己的皮夾翻找著學生證，也偷偷走到小曈旁邊對著她說悄悄話：「小曈……妳……妳有帶的話……也拿出來吧……」

「……在拿了唷。」小曈維持著她的兇狠眼神與表情，也從她的皮夾拿出了學生證。

還好在拿出我跟小曈的學生證給警衛大哥看後，他也明白一切都只是誤會一場，並把危險的電擊棒收了起來。太好了……剛剛心臟差點都被嚇到停止跳動了，我可不想開拍的第一天就出這種意外啊……

「原來你們真的是這所學校的學生啊……早說嘛。」警衛大哥把倒在地上的椅子搬起來後，像是洩了氣的皮球一樣癱軟在椅子上：「你們說……你們是電影研究社的人來學校拍片對吧？」

「是……是的！」

「那我知道了。」警衛大哥坐直著身體，對著我們叮嚀著：「如果你們有想要打開哪間教室的門或是鐵門，先過來跟我講一聲吧，我來幫你們開。千萬不要擅自打開門，會觸動保全裝置的。還有不要隨便惹出麻煩，大概這樣就可以了。」

「謝……謝謝警衛大哥！」

我趕緊鞠躬道謝，而小瞳雖然還是維持著那兇狠的眼神，但也是微微低頭跟警衛大哥道謝。之後我們倆就快步離開，趕緊離開了大門口。

「剛……剛剛真是好險。」我喘了好幾口氣來平復心情後，關心著剛剛舉動不太正常的小瞳：「妳……妳還好吧？剛剛……是怎麼了……」

我只看到小瞳在捧著胸口也同樣深呼吸了好幾次，之後再回頭看著我。她臉上的笑容回來了，依然是兇狠的眼神但已經不是一開始那種可怕到讓我顫抖的眼神了。

「呼……剛剛真是好險唷。」小瞳像是釋懷般對我露出了笑容：「我還是好緊張……沒辦法面對不認識的人呢。」

咦？剛剛只是緊張？

小瞳那兇狠到像是咬住人不放的眼神，還有那令人恐懼毫無笑容的表情，竟然都只是因為她很緊張而已嗎？

「是……是這樣嗎……」我的腦袋還是轉不過來，只能對著小瞳尷尬笑著：「所以……妳才會找我……」

「是唷！還好有小栗陪我！」小瞳笑得更開了，露出了潔白的牙齒：「謝謝你陪我唷！」

「不……不會啦……」

算了……至少子誼學姊的任務成功達成，也再看到了小瞳的笑容。剛剛的事情就當作小插曲吧，我只希望今天能拍片順利就好……該跟小瞳一起回到社辦，準備開拍前的工作了。

現在，我們電影研究社正在一間女廁前的走廊布置著場景。根據計畫，在招募到喪屍臨演之前，我們先拍攝不需要喪屍鏡頭的片段。首先拍攝的是劇本中最開始的一幕，小瞳飾演的「劉星羽」在女廁中遭遇了另一名倖存者，即子誼學姊飾演的「藍世琪」。

這一幕看似不難拍攝，但卻有著最關鍵的地位——吸引觀眾的注意。開頭的這一幕做得越用心，越能讓觀眾立刻進入狀況，所以要如何讓「劉星羽」一開始就抓住觀眾的焦點，就是我必須要挑戰的課題。

小瞳和子誼學姊為了要演出這一幕先離開去換戲服，也就是她們另外帶過來的學校制服。我和妙妙學姊則留下來繼續布置走廊，簡單來講就是丟著一些垃圾讓這裡看起來更亂。布置到差不多時，小瞳和子誼學姊已經換好學校制服並走了回來。

「小栗！怎麼樣？好看嗎？」小瞳轉著自己的身體，讓水藍色的百褶裙跟著一起飄動。

「不……不就只是學校的制服而已嗎……」

「你答錯了喔，小栗。」妙妙學姊拍了一下我的肩膀，力道很重：「這種時候你一定要說『很好看』才是正確解答。」
「好……好吧……小瞳妳穿得很好看……」
「來不及了！剛剛是妙妙學姊幫你回答的！」小瞳用兇狠的眼神對著我吐舌頭，我也只能尷尬地笑了幾下。
「呵呵。我們差不多就要正式開拍了，大家好好加油吧。」子誼學姊用著溫柔的笑容向大家打氣。
「沒……沒問題！」我回應著子誼學姊，也跟小瞳一下確認她的狀態：「小瞳，沒……沒問題吧？」
「應該吧。」小瞳猶豫了一下後才回答，感覺並不是完全沒問題。
「妳……妳會緊張嗎？」
「嗯……老實說，還是會有一點緊張唷。」小瞳雖然說自己有點緊張，但臉上還是掛著笑容的。
「那……那我們再複習一下劇本如何？」
「嗯，好唷。」
我跟小瞳稍微複習了一下等等她要演出的流程。從她要站在哪個地方開始、她的角色是什麼樣的背景設定、她要代入什麼樣的情緒以及她接下來的走位都差不多排練過了一次。
「……總之，就……就是這樣。我們已經練習過很多次了……沒有問題的。」我把小瞳演出需要的撬棍道具遞給了她：「加油吧，『劉星羽』。」
「好唷！我會加油的！」小瞳笑得很有自信，並且雙手接下了撬棍。
一切都準備就緒了。小瞳已經就定位，雙手輕握撬棍深呼吸著，子誼學姊跟妙妙學姊也待在後方觀察著小瞳的初次演出。我這裡也準備完畢了，手機的電量沒有問題……支架也裝好了。剩下的，就是等我喊出指令了……我在電影研究社的第一次拍攝啊……老實說我也是有點緊張的，緊張到手都抖了起來，但是小瞳也為此這麼努力了，我也不能一直被緊張左右……在深呼吸了幾次後，我喊出準備開拍的指示。

「準……準備好了嗎？要開始了！Three, two, one, action!」

我把鏡頭對準在凌亂的走廊，接著慢慢拍到小瞳緩緩移動的步伐。我抬頭看著小瞳的情況，她似乎已經把自己帶入到「劉星羽」這個角色了，她不停地左右轉動頭，像是對走廊隨時可能出現的一切而感到害怕。很好……我必須捕捉小瞳賣力的表演，從她的腳下開始拍攝，並逐漸把鏡頭移向她的上半身。捕捉她緊握撬棍的雙手，捕捉她因為大力深呼吸而不斷起伏的胸部，以及捕捉那雙充滿恐懼和不安、瞳孔不斷抖動的兇狠眼神。

我開始感到興奮。這種感覺就像是在展演台底下的我拍著台上走秀的超級名模一樣，我對能在我鏡頭中活躍的珍貴影像感到興奮不已。感覺自己後腦杓不斷發熱，畢竟能這樣用自己的鏡頭捕捉到演技出眾的女演員，我做夢也不敢想像會有這一刻。即使如此，我也要壓抑自己興奮的情緒，不然我怕自己多餘的動作會干擾小瞳的表演。

小瞳開始往前移動了，我也壓低著身子，把鏡頭聚焦在小瞳沉重且緩慢的腳步。穿白色長襪和黑色皮鞋的她踩過走廊上的紙屑與其他垃圾，最後踢到了一個鋁罐。鋁罐慢慢地滾到牆邊並敲出了聲音，這不大的聲音卻在這安靜的走廊中額外明顯。這是個很好的畫面，我立刻蹲了下來拍攝滾走的鋁罐，等到我回頭時，才發現小瞳用有點不知所措的兇狠眼神看著我……奇怪？

「……卡。」我對小瞳的動作感到納悶，於是下達了暫停拍攝的指令：「小瞳？怎……怎麼了？」

「對不起……」小瞳卸下了表演用的眼神，不好意思地說：「我不小心踢到鋁罐了唷。」

「欸？」

我和學姊們都對小瞳的反應感到納悶，所以一同走上前關心著小瞳。

「是……是不小心的嗎？剛剛演……演得還不錯啊……」我是真心這麼認為。

「嗯……不過，劇本並沒有寫說要踢鋁罐對吧？」小瞳有點不知所措地用腳趾敲著地板：「因為我怕不按照劇本演出會讓大家不滿意，所以就一時不知道該怎麼辦了……」

「這……這樣啊……」我回頭看著子誼學姊，畢竟她應該是最在意有沒有按照劇本演出的人：「學姊，妳……妳覺得呢？」

「欸？我？」

「我嗎？那……」子誼學姊摸了一下嘴唇，然後就對我說：「那就交給你判斷嚕，小栗。」

「呵呵，沒關係啦。我的確是很在意妙妙會不會脫稿演出，不過像這種小地方我也不會太計較就是了。所以就交給你這個專業攝影吧！」子誼學姊保持著瞇瞇眼對我微笑，看來是要我自己判斷了。

「才不是脫稿演出，這是臨場反應。」妙妙學姊推著自己的黑框眼鏡，但她剛剛早就換成了隱形眼鏡所以只是在推空氣。

「什麼臨場反應，妳根本沒有想要照劇本的意思吧……」

我先不理會學姊們的拌嘴，就回頭繼續安撫用兇狠眼神歪著頭看我的小瞳。

「總……總之……我覺得剛剛的畫面很好沒有問題。踢走鋁罐的那個畫面和聲響很有氣氛，我很喜歡這種感覺……」我對著小瞳解釋她的演出並非有錯，即使是她無心製造出來的效果也值得保留：「就……就算劇本沒有要求這麼做也沒關係。只要當下拍攝的感覺很自然，我都會把這些珍貴的演出好好補捉起來的……」

「小栗……」小瞳像是若有所思般用兇狠的眼神凝視著我好一陣子，之後才笑了開來：「哈哈！你好厲害唷！真的很像是專業的攝影師會講出來的話呢！」

「還……還好啦……」我不好意思地搔搔頭：「因……因為以前拍小狗小貓……牠們也不會遵照我的意思……所以也只能看牠們怎麼演就怎麼拍了……」

「……你是說我是小狗嗎？」小瞳翹起了自己的嘴巴，往我的小腿肉踢了一下。

「哎喲！不……不是啦！」我捏了捏自己的小腿，趕緊解釋著。

「哼！」小瞳跳回到自己劇中的站位後，對著我吐了舌頭。

「好……好啦……那就繼續拍吧……」我拿起了手機，對著恢復狀態的小瞳交代著：「鋁……鋁罐那邊不用重拍，妳就看著鋁罐那裡繼續拍下去就好了。」

「嗯，好唷！」小瞳露出自信的笑容：「我們一起加油！」

我們接續把踢到鋁罐後的鏡頭拍完，小瞳也再次進入狀態並順利地拍好這一幕。而下一幕就是「劉星羽」聽到「藍世琪」在女廁裡的哭聲，因此飾演「藍世琪」的子誼學姊就先到女廁裡待命。我先把手機鏡頭對準著小瞳的側臉來抓一下拍攝的感覺，而小瞳發現到我的鏡頭後擺出燦爛的笑容，還在她的臉頰旁比了一個YA的手勢。我不知道為什麼按下了錄影鍵把小瞳的笑臉錄了下來，可能是想要當作幕後花絮吧……也有可能只是我自己想要把小瞳的笑臉記錄下來。

「那……那我們就準備要開始下一幕了！大……大家準備好了嗎？」我稍微看一下大家確認每個人都就緒後，我就下達了開拍指令：「那……那就準備開始了！Three, two, one, action!」

小瞳再次戴上了表演用的面具，並繼續用膽怯的步伐走到了女廁前。在她的視線還在左右飄移不定時，女廁傳出了子誼學姊的哭聲。一聽到哭聲，小瞳的眼睛睜得更大，還更加用力的捏緊手上的撬棍。

「誰？誰在那裡？」小瞳喊出了台詞，如同劇本設定的那樣，是不敢太大聲卻又抑制不住緊張情緒的喊聲。

廁所裡的哭聲沒有停止，小瞳深呼吸了一口氣，表現出鼓起勇氣的模樣並慢慢走進了女廁。我也跟上去拍攝女廁的場景以及小瞳的身影，廁所裡窗戶不大，燈光也很昏暗，要在這樣的條件下拍到小瞳的表情會比較困難，還好目前為止的拍攝都還算可以。

「喂……裡面……裡面有人嗎？」

小瞳走到了傳出哭聲的廁所隔間前面。按照劇本，那扇隔間的門已經上鎖，但小瞳並不會嘗試去打開隔間，她只會繼續站在那裡出聲來確認裡面的人是什麼狀態。

「拜託！不要哭了！」小瞳緊緊握著手上的撬棍不放，表現出對隔間裡的東西感到非常不安：「如果你是人的話……講句話好不好？」

「嗚……妳……妳是誰？」廁所裡的隔間傳出子誼學姊哽咽的聲音，看來她也為了這齣戲卯足全力了：「我……我好害怕……」

「……是女生的聲音？」小瞳的表情從驚恐漸漸轉為遲疑，接著她抬起顫抖的手，往隔間的門輕輕敲著：「妳還好嗎？我……我是一年五班的劉星羽。妳沒事嗎？沒事的話能開門嗎？」

「我……我的朋友……老師……嗚嗚……大家……都被……都被那些……會動的屍體……咬死了……嗚……」

「我也是啊！大家明明都好好的……結果突然有人就被咬，然後我也不知道發生了什麼事情……大家都突然死掉了……」小瞳越講越激動，她握緊的拳頭越敲越快，連她兇狠的眼神都快溼潤了起來：「拜託妳！如果妳沒事的話開個門好嗎？讓我知道至少還有人活著！拜託了！」

小瞳的演技還是這麼地出色，可以感受得到她的情緒轉換是多麼地自然，彷彿她講出來的台詞就是她的親身經歷一樣。只不過……剛剛小瞳的演出有一點小瑕疵，她的眼神會不時往我鏡頭這裡飄過來看。

「卡。」

我果斷暫停了拍攝，這讓小瞳嚇傻了，整個人像凍住了一樣維持在敲門的姿勢看著我。

「怎麼了，小栗？」妙妙學姊從廁所的門口走進來問著：「剛剛那一幕沒啥問題吧？」

「對呀，怎麼突然喊卡了？我都差點要把眼藥水滴下去了。」子誼學姊從廁所的隔間出來，手上還拿著一小罐保健用的眼藥水。因為子誼學姊沒有像小瞳那麼厲害的演技，所以這是她用來流眼淚的小道具。

「抱……抱歉……」我走到整個人還在被凍住的小瞳旁邊，給她看剛剛拍攝的畫面：「小瞳，妳剛剛看……看到鏡頭了喔。」

「咦？好像……真的耶！」小瞳立刻把頭湊過來看著螢幕上的畫面。畫面裡小瞳的眼神的確有偷偷飄往鏡頭這裡看，在昏暗的燈光下，透過瞳孔反射的光線會讓她的偷看更加明顯。

「嗯。因……因為在劇中，妳應該只會注意到廁所裡的藍世琪……」我盡可能的解釋小瞳不該把眼神飄向鏡頭的原因：「我這裡鏡頭的方位是……是沒有東西的……要是看向我這裡，觀眾會不理解妳看過來的原因的……」

「原來如此啊……」小瞳專心地看完螢幕上的畫面後，抬頭對著我露出笑容：「再讓我試一次吧！我會注意的唷！」

「嗯……加油。」

我們大家再一次就定位，從劉星羽在敲著廁所門間那裡繼續拍攝。小瞳還是一樣能很快的帶入情感，當我喊下開拍指令時，深呼吸幾次後的小瞳就立刻回到了劇中角色的情緒。

「拜託妳！如果妳沒事的話開個門好嗎？讓我知道至少還有人活著！拜託了！」

……只可惜，小瞳還是往我鏡頭這裡偷瞄了好幾次。也許小瞳有出色的演技，卻不擅長怎麼去面對鏡頭吧。

「卡。」我再一次暫停拍攝，把手機的螢幕遞給小瞳看：「小瞳，妳……妳還是不小心看到鏡頭了喔。」

「咦？」小瞳接過了手機，她還是不可置信地看著螢幕裡的自己不斷偷瞄。

「小瞳，怎麼了？為什麼會一直想要偷看鏡頭呢？」子誼學姊從廁所隔間出來後關心著她。

「我……我明明心中一直想要告訴自己不要看鏡頭呢。」小瞳無奈的笑了一下，看起來有點自責：「但是只要眼角餘光看到小栗拿著鏡頭……我就會忍不住去在意呢……」

「這樣嗎……」我摸著下巴，思考著要怎麼解決這個問題：「那……那有什麼辦法可以讓妳不會太在意我這裡的鏡頭呢？」

「需要後面放個大字報之類的東西來提醒妳嗎？」子誼學姊想出了一個點子。

「不行啦！這樣的話小栗不就要一邊掌鏡一邊拿大字報了，這樣很累吧！」小瞳被逗笑了一下。

「那不要讓小栗『拿』著大字報，讓他『戴』著大字報如何？」妙妙學姊又推了一下她的空氣眼鏡：「我有辦法。」

「真……真的有啊？」我總感覺自己像個實驗室裡的小花栗鼠，感覺不太妙。

於是妙妙學姊不知道從哪邊拿出了一枝黑色麥克筆、一張A４紙以及一捆透明膠帶。她在紙上面用麥克筆飛快地寫下「我是攝影機，不要看我」這兩行字，接著拉起一長段透明膠帶並捲成一個繩子的形狀，再把這膠帶繩子黏到紙上形成一環，最後就把這東西套在我的頭上……什麼還真的是把大字報套在我的頭上啊？

「完美。」妙妙學姊得意地推起自己的空氣眼鏡：「這樣小瞳一定就看得到了。」

「喂……這……這樣真的可以嗎？」感覺就像被整了一樣讓我害臊到了極點，我都聽得到小瞳跟子誼學姊偷笑的聲音了：「這樣會……會不會反而太引人注意了？」

「沒問題唷！這樣反而更能提醒我呢！嘻嘻！」小瞳笑的很開心，她還蹦蹦跳跳的來到妙妙學姊旁邊借走麥克筆：「妙妙學姊！可以再借我畫個幾筆嗎？」

「請。」

小瞳一拿走了麥克筆就蹦蹦跳跳地來到我面前，不但踮起了腳尖還用兩隻手按住我頭上的紙張，這突然的一連串動作讓我整個人也凍住了。

「不要動唷。」

我乖乖聽從小瞳的指示，連呼吸都憋住了，只能感受到小瞳拿著麥克筆在我頭上的紙張畫了好幾次弧形。我連眼睛都不敢睜開，因為小瞳離我的距離好近……要是往下瞄就會瞄到小瞳水手服衣領下的肌膚了……

「畫好了唷！」小瞳蹦蹦跳跳的往後退開，那兇狠的眼神還配著活潑的笑容：「我幫你加上耳朵了！現在你就是有著花栗鼠耳朵的攝影機了唷！」

「咦？我？」我把套在頭上的紙拿了下來一瞧，在那兩行字的旁邊還真的被畫了像是花栗鼠耳朵的東西：「小……小瞳！」

大家都被我逗笑了，很難想像剛剛大家都還在演氣氛凝重的短片。我甚至還看到妙妙學姊拿著手機往我這裡拍，大概也是想要拍下這一刻作為幕後花絮。

「真……真是的！」儘管自己好像被犧牲掉了什麼東西，但我還是把紙頭套戴了回去：「只能今天這樣戴喔！」

「沒問題唷！」小瞳爽朗地回應著。看見她笑到露出無瑕疵的牙齒，也許我心中還是期待能得到她這樣的反應吧。

再一次地回到了定位，我下達了開拍指令後繼續專注精神在掌鏡上。小瞳依然順利化身為劇中角色，熟練地進行她情感豐富的表演。不同的是，這一次她的眼神真的沒有往鏡頭這裡亂飄了。

「拜託妳！如果妳沒事的話開個門好嗎？讓我知道至少還有人活著！拜託了！」

我認真地瞧著鏡頭裡的小瞳，她的眼神似乎還是伴隨著顫抖的瞳孔失焦了幾下，但可能是眼角餘光看到了我頭上的紙，所以提醒自己並克制住自己的視線。不管如何，眼神亂飄的動作沒有很明顯，我戴著這奇怪的大字報能有效用真的是太好了……

在小瞳喘出幾次明顯的呼吸聲後，廁所隔間裡傳出了一陣帶著猶豫的門閂解鎖聲，門也被慢慢地推開。我移動了位置，把鏡頭對準到小瞳的背影以及廁所隔間門縫裡的子誼學姊。看來坐在馬桶上的子誼學姊已經準備好了，她的瞇瞇眼不斷地流下眼藥水，臉上都是液體滑過的痕跡。子誼學姊用害怕的眼神看了小瞳一陣子後，她像是忍不住自己激動的情緒般站了起來，並用力環抱住了小瞳放聲大哭。

「嗚哇哇哇哇哇哇哇哇哇——！」

「等……等一下！放開我！放開我啦！」小瞳表現出驚嚇到不知所措的模樣，一直想要把子誼學姊推開：「先不要抱我！等一下！」

子誼學姊帶著困惑的表情被小瞳拉扯開來，小瞳則是一直檢查子誼學姊的手部、脖子以及可能會被咬的地方，之後才鬆了一大口氣。

「還……還好……看起來妳真的沒有事情……」小瞳深呼吸了好幾次，臉上還帶著卸下壓力後才會出現的倦容：「我是一年五班的劉星羽……妳呢？」

「我是……二年七班的……藍世琪……」子誼學姊維持著哽咽的樣貌，雙手還不斷地發抖：「現在……我們要怎麼辦？」

小瞳那兇狠中混雜著疲倦的眼神一直在子誼學姊的身上遊蕩，最後她的眼神停留在子誼學姊的手上，便伸出手緩緩握緊了那發抖的雙手。

「……我也不知道。」小瞳像是連張開嘴巴都很吃力似的，一字一句都唸得非常清楚：「總之，我們先一起行動吧。我們再找找看還有沒有人也活了下來……如果大家都聚在一起的話……也許……還會有希望吧……」

「……嗯。」子誼學姊緩緩低下頭，她的兩隻手緊緊地牽住小瞳，就像是在向神明祈禱一樣。

最後她們倆就在原地維持著一樣的姿勢，停留了好幾秒……沒錯，這一幕已經演完了，她們是在等待著我喊出那個指令吧。

「卡！」

小瞳和子誼學姊聽到我喊了卡後就立刻把頭轉向我這裡，就像小朋友在期待著煙囪裡會爬出聖誕老公公一樣，兩眼發亮地等待著我的結果。

「很……很棒喔！」我發自內心的讚嘆，豎起了大拇指：「這一次拍……拍得很好！這一次拍得很順利，沒有問題！」

「好耶——！」

小瞳和子誼學姊一同興奮地歡呼，還十指交扣著彼此的手原地跳動。不過小瞳妳也先把另一隻手上的撬棍先放下來啊，我怕妳跳得太高興就不小心敲到學姊了。

「真是太好了，花栗鼠一號。」妙妙學姊走到了我的旁邊，滿意地拍了拍我的肩膀。

「還……還好啦，是大家都辛苦了。」我靦腆地笑著，確認一下剛剛錄到的畫面，等等也要給小瞳和學姊們看看在鏡頭下的她們有多麼努力。

於是，我們趁著拍出小小成果後的幹勁，繼續接著拍攝後面的片段。在後面的劇情，劉星羽和藍世琪會相遇由妙妙學姊飾演的「簡宇湘」，但由於她們是在遭遇喪屍之後被簡宇湘解圍，所以我們先跳過她們相遇的片段，並接續拍攝後面只有她們鏡頭的劇情。妙妙學姊也和大家一樣很認真地在鏡頭裡詮釋自己的角色，有著領導特質的她會逐漸給劉星羽和藍世琪生存的方向。只不過……

「接好。」飾演簡宇湘的妙妙學姊即使在鏡頭之下也不改她如同貓咪般難以捉摸的氣質，把在劇中搜刮到的木製球棒隨意扔給了子誼學姊：「妳也要有個能保護自己的武器，總比什麼都沒有來得好。」

「咦……」子誼學姊好像還沒反應過來就接住了球棒。她一臉遲疑，隨即就轉頭用瞇瞇眼對著鏡頭：「小栗不好意思……可以麻煩卡一下嗎？」

「欸？好……卡。」我也反應不過來，但還是喊了卡。

「妙妙！」子誼學姊又鼓起了臉頰，把手上的球棒用力遞向妙妙學姊：「不是說好了這一幕妳要用傳的給我嗎？為什麼要用丟的？」

「當下的情況用丟的比較順手吧。」妙妙學姊不改臉上冰冷的表情，不疾不徐地接下了球棒：「而且用丟的，畫面會比較有動態感吧。」

「那妳在之前討論劇本的時候就應該要先講出來，而不是現在又臨時起意了！」

「因為拍攝當下的氣氛很好，所以我才會突然有這個想法。」

就像這樣……妙妙學姊在拍攝當下很容易會因為有自己的想法，所以會不按照劇本演出。雖然她的想法的確也算合理，而且鏡頭也不會太奇怪，只是沒有按照自己劇本的子誼學姊就不太高興了。像這樣拍攝到一半暫停，然後兩位學姊為此爭辯已經是家常便飯。我和小瞳也只能在旁邊看著學姊們彼此鬥嘴而苦笑著。

這一整天，我們都在為拍攝短片努力。我們拍攝遇到阻礙時，都會彼此討論看要怎麼解決。中午的時候，大家還會邊吃便當邊構想著接下來的場景要怎麼拍。我們拍出NG片段時，也會故意給大家再看一次來逗得所有人呵呵大笑。就這樣一直拍到天色漸漸昏暗，差不多準備要收工了。拍片的時候還感覺不到，沒想到時間竟然過這麼快啊……

我去巡視剛剛拍攝的場地，確認是否已經場復完成後就回到了社辦。社辦裡的大家也都換回了自己的便裝，看來也收拾好東西準備要離開了。

「大家今天辛苦了！」子誼學姊用溫暖的微笑慰勞大家，然後轉頭問道：「小栗，場地都確認過恢復原狀了嗎？」

「嗯，確……確認好了。」

「那我們就走吧。」妙妙學姊伸了下懶腰後，拎起一大袋裝著拍攝道具的塑膠袋：「社辦我來鎖就好了。」

「小栗！可以再借我手機嗎？」小瞳又蹦蹦跳跳的來到我面前：「我想看看剛剛拍好的東西唷！」

「喔好……等……等我一下……」

我們一行人就這樣離開了社辦，一起在走廊上走著。子誼學姊和妙妙學姊在討論著下次拍攝要準備的東西，而在我旁邊的小瞳則是拿著我的手機並緊盯螢幕。她一直在反覆觀看今天拍攝的片段，是在享受今天拍攝的成果嗎？還是在意自己的表現好不好呢？

「喔對了。明天星期日我跟妙妙會有事情，所以下次的拍攝就要到下星期了喔。」子誼學姊拍了拍我跟小瞳的肩膀提醒了我們。

「沒⋯⋯沒問題。」我轉頭回應著。

「明天就好好休息吧，畢竟也要為下星期的拍攝做好準備呢。」妙妙學姊把袋子往身後拎著，就像是用很帥氣的姿勢拎起書包一樣。

「沒問題唷。」小瞳沒有回頭，她回應後就繼續看著我的手機螢幕。

我們走到了大門口。在跟警衛先生報備完畢後，子誼學姊和妙妙學姊就往街道的另一頭走過去了。

「那我們走嚕，後天見！」子誼學姊向我們微微地揮揮手。

「後會有期。」妙妙學姊只是隨意地抬起了她的另一隻手。

「後天見唷！」「後天見。」

我和小瞳在跟學姊道別後，小瞳就轉過身來，兩手捧著我的手機螢幕遞給了我。

「謝謝你唷！」小瞳有著很甜的微笑，跟她的兇狠眼神不太怎麼搭的微笑：「要一起回家嗎？」

「嗯⋯⋯好⋯⋯好啊。」我迴避了下她的眼神後接過手機。

「嘻嘻！雖然說是一起回家，不過也只有一下子吧。」小瞳的步伐踏得很高，好像反映了她的心情一樣：「我記得你會往左邊走去搭公車對不對？」

「沒⋯⋯沒關係！」我不知道為什麼腦中像是發熱了一樣，轉頭看著小瞳說著我自己也不知道為什麼要這樣講的話：「今⋯⋯今天我可以陪妳一起走到捷運站！」

「咦？可是你不是說過去捷運站不順路嗎？」

「今⋯⋯今天是假日⋯⋯沒有關係！」

「⋯⋯噗。好唷！」

小瞳笑得很開心，還哼著像是流行歌的旋律。身穿便服的她像是在水面上跳舞一樣，在人行道上踏著她愉悅的步伐。看來今天的拍攝結果還不錯吧，可以讓她有這樣愉悅的心情。

「唷，小栗。」小瞳跳到了我面前，讓我停下了步伐：「你會想喝飲料嗎？」

「嗯……應……應該可以。」

「那你幫我買好不好？在前面那家的飲料店，我要多多綠少冰唷！」

「嗯……好……」

我接過小瞳的錢後，在前面的飲料店買了一杯多多綠。因為覺得自己不喝什麼會有點格格不入，所以我也用自己的錢幫自己買了一杯多多綠少冰。等到店員弄好飲料後，我接過兩杯飲料和吸管，並走向小瞳遞出她的那一杯。

「謝謝唷！」

小瞳開心地接過我手上的飲料，還摸到了我的手指讓我錯愕到當場石化。不只石化，連我的腦袋都卡住了一直在想同一件事，就是不知道她有沒有發現到自己摸到了我的手……

「……嗯！哈！好喝！」不過小瞳好像只是陶醉在她的飲料中，一臉幸福的表情：「小栗你點什麼啊？」

「呃？我……我嗎……」我趕緊故作鎮靜地拿起吸管往飲料杯蓋用力戳下去，並吸了一口來緩和心中的情緒：「我……我也是喝多多綠少冰……」

「吼，你幹嘛學我？」小瞳往我的小腿肉踢了一下，不過這次她踢得很輕。

「哎呦，就……就突然也想喝嘛。」我稍微揉了揉被踢的地方：「那小瞳妳……妳為什麼不自己去買啊？」

「因為……我怕我會很緊張啊。」小瞳再喝了一口多多綠後，對著我吐著舌頭：「我怕又會把店員給嚇跑了唷。」

「嚇……嚇跑？」

我突然回想到早上我們一起去學校大門口的警衛室，結果小瞳那兇狠的眼神把警衛嚇到掏出電擊棒的事件……該不會也是因為這樣吧？

「我……我覺得那個警衛大哥是有點誇張了啦……」我喝了一口多多綠後繼續講著：「但是會連……連飲料店的店員都會怕成那樣嗎？」

「是真的唷！」

小瞳繼續往捷運站的方向走去，我也跟到了她身邊，一邊看著她豪邁地喝著多多綠，一邊聽著她講著以前發生的故事。

「以前我只是想要喝一杯多多綠而已，就自己一個人去飲料店想要點飲料。」小瞳說著這故事的時候，兇狠的眼神卻帶有幾分落寞：「我只是因為太過緊張不太敢開口，所以就一直指著菜單上的多多綠。結果店員卻像是看到什麼可怕的東西一樣，躲在櫃台裡不斷喊著：『對不起對不起對不起！如果妳對飲料不滿意我會重新做一杯給妳！請妳放過我別再瞪我了嗚嗚嗚……』看到他那樣的反應，我反而自己被嚇到先逃跑了……很蠢的事情對吧？」

小瞳只是看著前方露出笑容，不過是有點皺著眉頭、能感受到無奈的那種笑容。

「嗯……的確是很……很不可思議的故事。」我和小瞳走到了紅綠燈前，等著行人號誌轉成小綠人：「不過平常小瞳妳……妳跟我……還有跟學姊的相處感覺很正常啊。」

「因為……跟認識的人講話就比較不緊張了唷。」小瞳輕輕地搖晃自己的身體等著紅綠燈：「其實……偷偷跟你說唷。你剛轉學過來的那一天，我想要拉你進來電影研究社的那個時候，我也一樣……很緊張、很緊張唷。」

「……咦？」

小瞳的語氣越來越輕柔，讓我不自覺轉頭看向了她。她依然用著兇狠的眼神凝視著前方，不知道是在凝視著來往的車輛還是被輪胎壓過的斑馬線。她的臉上掛著一個淺淺的微笑，感覺就像是她把心中五味雜陳的感覺反覆過濾後再提煉，並把最後的結果抹在她的微笑上。

原來……原來小瞳第一次看到我時也很緊張嗎……我在最一開始感受到那可怕的視線，就是因為小瞳太緊張的緣故嗎？

「我……我那時候也很緊張呢……」我也回頭看著前方，看著車道上紅燈旁數字的倒數計時：「不過……能因為這樣認識到喜歡電影的學姊們……還……還有演技這麼厲害的小瞳……真的是太好了。」

「你覺得我的演技真的很厲害嗎？」

「嗯……真……真的很厲害，簡直變了個人似的那種厲害。我……我很好奇，妳是天生就有這種天賦，還……還是後天練出來的？」

「這個嘛，我也不太清楚唷。」

綠燈了。我和小瞳開始往前走過著斑馬線，而小瞳喝了一大口多多綠，吐出一大口氣後就繼續講著她的故事。

「我很久以前……就算是面對認識的人也沒辦法露出笑容唷。」小瞳一邊走著，一邊用兩個指頭玩弄著飲料上的吸管：「因為常常被大家說眼神很兇，所以很少人親近我，甚至還常常發生誤會因此打架唷……但是……我是真的很想要交朋友，所以不知道該怎麼做……爸爸還有媽媽都跟我說只要笑起來就會有朋友了，但是我卻不知道要怎麼笑才是對的……我一直都很怕……萬一我笑得很難看呢？」

我沒有接話，只是喝了一口多多綠後，陪小瞳走完斑馬線並繼續聽著她的故事。

「不過，有一天我在電視上看到一個偶像唷。她笑起來好好看，看起來好開心。如果能有像她那樣的笑容，一定會有很多朋友吧？電視上的人問著她是怎麼保持這個笑容的，她就說，只要想著以前發生過的那些愉快事情，她就會不由自主笑起來了唷……我好希望也能有像她那樣的笑容，於是就跑到鏡子前面不斷地練習、不斷地練習、不斷地練習……終於……我笑出來了……我笑的樣子看起來很笨拙，兩排牙齒都露了出來……不過這是我第一次看到自己的笑容，那時候的我感覺……很開心唷。」

小瞳看著前方笑了出來。她也一樣露出了兩排牙齒，但看起來不會笨拙，而且很好看，也很可愛。儘管跟她的兇狠眼神還是不怎麼搭，但這是真的能感受到她很開心、能被她的快樂傳染到的笑容。

「那……後來有成……成功交到朋友了嗎？」

「有唷！我努力笑了好幾次，總算在班上會有其他人願意跟我講話了唷！雖然跟陌生人還是會很緊張就是了……要克服緊張的情緒還是很難呢……」小瞳聳肩笑了幾下後，邊走邊大力甩動著手上的飲料杯：「後來我還繼續照鏡子學習自己能不能做出其他的表情唷！如果想要做出傷心難過的表情，心中就要想很傷心難過的回憶。如果想要做出害怕的表情，心中就要想著很可怕的回憶。當然要做出很快樂的表情，心中就要想著很開心的回憶唷！」

「這樣啊……」

小瞳這樣的演技，我似乎也有聽說過。某些演員在進行表演的時候，會藉由回想相似的經歷來更好地代入所要詮釋的角色。小瞳能做到這樣的表現，除了她拚命努力練習外，也有可能是真的有天賦吧。

「小……小瞳。」一股想要更了解小瞳的感覺在心中油然而生，於是我轉頭問她：「我……我有點好奇……」

「嗯？」

「那……妳喜歡演戲嗎？」

小瞳聽到我的問題後，只是嘻嘻笑了兩聲。她瞇起了兇狠的眼神，還用著她看起來最有自信、最燦爛的笑容對著我。

「當然喜歡唷！就是因為學會了演戲，我才學會要怎麼笑唷！」

看到小瞳如此開朗的笑容，就好像一股溫暖的陽光衝擊進我的心窩裡。即使我沒辦法分辨小瞳的這個笑容到底是真心的，還是她用厲害的演技去呈現出來的。但不管如何，小瞳一定是真的喜歡、享受演戲，才有辦法堆砌出這樣的笑容吧。

「我……我也會加油的！」我想把心中想說的話都一股腦兒地說出來，情緒還有點激動：「我……我也是一樣很容易緊張……講話還很……很容易結巴……但我也會加油的！我……我也會加油克服自己的緊張……然……然後努力拍下妳們辛苦呈現的模樣……我……我們……我們一起加油吧！」

小瞳看到我激動到還差點捏壞手上的空飲料杯，先是愣在原地看著我，然後才噗哧笑了出來。

「哈哈哈！小栗你在做什麼啦！」小瞳還笑到彎著腰捧著肚子。

「我……哎唷……我只是……」感覺我害臊到耳朵也快紅了起來。

「我當然知道你可以的唷！」小瞳也把她手上應該是喝完的空飲料杯遞給了我，還對我維持開心的笑容：「因為你是我找到的攝影師唷！」

「……嗯。」

雖然不知道為什麼小瞳要遞給我飲料杯，但她也講話激勵我了，我也沒有考慮太多就收下了空飲料杯。

「幫我丟唷！」

「……欸？」

小瞳一放開手上的空飲料杯，就轉身蹦蹦跳跳地跑向前方的捷運站。啊糟糕，原來不知不覺就到了捷運站嗎？原來小瞳是要我幫她丟垃圾嗎？可惡上當了！

我還以為小瞳就會這樣頭也不回地跑到捷運站入口，沒想到她在跳到階梯之前停下了腳步。接著她輕盈地轉過身子，她頭上的馬尾還在空中畫了一道流利的弧線。

「後天學校見唷！」小瞳對著我這裡熱情地揮揮手。她還是一樣，帶著兇狠的眼神以及愉快的笑容。

「嗯……後天見！」我把兩個飲料杯夾在手臂上，用空出來的右手對著她揮手回應。

我站在原地目送著她離開。即使她已經進入捷運站、離開我的視線許久，我還是站在原地看著捷運站入口好一陣子後才起步動身。

把手上的空飲料杯丟到附近的垃圾桶後，我就去找了下附近的公車站牌，並看了看上面的路線資訊。一看到離自己的家又更遠了，我不由自主地嘆了口又長又大的氣。

「……完全是反方向啊。」

於是我在等候亭下拿出了手機，看著今天拍攝的成果來打發時間等公車了。

第三章・姍姍來遲的喪屍大軍

距離社團成果發表會也只剩下三個月左右了。為了在死線之前完成電影研究社的作品，我們大家的確很積極地參與其中。也多虧大家的努力以及幫忙，基本上不需要喪屍的鏡頭都拍攝得差不多了。有時候我會不禁這麼想著……好像事情也發展得太順利了一點吧？

是啊……該面對的還是需要面對。我們到現在還沒有拍攝任何一幕有喪屍的鏡頭。就像網路上的某些人講過的，沒有喪屍鏡頭的喪屍影片，就跟沒有醬汁的炸鳳尾蝦一樣。所以等我們招募到扮演喪屍的臨演後，就必須要趕快拍攝其他片段了。

只是……

「學……學姊……妳說……招募到的臨演……就只有這兩位嗎？」

「……是啊。」子誼學姊用瞇瞇眼看著我，還帶著無奈的笑容：「看來招募海報的效果不太好呢。」

我不可置信地看著社辦裡的另外兩名同學，他們是這兩個月來唯二招募到的喪屍臨演。對，我們貼了這麼久的海報，有兩個月這麼久了……結果最後只招募到這一男一女。

我揉了揉眼睛想把自己給揉醒，但我張開眼睛看到的還是一樣的畫面……只有兩名喪屍臨演啊……完蛋了……別說大場面了，幾乎所有的追逐場面都要靠這兩個喪屍撐場啊……這畫面絕對不管怎麼拍都會很尷尬的……完蛋了啊……

「大家好呀！因為覺得當喪屍很好玩，所以我就把葛格一起拉過來了！」臨演的其中一名女同學看起來個子嬌小，而且很喜歡表現出撒嬌的樣子。她一直抱住身旁男同學的整隻手臂，還不斷叫他哥哥。原來他們是兄妹檔嗎？

「嗯，大家好。因為有點擔心妹妹，所以我也一起過來當喪屍了。希望妹妹不會給你們添麻煩。」另一名男同學身材看起來有些高大，臉上的表情顯得很憨厚，看起來是個老實的好人。他一直把手臂挪出一個空間給他的妹妹環抱住，感覺已經很習慣被妹妹這樣黏住了。

「我才不會添麻煩呢！葛格真是的！」女同學撒嬌到把整個頭埋進男同學的胳膊裡了。

「哎呀……大家都在看啦，哈哈……」男同學嘴巴上這麼說著，但還是放任他的妹妹繼續對他撒嬌。

我偷偷地把頭轉向學姊並用眼神打暗號，子誼學姊只是嘆了一口氣並微笑地搖搖頭，妙妙學姊則是雙手一攤，不知道是習慣這種場面還是乾脆看開了。至於小瞳……她正坐在社辦角落的椅子上，戴起耳機聽著手機裡的音樂。因為大家都擔心她看到陌生人又會很緊張，到時候又會用兇狠的眼神把兄妹檔給嚇跑，所以我們只好先隔開小瞳了。

……看來大家的想法都跟我差不多吧。喪屍臨演不但只來了兩個人，這兩個人還是感情好到很詭異的兄妹檔……這是我頭一次會對拍片進度感到擔憂，說實在以往遇到的困難都可能沒有現在如此嚴峻。

「……總之，謝謝兩位願意前來擔任喪屍臨演。」子誼學姊還是走上前迎接這兄妹檔，重新把溫柔的笑容掛在臉上：「方便加一下通訊軟體嗎？之後我會再把拍片的集合時間以及地點傳給你們，到時候再麻煩你們了。」

「好哇！用葛格的手機加吧！到時候葛格再跟我講就好嚕！」

「好的，請稍等我一下，我拿一下手機……」

在子誼學姊加好兄妹檔的通訊軟體後，子誼學姊就先送他們離開社辦。我趁這個時候走到小瞳前面，輕輕拍了幾下她拿在手上的手機，想要示意她兄妹檔已經離開了。

「小瞳……他們已……已經走了喔。」

「喔……好唷。」小瞳把音樂按下了暫停，拿下了耳機並站起身子伸了個懶腰，還邊伸邊發出拉長的聲音：「你覺得他們如何，小栗？」

「這個嘛……」我盡量在講話的時候不把心中的苦全部嘆出來：「應……應該可以吧……雖然他們兄妹倆的相處模式怪怪的……不……不過如果只是要當喪屍的臨演……應該不會有什麼問題……」

「嗯……你看起來很苦惱唷。」小瞳的兇狠眼神似乎察覺到我臉上寫滿的不安：「果然還是因為當喪屍的臨演太少了對吧？」

「對啊……」

就在子誼學姊回來社辦後，我們繼續討論這個棘手的情況。現在離死線只剩下兩個月左右，如果還只是繼續等著有誰願意來當喪屍臨演的話鐵定來不及，也不知道到底能不能等到人。所以子誼學姊提出另一個辦法，要我們自己去尋找有誰願意。

「……所以要麻煩大家了，問問看大家的朋友或是同學有沒有意願來當臨演。抱歉……突然提出這麼臨時的辦法。」子誼學姊的兩隻手握在自己的身前，能感覺得出來她也對自己提出的要求很不好意思。

「這個……」我和小瞳面面相覷，開始設想班上會有誰會答應這件事情：「感……感覺不太容易……但我會試試看。」

「我也會試試看。」妙妙學姊抹了一下自己的臉，語重心長著：「但我要先說，高三的人大部分都在準備大考，可能沒多少人有空。就算有空也不一定會有意願。子誼，那妳認識的漫研社社長有辦法嗎？」

「她嗎……最近她一直都在說自己準備成果發表會的作品忙到昏頭，應該沒辦法吧……」子誼學姊嘆了一口氣，很難得看到她這樣憂心忡忡的：「也是呢……其他社團的人光是準備自己的作品就很忙了，更別說還幫別的社團了。」

「……那我還是做喪屍人偶吧。」妙妙學姊原本想要繼續接話下去，不過她看到子誼學姊沒有平常鼓起臉頰的反應後就打住了。

「學姊……」小瞳主動上前，揉了揉子誼學姊的手：「我們會盡量想辦法的唷……學姊不要太擔心了。」

「嗯……謝謝妳。」子誼學姊勉強打起精神擠出微笑，看著我們大家微微鞠躬道謝：「麻煩大家了……能找到多少個就多少個，沒關係的……謝謝大家。」

「不會啦……學姊辛苦了……大……大家也辛苦了……」

今天的大家都沒辦法提起什麼幹勁，所以就先早早解散了。我和小瞳一起走回自己的班級，她在走廊上的步伐忽快忽慢的，不知道是在踢著灰塵還是在踢著煩惱。如果可以的話，我也希望就把我們的煩惱揉成一團後，再用力扔出窗戶外面……

唉……大家的努力好不容易有進展了……沒想到還是被現實的問題卡住了嗎……

我躺在家裡房間的椅子上，整個人就像掛在椅背的外套一樣癱軟在上面。距離上次說要主動尋找喪屍臨演已經過了好幾天，結果還是沒有什麼明朗的進展。

我開著電腦，用通訊軟體跟遠在南部的阿健分享自己的苦惱。不過阿健倒是很好奇我目前拍攝的進度，於是我把目前拍好的片段全部傳給阿健，然後自己繼續躺在椅子上放空。這段時間阿健就一直看著我傳過去的片段，他的喇叭似乎開得很大聲，我的耳機都聽得到在他那裡傳出來的影片聲音，還能隱隱約約聽見小瞳喊的台詞。

「欸……小栗啊。」過了許久，耳機裡終於傳出了阿健的聲音：「這真的是你拍的嗎？」

「是啊。不過這是大家一齊努力拍出來的，不是只有我的功勞就是了。」我淡淡地說著。

「欸！太強了吧？這跟上次我幫你一起拍的那個狗狗跟貓咪的短片完全不同一個等級吧？」阿健的聲音聽起來很激動，能感受到他是這麼真心認為：「你也進步太多了吧！你到底經歷了什麼事啊？才北上過去幾個月，你的功力就進化成這個樣子？」

「你太誇張了啦。」聽到死黨的誇獎我還是很高興，高興到身體在慢慢扭動自己的椅子：「不過……謝啦。我一直都很在意，這次自己嘗試拍不同類型的短片會不會能讓觀眾喜歡，能聽到你的評價我就放心多了。不過……唉……」

「怎麼了？又嘆氣啦？」

「就我一開始跟你講的啊，我們演喪屍的臨演完全不夠啊。」我把身體往前靠，幾乎趴在了電腦螢幕前：「到現在還是一樣只有兩個人。我們社團這幾天都在試著找臨演，我也在我的班級問著可能的同學看有沒有意願。結果大家幾乎都說沒有空啊……要臨時找人果然也沒這麼簡單的……」

「這樣喔……要不要我北上去幫你演喪屍啊？哈哈哈！」

「白痴喔，你一個人上來是能幹嘛。好好待在你的南部啦。」我直接回答了，哪怕這只是玩笑話。雖然以阿健的個性大概會真的會北上過來幫我，但也就他一個人而已，只為了多一個喪屍臨演就從南部趕過來也太不值得了，還是別麻煩他吧。

「欸姊——！」阿健倒是沒有繼續接話下去，他好像朝某個方向呼著家人並離開了座位：「欸妳看一下……」

之後耳機另一頭便安靜了下來，看樣子阿健正在給他的家人們看我的作品吧。阿健真的對我的作品有很好的評價呢，還會分享給他的家人們一起看……說起來在搬家之前很喜歡去阿健家玩呢，他家好像是透天厝，我記得裡面還住著滿多人的……

過了一段時間，阿健那裡還是沒有傳出聲音。不知道他到底還要給他的家人們看多久，所以我就先在網路上找影片看來打發時間了。

「欸小栗！」耳機終於傳出阿健的聲音，能感覺得到他很興奮也很激動：「我給家人們看過了！他們都說你拍得很厲害！也很想要再看看你！」

「是喔……幫我跟他們說謝謝。哪天我爸媽帶我回南部，我再過去你家看看他們。」

「不是啦！你不是因為找不到喪屍臨演所以在煩惱嗎？」阿健越講越大聲，深怕我聽不見似的：「下個星期不是連假嗎？我們家已經訂好北部的飯店，只是一直決定不了行程；剛剛討論了一下，說是要去看看你啦！然後也來幫忙看看演一下喪屍啊！」

「……欸？」

突如其來的發展讓我的腦袋忘記運轉，連呼吸也都快忘記了。為了確認我沒有聽錯，所以我抓著自己的麥克風慎重地再問一次：「真的嗎？」

「真的啊！」

「有……有多少人？」

「我算算看……我、我姊、我爸、我媽、我叔叔、我嬸嬸、我叔叔那邊的兩個堂哥跟一個堂妹、我姨媽、我姨夫、我那姨媽的兩個小丫頭、我叔公，大伯跟伯母他們要留下來照顧爺爺奶奶，所以人不多啦！十四個人而已！」

「十……十四個？」

完……完蛋了啊啊啊啊啊啊啊啊——！我竟然不小心把阿健的全家都拉過來幫忙了！我只不過是想要抒發一下自己的情緒和煩惱，沒想到會變成這樣難以收拾的局面了！完蛋了完蛋了完蛋了！

「喂？小栗？有聽到嗎？」

「那個……等……等我一下……」我趕緊先把麥克風切掉，盡可能地整理現在的思緒。都怪這事情衝擊太大，害我現在跟阿健講話也開始在結巴了……

真的假的……阿健一家人都會北上過來幫忙演喪屍嗎？這樣的確是可以湊滿十個人……不對……已

經比十個人還要多出不少了……可是……我有能力一次掌握阿健一家人的拍攝情況嗎……他們明明是要去家族旅遊的，卻要過來幫我們拍攝短片……萬一他們覺得拍片很無聊的話要怎麼辦？萬一他們不滿意拍攝的結果要怎麼辦？萬一……可惡！明明得到了這麼大的幫助，為什麼我卻一直在擔心啊……

……怎麼辦，要拒絕嗎？可是一旦拒絕的話，說不定就沒有其他機會了……這幾天不斷問著其他人願不願意當臨演，不就是希望能解決拍片的困境嗎？我也不想要再看到大家愁眉苦臉的樣子了……

……是啊。我不想要再看到明明對劇本付出這麼多心力的子誼學姊卻什麼事都做不了，只能無奈地笑著。我也不想要看到妙妙學姊表面上故作鎮定，心裡卻還是不甘心那遺憾的模樣。我更不想看到小瞳這麼煩惱無助的表情了……畢竟……我已經跟小瞳約定好了……

「謝謝你小栗！我們要一起拍出經典鉅作唷！」

……啊真是的！既然我頭都洗下去了，那就乾脆洗到底吧！我趕緊深呼吸個幾次調整自己的情緒後，重新打開了自己的麥克風……

「……抱……抱歉……我回來了。」

「喔喔，那我剛剛講的事情可以嗎？才十四個人會不會太少？」

「夠了啦！可以了啦！」我激動到站了起來，深怕阿健還會幫出更多誇張的事：「我原本預計十個人左右就可以了，你們家幫的忙絕對夠了！真的啦！」

「喔，哈哈哈！那就好！」

「不……不過，你們家這麼多人真的沒問題嗎？」我坐了下來，盡量穩定自己的呼吸，想著阿健他們一家人北上可能會遇到的狀況：「我是說……像是其他行程安排，還有要去哪裡吃東西之類的。」

「這個嘛，行程的部分我爸媽應該會處理好。不過要去哪裡吃就沒有頭緒了，你有推薦的地方嗎？」

「推薦嗎……」我趕緊搔著自己的腦袋希望它能運轉快一點，還好腦袋還很爭氣地讓我想到了答案：「子誼學姊……對了！我學姊家裡是開餐館的，我會去問問學姊，看能不能提供什麼東西。」

「喔！聽起來很棒耶！我都開始有點期待連假那一天到來了，哈哈！」

「你啊……」我緩緩吸了一大口氣，再把它吐了出來：「哈……謝謝你了阿健……每次都是這樣，得到你太多幫忙了。」

「哎呀！就說了沒什麼，我們可是兄弟嘛！哈哈哈！」

「呵……」

冷靜下來後，我就想到這麼多人要來擔任臨演，社團的大家可能會來不及掌握狀況。所以我立刻在電腦打開了新文件，想要記錄一下來的人有哪些，以及他們的身高體重等外貌資訊，我想妙妙學姊會需要這些資訊來準備戲服和道具，子誼學姊可能也會為此需要再修改一下劇本。

「阿健，再麻煩跟我講一下你們家有誰要來。」我把兩手敲在鍵盤上，一副西部牛仔把雙手靠在配槍上準備對決的樣子：「然後把身高、體重、外表等資訊都告訴我，我要記錄一下再交給學姊。」

「好啊！去的人有我跟我姊、我爸、我媽、我叔叔……」

「等一下！太快了啦！慢慢來！」

「喔好……有我……還有我姊……」

今天是連假的第一天，也是我們電影研究社計畫要拍攝喪屍鏡頭的第一天。社團的大家都來得很早，不過讓我比較意外的是那對兄妹檔也準時現身了，看來他們是真的對演喪屍很有興趣。一到早上十點，我們所有人就到學校的大門口準備迎接從南部北上的阿健一家人，社辦裡就只留下兄妹檔他們……希望他們兩人不要在社辦裡面亂搞什麼東西就是。

我們就一直站在大門口等著阿健一家人。不過……已經等了快二十分鐘了，還是沒見到他們的蹤影。我一直在通訊軟體對阿健發出訊息，但不知道為什麼都是未讀。大家好像也等到有點不耐煩了，不是來回踱步就是坐在學校圍欄旁的矮牆上休息。

「他們會來吧，小栗？」小瞳在人行道一直往馬路探頭，把手掌比在眉間上做出遠望的動作：「到現在還是沒有看到有車子停下來唷。」

「會啦……他們一定會來的……」我嘴巴這麼說，但還是很擔心的看著阿健依然未讀的訊息。

「可是我們也等了快半小時了。」子誼學姊坐在矮牆上，踢著兩腿在舒緩著：「是途中塞車嗎？還是發生了什麼事情？」

「這個……不知道呢……」

「放心吧，小栗可是信誓旦旦說他們一定會來的。」妙妙學姊走到了我旁邊，抓住了我的肩膀：

「我們還為此花了很多時間做了準備，子誼也熬夜了好幾天去修改劇本。大家都是因為小栗才會這麼拚命的，也就是說……」

妙妙學姊的手如同捕獸夾般緊緊捏住我的肩膀，把我的肩膀都捏痛了。

「……小栗。要是你敢說這一切都只是在開玩笑，你就會知道自己有什麼樣的下場。」

「別……別把我說的像是玩弄別人感情的渣男一樣啦！」

就在我擔心妙妙學姊會不會對我進行下一步動作的時候，有好幾輛車從馬路的另一邊開了過來，分別為一輛轎車與兩輛廂型車。它們陸續出現並停靠在學校的門口，這讓小瞳像是被嚇到的狗狗一樣又跑又跳地逃回我的身後。

「難道說……終於來了嗎？」子誼學姊站了起來，臉上滿是期待的表情。

「別鬆懈。這麼大的陣仗，說不定這是敵對的勢力雇用打手來找麻煩的。」妙妙學姊倒是腦袋裡不知道在裝什麼東西，一副準備應戰的模樣：「就決定是妳了，小瞳！」

「學姊！別……別隨便這樣使喚人家啦！」我回頭大聲吐嘈，想要制止妙妙學姊把事態發展成奇怪的對戰。我都看到小瞳的兇狠眼神又變得很可怕，看來她也開始感到緊張了。

我當然知道這車隊是什麼人，畢竟前面那輛轎車的外觀我也有印象，一定是他們錯不了的……

「小栗——！」

轎車的後座首先被打開，有一個面孔熟悉的人從車上跳了下來還大喊我的名字。就跟我期待的人一模一樣！他就是阿健啦！

「阿健——！」我立刻朝他那裡衝過去，還跟他一起跳起來在空中用肩膀相撞：「怎麼這麼久啦！

我密你都沒有回！」

「哈哈哈！抱歉啦！路上有些塞車，然後我不小心等到睡著了哈哈！」阿健還是跟以往一樣笑得很開朗。

「睡屁啊！害我乾著急那麼久！」我雖然嘴上這樣講著，但臉上依然掛著開心的表情。

「啊就等到很累嘛！哈哈！」

「好吧……看來不是敵對的勢力，只是在草原跟黑色的花栗鼠一起嬉戲的刺蝟罷了。」回頭看妙妙學姊好像鬆了一口氣，但不知道為什麼她的表情還略顯失望：「原本還想說要用小瞳打倒敵方訓練家來搶錢和經驗值的，可惜了。」

「正經一點啦，那些不都是小栗認識的人嗎？」子誼學姊拉了拉妙妙學姊的衣服要她注意舉止。至於小瞳還是一樣很緊張，兇狠又可怕的視線一直瞪向我這裡。

接下來車上的人都陸續下車了。阿健的爸媽和姊姊從他坐的這台下來，而阿健叔叔一家從後面一輛廂型車探出頭，最後一輛則載著阿健姨媽一家人及他的叔公，大家紛紛下車伸展筋骨。實際看到他們才意識到人數真的好多，有種返鄉過年的錯覺。而阿健的家人們一看到我也紛紛過來問候我、摸摸我的頭或是關心我有沒有好好念書，尤其是阿健的姨媽，因為她的個頭很小的關係，一直來回比著自己的身高稱讚我好像又長高了一些，雖然我感覺好像沒什麼差就是了。

「……那個！桃桃！綠綠！」阿健姨媽回頭一看，發現她家那兩個頑皮的小女孩已經開始到處亂跑了：「不要亂跑！很危險的！」

「站住站住站住站住！妳被逮捕了！」「咧咧咧來抓我呀來抓我呀！」

那兩個小丫頭還是跟以往一樣呢，不管在哪個地方都可以當成遊樂場，精力條總是永無止盡。她們玩著警察抓強盜的遊戲，把我們大家當作柱子一樣不斷地前後左右亂竄，直到她們跑到小瞳面前時，兩人就突然安靜下來了……

看到小瞳那兇狠到令人畏懼的眼神，她們倆不但發不出聲音，還把嘴巴扭成跟蚯蚓一樣……完蛋了！不能讓她們在這裡哭起來啊！不然事情會變得很麻煩了！可是現場的大人們好像也被小瞳的眼神嚇到不知所措……完蛋了……要怎麼辦要怎麼辦……

等等……小瞳之前跟我說過她想要露出笑容的方法……有了！

「……小瞳！」我趕緊跑到她的面前，想要用自己的身體擋住她兇狠的視線：「妳……妳還好嗎？」

「小栗……我好緊張唷……」小瞳的表情雖然還是僵在那嚇人的感覺，但我能感覺得出來她的語氣很緊張，還能感受得到她因為緊張而呼出的熱氣：「她們好可愛……我不知道要怎麼面對她們……」

「這個……」這陣子已經習慣腦袋高速運轉的我，立刻想到了一個絕妙的點子：「小瞳，妳……妳有看過兒童台嗎？就是帶……帶著小朋友一起唱唱跳跳的那種……」

「……有唷。」

「那……那太好了。小瞳妳現在試試看模……模仿兒童台的大姊姊試試看。」

「太突然了啦……小栗……現在這樣……」我現在才注意到剛剛小瞳她兇狠的眼神一直對到我的雙眼，然後她就立刻把視線移到我的腳邊。

「妳……妳可以的，小瞳！」不知道為什麼，我也跟著呼吸急促緊張起來了：「我想想……妳就叫

『星星姊姊』吧！因……因為妳在劇中就叫劉星羽嘛。妳……妳是過來拍戲的，剛好遇到這些小朋友粉絲……所……所以也要好好的在小朋友面前展現笑容……可以嗎？」

「嗯……」小瞳把眼神飄向我的眼睛後，就迅速的移回地上：「我試試看唷……」

「……好！」

在看到小瞳闔起雙眼後，我就跨了一大步從小瞳身旁移開。她微張著嘴，並開始用緩慢的節奏深呼吸著。這麼說來，我在第一次看到她喜怒哀樂的表演也是會看到她先深呼吸，而且她表演的每一種情緒似乎都會代入某種設定。也許這個深呼吸是她給自己的暗示，或是她在給自己緩衝時間來代入設定吧。

等到她再次睜開眼睛時，她的兇狠眼神就已經戴上了由活潑和朝氣製成的隱形眼鏡。她露出燦爛到彷彿能映出陽光的笑容，不再那麼可怕的眼睛即使故意睜得很大也只是在展現淘氣的模樣。說真的，我對小瞳的表演有多厲害已經有心理準備了，只是不管看幾次，心中都會忍不住激起讚嘆的波瀾，讚嘆她的演技真的是出神入化。

「哇！」小瞳故意用雙手把臉遮住，然後再移開雙手，對著兩個小丫頭做出笑臉逗弄她們：「剛剛星星姊姊有嚇到妳們嗎？」

「沒……沒有！」兩個小丫頭恐懼的表情立刻消失，變回平時那神氣活現的模樣：「我很勇敢的！姊姊才沒有嚇到我呢！」「沒錯！」

「哈哈！星星姊姊知道喔！妳們最勇敢了！」小瞳蹲了下來，伸出雙手摸摸兩個小丫頭的頭：「今天星星姊姊在這裡拍戲工作，妳們要幫星星姊姊加油喔！」

「我們也是來拍戲的！」兩個小丫頭比出了喪屍的緩慢動作，只是模樣很可愛：「我們來演殭屍！」「嗚嗚嗚……我要吃掉你的腦袋……」

「哈哈哈！好厲害呢！妳們叫什麼名字呢？」

「桃桃！」「我叫綠綠！」

……太好了。小瞳表現得很好，這兩個小丫頭也被哄得服服貼貼，看來應該是不用擔心了。旁邊的阿健姨媽雙手合十地看著小瞳和桃桃綠綠相處的模樣，就像是看到遊樂園的遊行表演那樣感到驚奇。

「好厲害呢……剛剛還想說桃桃和綠綠會不會被嚇到哭出來，沒想到那個女生就像是換了個人似的把她們安撫的很好。」阿健姨媽轉頭好奇地問我：「你們的影片阿健有給我看過，我看到這女生的演出時就有這種感覺了，她真的很有表演天賦呢！」

「是啊，她就是我們短片的主演。她要是聽到你們大家也讚美她的表現，她一定也會很高興的。」我說道，感覺自己的表情也在逐漸放鬆。

「我也看過了！那個女生的演技真的很強耶！」阿健的姊姊走了過來，還把手臂放在阿健肩膀上靠著：「小栗！等等拍完片，我能不能找她一起合照啊？」

「姊！妳先放開我好不好？很重啦！」阿健很嫌棄地把他姊的手撥開。

「臭小子！說我很重你是不要命了嗎？」阿健姊姊就跟以往一樣用力捶打阿健的手臂，逗得我笑出聲來。

總之，對我們來說最重要的援軍已經從南部順利到來了。子誼學姊先是走上前向阿健一家人道謝，並以電影研究社社長的身分向大家宣達一些事項。

「謝謝各位願意幫忙，我是電影研究社的社長子誼。」子誼學姊很有禮貌地鞠躬道謝，她臉上的微笑散發著源源不絕的溫暖：「小栗有跟我講過大致上的情況了。我們家的餐廳會在中午提供各位便當，晚上我們結束拍攝時，各位也歡迎到我們家的餐廳，我的家人一定會好好招待大家的。」

「好！」阿健一家人很熱情地回答。他們對子誼學姊的印象很好，都在不斷稱讚她是個好孩子。

之後我們一起進入校園，準備到社辦進行拍攝的事前準備。妙妙學姊拉出了一台推車，推車上載滿了大家所需要的戲服。除了我們學校的制服外，還有一般大人穿的襯衫、休閒服、體育服以及給那兩個小丫頭穿的輕便衣服。這些衣服都有多處呈現破洞，還有著深紅色顏料的痕跡，那都是我們社團所有人這幾個星期以來趕工出來的效果。

至於我們怎麼會有這麼多的戲服，其實那都是妙妙學姊用零用錢買下來的。我們一直在擔心妙妙學姊這樣出資會不會吃土，她卻總是對我們比著OK的手勢要我們別擔心，看來她已經下定決心，到畢業為止午餐都只吃子誼學姊的煎餃來過活了。

「接下來麻煩大家，領取自己等會兒要扮演喪屍的戲服。」妙妙學姊有條有理地整理推車上的衣服，利用箱子分類成不同的種類：「跟我一樣是學生的請到這個箱子領取學生制服，扮演變成喪屍的學生。大人們請到這個箱子領取衣服，扮演變成喪屍的教職員工。那兩個小朋友也有準備妳們的衣服，扮演不幸變成喪屍的小孩子。如果有尺寸不合的請跟我講，我再協助幫你們換其他的衣服。換好戲服後再來找我，我來幫你們上喪屍妝和假血跡。」

於是妙妙學姊就一直在推車前，幫阿健一家人挑選適合他們的戲服。看來就連妙妙學姊也進入認真模式了呢，我還以為她會一直開玩笑下去。只是我才剛這樣想完後……

「姊姊，我看妳的骨骼清奇，是萬中無一的美女。」妙妙學姊一看見個子嬌小的阿健姨媽，就收回了原本大人穿的戲服，改拿女學生制服和裙子：「維護世界的和平就靠妳了。我這裡有件欣明高中的學生制服，既然與妳有緣，就免費送給妳穿了。」

「欸？我……我嗎？」阿健姨媽完全羞紅了臉，一直推出雙手婉拒著：「不要啦……我都這一把年紀了還穿什麼學生制服……」

「沒問題的，姊姊。」妙妙學姊的眼神很真誠，然而她的嘴唇卻像是在岸邊唱歌的賽蓮女妖那般誘惑著阿健姨媽：「妳看起來那麼年輕，膚質又那麼好，讓妳扮演大人實在是太可惜了。我敢保證，穿上制服的姊姊絕對會散發青春的氣息迷倒眾人的！」

「可是……我不是只要演喪屍嗎？」

「那更讚了。穿上制服的姊姊要是變成喪屍，大家也只會甘願被這麼年輕漂亮的姊姊抓住，甚至自願被姊姊咬個幾口的。」

「唔……」

阿健姨媽有點不知所措地回頭看著阿健姨丈，只見阿健姨丈傻笑了一下還比了個讚，阿健姨媽也只好羞紅著臉收下了學生制服：「好吧……我試試看……」

妙妙學姊露出了得逞的笑容。而我有點擔心妙妙學姊這樣子胡來，偷偷過去關心著她：「學……學姊……這樣好嗎？」

「你放心，網路上的人會懂的。」妙妙學姊也只是回頭對我比了個讚。雖然不知道妙妙學姊到底在想什麼，但我也只能嘆氣接受。

換好服裝後，我們便跟著妙妙學姊的指導，一起幫大家上喪屍妝。

首先大家在洗完臉後，要依順序用我們提供的化妝水、乳液、隔離霜在臉部上抹勻來保護臉部。接下來要用粉餅幫大家上底妝，上完後要用沾滿灰色化妝油彩的海綿來把臉部弄成沒有血色且骯髒的肌膚。最後妙妙學姊和子誼學姊會親自幫每一個人畫臉上的假傷口，步驟是先用白膠在臉上需要的地方黏出形狀，等白膠乾掉後再用調配好的紅色食用色素來把形狀上色。話說這些化妝品同樣也是妙妙學姊出資買的，真不曉得她到底存了多少零用錢。

「上完妝，如果臉上有任何不舒服的感覺一定要跟我說。」捲起袖子的妙妙學姊正拿著彩繪筆幫阿健姊姊上假傷口：「小瞳，去幫已經抹好隔離霜的人上底妝。小栗，幫我用吹風機吹乾其他人臉上的白膠，弄完的話先去幫子誼那邊。」

「好唷！」「好……好的！」

一次要幫十幾個人上妝並不是一件輕鬆的事情，還好在我們大家分工合作之下還是順利完成了。阿健一家人在經過我們的改造後變得「灰頭土臉」，在臉頰、額頭或是嘴唇旁邊也裝飾了血跡或是假傷口，模樣看起來真的有些可怕，我若是不經意看到他們的臉絕對會被嚇個正著。

接著，妙妙學姊拿起了手機拍下每一個人完成喪屍妝後的樣貌，她表示這是為了記錄他們的妝容。畢竟我們不確定今天是否能完成所有拍攝，如果明天還要繼續，到時候要再幫大家重新上一次喪屍妝才會有依據。至於阿健一家人對於變成喪屍的模樣還挺興奮的，不是拿著手機互相拍照，就是模仿喪屍的動作嚇嚇對方。他們看起來好像玩得挺開心，好像萬聖節已經提前來臨了一樣。

服裝和妝容都已經搞定，總算能開始我們的拍片環節了。
今天要拍攝的第一個畫面是徘徊在一樓大廳的喪屍們，這個畫面是當主角三人會合時，「簡宇湘」提醒眾人不要前往一樓時所代入的過場畫面。這個畫面拍攝起來應該比較容易，正好也能看看阿健一家人是否能好好扮演喪屍。
首先是表情方面。一部分的人有辦法做出喪屍那樣發狂露牙猙獰的表情，而其他沒辦法做出那種表情或是不想露臉的人，我們也會提供口罩給他們戴上。還好戴口罩的喪屍看起來也不會太怪，只是如果要拍喪屍咬人的畫面就要避免找他們來做了。
再來是動作方面。雖然這一幕喪屍的動作比較簡單，但我還是事先找好了喪屍電影中相似的片段再用手機播給大家看，希望能讓大家更了解徘徊的感覺是什麼。只是大家看了影片後，並不是每個人都表現出理解的反應，有些人還皺著被塗灰的眉頭。果然沒有想像中那麼簡單啊……
「我想想看喔……要怎麼表達這種動作的感覺呢……」我在努力運轉自己可憐的小腦袋，希望能榨出一點靈感：「大概就……啊！假如你早上因為趕著上課或是上班，結果來不及吃早餐。到中午卻發現忘記帶錢包，所以也沒辦法吃午餐，一整天都餓得很難受。你想著要是能回家就可以趕快吃到晚餐了，可是距離放學或是下班時間還有四個小時，你只能一直忍著餓肚子的感覺……大概就這樣吧？」
我盡可能地形容這種感覺，沒想到眼前的阿健親朋好友們卻都笑了出來。欸拜託……我已經很努力描述了耶，有必要笑成這個樣子嗎？
「啊哈哈！小栗你講話還是一樣好好玩喔！」阿健的姊姊笑到一直捧著肚子：「怎麼形容得這麼生動啊！不過我要是真的餓一整天，我大概確實會變成影片裡面那樣子吧！」

「姊你不會啦。」因為之後還有人類戲份所以還沒化妝的阿健向他的姊姊揶揄著：「妳身上的肉這麼多，才餓一天不會怎麼樣的。」

「臭小子！我就先吃你！」

阿健姊姊就像是狂暴化的喪屍衝向阿健那裡，而阿健也發現自己大難臨頭，趕緊用全身的力氣跳開：「等一下啦姊！還沒開拍啦！不要過來啊！」

「給我過來！」

現場兩人展開了拚上性命的追逐戰，一直繞著現場跑了好幾圈。這畫面逗得大家哈哈大笑，連阿健堂哥都在大聲呼喊來鼓譟氣氛。雖然我也很想看阿健被他姊抓住後會被怎麼處決，但還是要制止他們一下，不然會耽擱到拍攝進度的。

「那個……麻煩注意一下我這裡！」我揮著手大聲呼喊，吸引了所有人的注意，奔跑的兩人也停了下來：「我們要開始拍片了，麻煩大家請就定位！等等我說『Action』的時候，就會開始錄影喔！」

「嗯！沒問題！」阿健姊姊爽朗地答應，還趁機捶打阿健的手臂，讓阿健喊了一聲痛。

大家都準備就緒後，我也拿出了手機準備拍攝。可能是因為終於要拍攝喪屍鏡頭的關係，我的手不由自主地發著抖。我趕緊深呼吸了好幾次，希望自己能像往常一樣專注在拍片上。阿健都這麼相挺，從南部上來這裡幫忙了，我也要好好加油才行。

「大家準備好了嗎？那我要開始了！」確認好大家都就定位後，我就大聲喊出了指令：「Three, two, one, action!」

我開始蹲低姿勢，用著手機鏡頭捕捉大聽的喪屍臨演們的動作，錄下他們低語的聲音。

「呃……」

「呵喔……」

在大廳門口徘徊的阿健姊姊的確像是餓了好幾天一樣，眼神無力、嘴巴呆滯，駝著身體並緩慢走著。阿健堂哥坐在牆壁上靠著，身體微微地晃動，彷彿看到自己落榜那樣一副失去魂魄的樣子。其他人也表現得很到位，要嘛跛腳，要嘛蹣跚而行。看著鏡頭裡的喪屍數量有那麼多，我真的很慶幸還好大家願意過來幫忙。光是靜態的鏡頭就能把眾多喪屍的感覺表現出來，我更期待追逐或是衝突的動態鏡頭能拍出什麼樣的畫面了。

「……好，卡！」確認完鏡頭已經拍攝完畢後，我下了指令並把手機的鏡頭亮給大家看：「很不錯喔！大家表現得真的很像喪屍！」

所有人一聽到便蜂擁而至到我面前，說實在看到一群喪屍面貌的人衝過來，我心裡還是有點怕怕的。看著鏡頭裡的自己，大家似乎真的樂在其中，不斷討論著鏡頭裡的彼此。

「好酷喔！我真的好像喪屍一樣耶！」

「你看起來真的像餓死鬼一樣，好幾天沒吃飽了。」

「老爸你這樣比較像上次喝很醉回來那樣吧，走路都搖搖晃晃的。」

「哥你才比較好笑吧，你比較像之前當兵收假前不想回去的樣子。」

「幹別再提當兵的事了啦！」

阿健一家人都被這句話逗笑了起來。看起來大家也滿享受拍片的過程，原本我還擔心他們會不會覺得麻煩或是無聊，能看到大家樂在其中我也放心多了。

接下來，要拍攝「劉星羽」在廁所找到「藍世琪」不久後，她們會在教室遇到由那對兄妹檔飾演的倖存者，而奄奄一息的妹妹會立刻屍變並襲擊哥哥的片段。這裡是子誼學姊熬夜大改劇本後所新增的兩個片段之一，一來是能讓觀眾更認識這個短片裡的喪屍設定，二來是為了感謝兄妹檔是唯二前來應徵的臨演，所以特別安排他們多一點戲份。

我們在某一處教室開始場布，把課桌椅都搬成凌亂的景象，之後兄妹檔會在教室的中央，由哥哥抱著躺在地上的妹妹。因為要表現出妹妹是剛被喪屍襲擊過，所以我們拿了很多假血塗在周圍的地上，還用抹布把假血從地上擦到妹妹身旁，營造出妹妹在血泊中被拖行的感覺。

兄妹檔已經就定位了，因為劇情的關係他們臉上還沒有化喪屍妝，只有用假血在臉上和衣服擦出一些痕跡。在拍攝開始前，我們再次跟兄妹檔確認等等要演出的片段有沒有問題。

「我沒問題，為了妹妹我也會盡力演出的。」哥哥還是一樣憨厚地笑著，說真的我不太確定老實的他能不能表現出自己的親人在面前重傷的情緒。我有問過他需不需要戴上口罩，不過他卻回絕了，看來他對自己的演技很有自信吧。

「我也當然沒問題呀！能咬葛格我好高興喔！也只有我能咬葛格喔！」妹妹露出匪夷所思的燦爛笑容，她真的沒問題嗎……雖然我們有說只要假咬就好了，但比起她的演技好不好，我更擔心她會不會做出令人意外的舉動。

總之這樣也算確認完成了吧。我回過頭，也跟在教室門口待命的小瞳以及子誼學姊確認狀態。她們表現得很從容，很有精神地說著沒問題。我想她們的確也不需要太多擔心，我就趁機會把手機對準她們，把她們對著鏡頭比YA的模樣拍了下來。

「……那麼，下一幕要預備了！請大家都準備好喔！」確認一下所有人都準備就緒後，我就立刻喊出指令：「Three, two, one, action!」

在教室門口外的走廊，小瞳和子誼學姊已經進入狀態，成為劇中的角色並往前行走。拿著撬棍的小瞳用著帶有不安的兇狠眼神四處張望，子誼學姊則是抓住小瞳的臂膀，畏縮在她的身旁。在她們接近前面的教室時，教室裡傳出了兄妹檔哥哥的聲音。

「妹妹……振作一點……哥哥會陪著妳的……」

小瞳和子誼學姊聽到聲音後先是愣住了一會，接著便快步前往教室。當她們到達門口時，就會被眼前的淒慘景象驚嚇到。小瞳雙手握緊著撬棍靠在胸前，瞪大眼睛並緊緊咬著牙齒。子誼學姊則是用手摀住自己的嘴巴，做出嚇到卻又不敢發出尖叫的模樣。

兄妹檔的哥哥注意到門口的兩人出現了，便轉頭過去對著兩人緩慢說道：「妳們……有繃帶嗎？有能止血的東西嗎？我妹妹傷得很嚴重，一直在流血啊……」

他的表情還是那副憨厚的樣子，就跟在開拍前跟我們講話時一模一樣……不對，他的眼神看起來很瘋狂，像是在極力逃避眼前的現實。看來他把眼前妹妹的慘況代入自己的情緒了，還好子誼學姊設定這兩個倖存者也是兄妹，他才能演得很入戲吧。

我再把鏡頭帶到渾身是血的妹妹，她的臉部看起來的確有表現出很難受、很痛苦的模樣，不過比較像是在重感冒或是發燒時表現出來的感覺。沒關係反正我對此沒有多大要求，只要畫面看起來不要太突兀就好。

鏡頭轉到小瞳和子誼學姊身上，子誼學姊有些遲疑地往前想靠近他們，卻被一旁的小瞳伸出手臂擋了下來。她一直在搖著頭，慌張以及恐懼的情緒已經灌滿她那兇狠的眼神。小瞳還是一樣很厲害，她把自己害怕眼前即將要發生什麼事情詮釋得很好。

「你妹妹……被那些會動的屍體咬了對不對？」小瞳用力地呼吸，表現出想抑制害怕的感覺：「她沒救了……被那些東西咬了之後，不久後也會變成那種樣子！快點離開她！」

「別亂講……她還活著……她還活著！」哥哥對著妹妹伸出手，溫柔地撫摸她的臉：「妳們看……她還有呼吸……她還活著……求求妳們……快救救她。」

「哥……哥……」

「妳們看！她還活著！對不對？」哥哥一聽到妹妹微弱的聲音，便把她懷抱在中，讓她的頭倚靠著自己：「妹妹妳放心……她們不救妳……哥哥也會陪妳到最後的……」

「哥……」

接下來就準備要進入這一幕的高潮了，我立刻把鏡頭對著妹妹的臉部放大並對焦清楚，準備特寫她屍變後咬下哥哥的畫面。鏡頭裡的妹妹臉色由原本的痛苦難受漸漸扭曲了起來，抱著她哥哥的力道也越來越緊。最後她的表情變得猙獰且瘋狂，張開了她的大嘴並往他哥哥的肩頸處用力咬了下去！

「呃啊啊啊啊啊啊──！」

哥哥喊出痛苦的吼叫聲，五官還被撐得很大，已經再也沒辦法維持那憨厚的表情。這鏡頭的畫面實在是太棒了，即使小瞳和子誼學姊繼續照劇本演出被嚇到尖叫後逃走我也沒把鏡頭移開，我想要先把眼前這具有衝擊性且令人印象深刻的畫面拍完。

「好！卡！」我興奮地喊出指令結束拍攝，走上前對著兄妹檔說著：「你們演得太好了！演得很逼真！也很像是真的咬下去！」

「啊好痛啊啊啊！妹妹——！」

「……欸？」

我愣在原地，反應不過來眼前到底發生了什麼事情。只看到哥哥一直拍打妹妹的背部後，妹妹才終於願意鬆口。哥哥的肩頸被妹妹咬出了明顯的齒痕，不但紅腫起來還開始瘀血。至於妹妹只是調皮地笑了一下，還用舌頭舔了一下嘴唇，彷彿剛品嚐完一道佳餚似的……我說這位同學，妳要演的是喪屍，不是吸血鬼耶。

「喂……我……我有說過只要假咬就好啦……」我趕緊了解情況，都被嚇到又開始結巴了：「妳……妳為什麼還咬成這樣啊？」

「對不起嘛。我想說要演賣力一點，大家才會喜歡呀！」妹妹只是繼續調皮地笑著，然後又抱住她哥哥的手臂繼續黏著他：「而且有難得的機會可以咬葛格，我就想要在葛格的身上留個明顯的印記嘛！」

「沒……沒關係啦……妹妹……哈哈……」哥哥還故作鎮定地表示沒關係，可是我都看到你都痛到快要哭出來了耶：「不過……下次要咬之前……先跟我講一下啦……讓我有心理準備……」

看到這兄妹倆的對話，讓我不自覺的嘆了一口好長好長的氣。這已經脫離我的認知範圍了，我也不太想去理解為什麼他們兄妹倆可以有這種過分親暱的相處。我偷偷地看著身後的小瞳和子誼學姊，她們倆的反應也跟我差不多。倒是妙妙學姊則是非常冷靜地走到兄妹檔的旁邊，還看仔細瞧著哥哥肩頸上的傷口，彷彿她早已預料到會發生這種事情。

「嗯……既然這咬的顏色這麼深，那這裡也不用再畫上假傷口了。」妙妙學姊滿意地點點頭，並叫著兄妹倆起身：「先到後面吧，接下來你們只有喪屍的戲份了，所以要幫你們化上喪屍妝。請跟我來吧。」

「好呀！」「好，謝謝。」

「學姊！那我就先繼續拍下去了！」我對妙妙學姊喊完後，就轉身來到小瞳和子誼學姊面前講著：「那……那個，剛剛妳們跑太快了，我來不及拍到妳們尖叫逃跑的鏡頭，所以要再補拍一下。」

「啊，抱歉。」子誼學姊雙手合十向我賠不是：「那就再來一次吧，要從哪裡開始呢？」

「從妳們被……被嚇到並尖叫逃離那裡再演一次。」我比著原本兄妹倆在教室中央的位置：「妳們一樣看著那裡，我會找好角度後再拍一次。」

「欸？不是看著你嗎？」小瞳不知道為什麼卻對我調皮地笑著，感覺就像原本在那妹妹身上的搗蛋鬼精靈這次跑到了小瞳身上一樣：「『呀啊啊啊啊！是有花栗鼠耳朵的攝影機呀呀呀呀——！』這樣我才喊得比較有感覺唷！」

「喂！」

小瞳和子誼學姊都被剛剛的話逗樂了，一直不停地笑著。我也只是無奈地嘆了一口氣，然後就跟她們倆繼續補拍剛剛的鏡頭了。

下一個，要拍攝「劉星羽」和「藍世琪」在剛被嚇到尖叫逃出去後，因為被聲音吸引的喪屍開始跑過來追尋聲音的片段。「劉星羽」和「藍世琪」這一幕不會遇到喪屍，她們會不斷奔跑後趁機躲進旁邊的掃具間。而她們奔跑的畫面我們之前就已經拍好了，所以剩下的就只要拍那些被聲音吸引的喪屍就好了。

負責這裡的喪屍臨演是阿健的二堂哥以及阿健的姨丈。穿著學生制服的阿健二堂哥雖然有戴著口罩，但他有抓到我想要的喪屍奔跑的感覺，也就是「雖然是賣力奔跑，但卻是在喝得很醉、神智不清的情況下奔跑」那種感覺。他在走廊上邁開步伐奔跑的時候還不斷撞到旁邊的牆壁，好幾次失去平衡，四肢觸地卻又用笨拙的方式爬起來繼續衝刺，能做到如此逼真實在辛苦他了。

至於扮演老師喪屍的阿健姨丈就更厲害了，雖然開拍前他一直傻笑擔心自己會拍不好，但開拍後他的衝刺又更加地莽撞，不斷用雙手撥開旁邊的柱子而且還把自己的身體轉了一大圈。更了不起的是，阿健姨丈還沒有戴口罩，他邊跑的時候表情面露猙獰。阿健姨丈的精彩表現，連桃桃和綠綠在拍攝結束後都跑過去興奮地抱住她們的爸爸，阿健姨夫也只是很謙虛地表示自己是想像在被公司的上司灌醉酒後還要追逐閃著彩光的年終獎金，也就這樣的感覺罷了。

他們真的表現得很賣力，讓邊跑邊拍攝的我只能一直喘著粗氣休息，有準備三軸穩定器的支架真的是太好了……

再來要拍攝「劉星羽」和「藍世琪」她們躲在掃具間，不小心引起了其中一個喪屍的注意，就在喪屍要破門而入時被「簡宇湘」解圍。於是三人成功脫逃，也是主角三人到齊並一起團體行動的時間點。

這裡會需要從掃具間內部拍攝躲在裡面的兩人反應，以及在外面拍攝喪屍的表情和破門動作，會需要多次重複拍攝來拿到不同角度的鏡頭。我決定先在外頭拍攝喪屍，而在這裡演出的喪屍臨演則是穿著女學生制服的阿健姨媽。

在開拍前我跟阿健姨媽溝通演出的流程，她還是一樣感覺很靦腆，除了已經是媽媽的她還穿著學生制服很難為情以外，像喪屍那樣的粗暴動作她也不曉得自己能不能做得好。

「如果只是跑步追趕什麼的我還可以啦……但是要撞門什麼的……」阿健姨媽沒有自信地搖搖頭。

「這樣嗎……」我不知道給阿健姨媽情境會不會有用，就先試試看吧：「姨媽，如果裡面的人是桃桃和綠綠呢？」

「欸？什麼意思？」

「就……桃桃和綠綠偷拿妳的手機然後鎖在裡面，還不斷用妳的手機亂花錢，結果被妳知道了……大概就這樣吧？」雖然這是我憑空想像的情境，但也是根據桃桃和綠綠平時像死小鬼一樣頑皮的舉動來做聯想的。

阿健姨媽聽到我的情境後，感覺眼睛突然亮了一下。接著又回到靦腆的模樣小聲說著：「哎唷……桃桃和綠綠……她們應該不會這麼做吧？」

「嗯……如果還是不行的話……那姨媽妳要不要戴口罩演出？還是這一段就乾脆換別人看看？」

「欸？我……」阿健姨媽看著地板思考了一下後，像是下定決心的搖搖頭：「……先不用了！我試試看吧。」

「可以嗎？那好！姨媽加油！」看到阿健姨媽這樣有了自信，我也對她比了個讚：「我們再跑一下流程，等等就開始拍吧！」

一切準備就緒後，我們就開始拍攝這一幕。我把鏡頭對準阿健姨媽的臉，對焦在她臉上表現出憔悴的無力感。不得不說阿健姨媽真的是天生麗質，喪屍妝跟嘴唇旁的血跡與假傷口都遮掩不了她嬌美的臉龐。讓我有種錯覺，好像我實際上正在拍攝一位滿臉愁容的雪女。也難怪妙妙學姊會這麼執意要讓阿健姨媽穿上學生制服了。

「唔……」

阿健姨媽輕聲呻吟著，拖著蹣跚的步伐，慢慢地移動到掃具間的門前。她用空洞的眼神凝視著那扇門，好像在凝視的其實不是那扇門，是門後的那片虛空。過了一陣子，她就把頭轉回去，繼續在走廊上拖著腳步前行。

到這一段，掃具間的「劉星羽」會不小心把撬棍敲出明顯的聲音，因此吸引到門外的女喪屍注意。我們安排小瞳只要一收到手機訊息的暗號，就會在門內直接敲出聲音，這樣阿健姨媽就能不被打斷繼續演出了。

「哐啷！」

門內傳出了金屬的敲擊聲。阿健姨媽一聽到聲響就猛然回頭，死盯著那扇門。一瞬間，她的表情變化誇張到連我都差點嚇出聲。彷彿面容姣好的雪女終於露出了真面目，成為了青面獠牙的惡鬼。

「呀啊啊啊啊啊啊啊——！」

阿健姨媽喊出了淒厲的尖叫聲，往門扇那裡以誇張的跑姿衝了過去。她不但把肩膀用力撞在門上，還兩手握拳不斷往那扇門瘋狂猛搥。阿健姨媽犧牲形象的賣力演出實在是太有效果了，門裡面的小瞳和子誼學姊也把握這個機會開始放聲尖叫，演出要被喪屍破門而害怕的感覺。

「不要呀！救命啊——！」

「呀嚇嚇嚇嚇嚇啊啊啊啊啊——！」

阿健姨媽真的演得太厲害了，剛剛的沒有自信簡直就是假的一樣。雖然我不清楚阿健姨媽是不是真的把門裡面的人當作在搗亂的桃桃跟綠綠，不過……說不定姨媽這一家人都很有演喪屍的天分吧。

我注意到遠處的妙妙學姊已經就緒，便準備把鏡頭移到她身上。她拿著已經替換成差不多外觀的塑膠水管玩具衝了過來，並趁阿健姨媽不注意往她的頭上敲了下去。說到塑膠玩具，因為我們的劇中有許多衝突的畫面，而學姊們希望在拍片過程中不能出任何一點意外，所以在拍動作戲時都會做好相對應的措施。這個被替換過來的塑膠水管玩具就是措施之一，就算不小心太用力揮也不會被打受傷。實際上，妙妙學姊希望我們不要用全力揮下去，不然塑膠玩具會壞掉直接折彎，因此浪費妙妙學姊的零用錢。

如同排演時套好招的那樣，阿健姨媽會先被玩具水管擊中頭部並跌到地上，當她掙扎要爬起來時，妙妙學姊會再次往她的頭上補一棍下去。畢竟是用塑膠玩具，打擊感會有差，我也只能到後製時再用音效或是其他方式把打擊感補足了。

「裡面的，快點打開門。」妙妙學姊對著掃具間敲敲門，聲音有些急促：「快一點，我怕還會有其他喪屍跑過來。」

掃具間的門打開了，小瞳和子誼學姊臉色驚恐地看著妙妙學姊，抖著嘴唇表現出還沒辦法講出話的感覺。

「快點。」妙妙學姊直接主動拉住子誼學姊的手，立刻往走廊的另一頭跑去：「有什麼話，等一下再說。」

「欸？等……等一下啦！」

子誼學姊就這樣被拉走，而小瞳看著地上一動也不動的阿健姨媽，膽怯地往後退個幾步便立刻回頭跟上她們。我把鏡頭定格在阿健姨媽身上一下子後，就直接喊出了卡。這時妙妙學姊立刻從遠處小跑步回來，扶起了躺在地上的阿健姨媽。

「還好吧，姊姊？」妙妙學姊關心著阿健姨媽剛剛被玩具水管打中的頭部：「有沒有很痛？」

「沒事啦，呵呵。」阿健姨媽靦腆的笑容回來了，還揉了揉自己的頭頂：「桃桃和綠綠也常常用玩具這樣打我，所以沒事的。」

「姨媽辛苦了。」我檢查一下剛剛拍攝的片段，並把畫面放給阿健姨媽看：「妳演得很厲害喔，看起來真的是很可怕的喪屍呢！」

「哎唷……真是的……不要現在給我看啦……」

阿健姨媽難為情地遮著臉，甚至還回頭看了下在顧著小孩的阿健姨夫，而阿健姨夫也只是對著她傻笑並比了個讚。

之後還有一段動作戲，是主角三人在走廊上遭遇三個喪屍，其中兩個還是已經屍變的兄妹檔。在她們擊退這兩個喪屍後就趕緊逃離現場，並接續後面「劉星羽」誤會「藍世琪」被喪屍弄傷的劇情。

這一段動作戲需要的畫面會比較複雜，所以我們會拍攝許多鏡頭後再進行剪接。也因為其中妙妙學姊拿武器絆倒喪屍的動作有危險性，所以我們在之前跟學校借了許多體育課會用到的軟墊，讓喪屍臨演做出被絆倒的動作時不會因此受傷。當然軟墊也不能出現在鏡頭裡，所以就必須要注意鏡頭的角度或是之後再剪接掉了。

我很清楚拍這一幕會比較辛苦些，只是我沒想到竟然還會發生意想不到的插曲……

「不要呀——！葛格——！」

就在妙妙學姊舉起手中的玩具水管，要往倒在地上的兄妹檔哥哥猛揮下去時，在後頭的妹妹突然就這麼放聲尖叫。

「啥？」妙妙學姊停下了動作，還用著狐疑的眼神看著她。

「啊？卡卡卡！」我趕緊暫停了拍攝，對著妹妹喊著：「怎麼了？發生什麼事了嗎？」

「我不要葛格被殺掉啦！」妹妹癱軟地坐在地上，用著鬧脾氣的方式哭喊著：「嗚哇哇哇哇！葛格不能死掉啦！」

「……我們是在演戲啊，妳哥哥只是在劇中被打死而已。」妙妙學姊走到了那個妹妹面前，用玩具水管在她的頭上敲了幾下：「況且這種玩具是敲不死人的，放心吧。」

「我不要啦！我不想看到葛格死在我的面前！我不要啦——！」

妹妹還是一樣用無理取鬧的態度發脾氣，這讓妙妙學姊扶著額頭對著天花板嘆氣，看來終於連妙妙學姊也招架不住了。今天的拍片流程已經快要結束，要是因為這樣延誤拍攝進度就不妙了……

我看著那對兄妹檔的哥哥一直在安慰妹妹，只是妹妹依然在軟墊上翻來滾去的，就是不要自己的哥哥被其他人打死，即使是演戲也不行。妙妙學姊和子誼學姊一直在前面苦勸著那個妹妹，但就是沒辦法安撫她，完全不知道該如何是好。

我在後頭看著眾人，正想著要怎麼幫忙時，突然感覺到我的衣服被拉了幾下，還沒回頭看就用眼角餘光發現是小瞳拉的。她偷偷靠近到我的耳邊，兩手拱成傳聲筒的形狀對我說著悄悄話。耳朵被她的聲音弄得有點癢，還能感受得到她吐出的氣在搔著我的耳朵。

不過我很清楚小瞳在講什麼，跟她點頭確認後就向前面的眾人喊著：「大家！那……那個……我們改一下演出順序吧！」

看到大家都轉頭過來看著我，我就繼續接話下去：「那位女同學，不……不然就換妳先被打死好了，之後妳哥哥才是下一個被殺的。這樣妳就不用看到妳哥哥被殺，妳哥哥死掉之後屍體也會倒在妳身上，象徵著……即使變成喪屍了也永不分離……這樣如何？」

說實在，我也不曉得小瞳的點子有沒有用。直到我看見那個妹妹的表情變得無比喜悅時，我才確定這招的效果似乎非常顯著。

「哇！太好了！」妹妹雀躍地跳了起來，好像把軟墊當成彈簧床似的：「哥哥會跟我一起死耶！好浪漫喔！」

「太好了，妹妹……」

她的哥哥也只是摸摸妹妹的頭還不好意思地笑著，而像是在托兒所安撫小孩的學姊們，在看到小孩不哭鬧後也終於鬆了口氣。

我趕緊吩咐大家再次回到上一幕，並要那位妹妹去跟妙妙學姊確認要怎麼先套好招。在我回到後方設定手機準備再次拍攝時，我又看到對著我露出笑容、用著兇狠眼神看我的小瞳。我才驚覺剛剛小瞳對我悄悄話時，跟我的距離非常非常地近。我的腦袋突然熱起來，還下意識的用手遮住了自己羞紅的耳朵，都還能感覺得到我的耳朵變得有點燙。

「謝……謝謝……」我趕緊說些什麼話免得自己的模樣有點矬：「妳是怎麼想到這招的？」

「用猜的唷！」小瞳笑得很開心，還對我俏皮地吐了一下舌頭：「我在想著如果我是她的話，會有什麼樣的希望呢。」

「這……這樣嗎……」我不敢把視線對著小瞳，揮了揮手要她趕緊準備：「好啦！妳……妳也趕快過去啦！快點就定位！」

「嘻嘻！」

小瞳蹦蹦跳跳地過去拍攝的定位後，又轉回過身來，對著我露出燦爛的自信笑容。她的兇狠眼神以及笑容，在劇組眾人中格外顯眼，顯眼到我的雙眼忍不住只對焦在她的臉上。

「一起加油唷，小栗！」

「嗯……好。」

第四章・在窗戶上寫下想說的話

連假的拍攝已經來到了第二天，我們還需要拍攝四幕左右有喪屍畫面的片段。希望今天能順利完工，畢竟可不能再麻煩阿健一家人了。

說到阿健，等等他就會出演下一幕的片段了。這裡也是子誼學姊大改劇本新增的另一個片段，因為子誼學姊想要表達在大災變後，不是每一個倖存者都會是好人。所以阿健將會再多扮演一個角色，也就是心懷不軌的倖存者。只是阿健似乎對自己要演壞人沒什麼自信，還跟我說等等拍戲他要戴著口罩。以前阿健幫我拍片時都不會看到他這麼顧慮，這讓我有些納悶。

「來，你的口罩。」

「謝啦，小栗。」穿好戲服的阿健接過我給的口罩。儘管他戴起口罩和衣服的兜帽，但我還是能看得出來他很不安。

「……你怎麼啦？很少看你怕成這個樣子的。」我拍了拍他的肩膀：「是不想露面嗎？還是不會演壞人嗎？」

「不是啦。哎喲……」阿健用力搔了搔自己的腦袋：「如果要挾持的是你，我根本就沒什麼好擔心好嗎。但是等等我要挾持的是你那個學姊耶！」

「喔，你說子誼學姊啊。」

「對啊！我跟那位學姊又沒有很熟，結果還要做出勒住她脖子的動作……」阿健在我面前比手畫腳，看來他真的很緊張：「我怕要是我動作太大或是太粗魯，會惹得她不開心啦……」

「不會啦，子誼學姊人很好的，你好好演就行了。」我用力捏了幾下他的肩膀要他振作起來：「真的有什麼狀況，我會再幫你的。好嗎？」

「唔……好吧！」阿健像是下定決心一樣，把拳頭敲向自己的心窩：「你都這麼說了，我這個兄弟還不幹就說不過去了。」

「白痴喔。走啦，去教室那邊準備拍片了。」

等一下要拍的這一幕是承接在「劉星羽」誤會「藍世琪」被喪屍弄傷後的劇情。主角三人想要在校園內找到可以充飢的糧食，「藍世琪」便會提議到教師辦公室尋找因活動而存放在那裡的巧克力等零食。沒想到阿健扮演的倖存者早已躲在那裡，並且趁機出現狹持「藍世琪」並要其他人離開。

我們在認識的班導座位下放了一籃散裝巧克力，並盡量不亂動到辦公室裡的其他物品，畢竟這是班導願意借給我們辦公室的唯一條件。至於這一大堆巧克力也是用妙妙學姊的零用錢買來的，妙妙學姊表示今天拍完後巧克力就可以分給大家吃，看來她是真的鐵了心要吃光子誼學姊的煎餃了。

一切就緒後，我們便開始拍攝。我待在辦公室的角落拍著正在把巧克力搜刮到背包的阿健，他等一下應該就會注意到門口的腳步聲而趕緊躲起來了。不過阿健可能真的太緊張了，他在發現門口的腳步聲時竟然還回頭看了下我這裡，不得已我只好喊出暫停拍攝的指令：「卡！」

門口的子誼學姊被我喊的聲音嚇到停下了腳步，結果跟後面兩個人撞成一團。我趕緊和她們揮手並出聲解釋：「不……不是妳們啦！阿健，你看到我的鏡頭了。你會注意到的只有門口的聲音，我攝影機這裡是沒有東西的。」

「啊啊……抱歉，有點忘記了。」阿健不好意思地抓抓腦袋：「再讓我試一次吧。」

「那個……小栗唷！」在妙妙學姊後面的小瞳從她的肩膀旁探頭出來，她的馬尾就像釣竿一樣往旁邊垂著：「你要不要再把大字報戴回去啊？」

「什……什麼大字報？」

「就我畫的那個啊！」小瞳調皮地笑著，但卻沒有像以往一樣笑到把眼睛給瞇起來：「有著花栗鼠耳朵的攝影機唷！」

「不……不可以！不准！」看到學姊她們都開始笑成一團，我都害臊到放大音量：「好了啦快點！回到定位上，我要再拍一次了！」

「好——！」

在我拍了拍阿健的肩膀要他趕快回定位時，我偷偷瞥了一眼小瞳的臉。不知道為什麼，總覺得在她沒那麼有活力的笑容下，還隱藏著一絲煩惱與不安。不過為了要讓拍攝順利進行，我也只能先壓下心中的疑惑。說不定……只是自己想太多了。我得要先把心思放在最需要幫忙的阿健身上才行。

我們繼續往下拍，同時我也在心裡默默幫阿健加油，希望他能克服緊張，不然有點擔心他會一直NG下去。就在她們三人進門後，子誼學姊很高興地跑到班導的座位，找到了座位下的籃子並翻找裡面的巧克力堆。這時妙妙學姊就會發現不對勁，並要子誼學姊趕緊離開那裡。

「怎麼了？」子誼看著小瞳和妙妙學姊問著她們。同時這句台詞也是在提醒阿健，等等他就要立刻出來挾持子誼學姊。

結果……阿健是跳出來了，只是他用著很彆扭的方式伸出手臂，慢慢用勾肩搭背的方式摟住子誼學姊的肩膀。他還不忘記把玩具彈簧刀抵在子誼學姊的脖子旁，並努力說著他的下一句台詞：「通……通通不准動！」

阿健的樣子實在是太滑稽了，害得在場的我們都不小心笑了出來，連被挾持的子誼學姊都摀住自己的嘴強忍笑意。我趕緊克制著嘴唇的抖動喊著暫停拍攝的指令：「卡……卡！阿健！叫你演強盜，不是叫你演在聯誼會裡面騷擾女生的噁男啦！」

「啊……對不起！」阿健立刻鬆開子誼學姊，整個人像木頭般呆在原地：「……我好像搞砸了。」

子誼學姊只是一邊摀著嘴一邊向他搖搖手表示沒關係。而妙妙學姊想要給阿健動作指導一下，於是走上前抓住了子誼學姊的肩膀：「阿健你不需要怕。動作俐落一點，不用很大力就可以做出挾持人的感覺。」

妙妙學姊很快地用手臂勾住子誼學姊的脖子。而子誼學姊配合著力道讓身體往後倒，兩手抓著妙妙學姊的手臂，臉上沒有痛苦的感覺：「你看，我不會感受到不舒服，所以不用太感到擔心啦。」

「對啊，你還可以演得更過分一點。比如說……」妙妙學姊把臉湊向子誼學姊，鼻子貼近她的頭髮並大力地呼吸著：「如果我是壞人的話，我就會像這樣『嘶哈……嘶哈……』猛聞她的頭髮……」

「……妳這樣就很讓人不舒服了。」子誼學姊的臉變得有點臭。

「我是認真的。」妙妙學姊眼神很堅定，彷彿有著不能退讓的原則：「你演得越變態、越下流，就越像個壞蛋。你越像壞蛋，主角才會越感受到危機。」

「學……學姊……」我怕阿健還沒辦法搞清楚情況，先制止了妙妙學姊：「還是先不要太勉強阿健，慢慢來吧。」

「……我再試試看吧，不好意思讓大家麻煩了。」阿健點頭向大家道謝，不過還是在搔著自己的頭，看來他還在擔心。

我們再次重拍，不過阿健感覺還是在煩惱自己的動作會不會傷到子誼學姊。有好幾次他的動作都太大了，手臂都會刻意離子誼學姊的脖子有點遠，這樣子誼學姊反而也不太好演。

「卡！」我向阿健比出勾手臂的動作：「阿健！你的動作還是有在遲疑，你遲疑的動作在鏡頭裡面會很明顯喔。」

「唉……不好意思……」阿健鬆開了子誼學姊，看起來他因為一直拍不好，表情有點落寞。

就在我原本要替他加油打氣時，子誼學姊搶先關心了他，看來她也察覺到了阿健的落寞：「你看起來好像很緊張呢。」

「嗯……」阿健不好意思地搔搔頭道歉著：「抱歉……如果是跟小栗的話我就不會這麼緊張了。畢竟我跟學姊妳才初次見面，學姊又是個女孩子，我怕我的動作太粗魯的話會弄得學姊受傷不開心就是了……」

「這樣嗎……」子誼學姊的瞇瞇眼看著阿健，依然維持著溫柔的微笑：「你果然像小栗說的一樣，是很替別人著想的人呢。」

「欸？我？」

「是啊。」子誼學姊點點頭：「那一天小栗就興沖沖地跟我說他的朋友會帶家人來一起來幫我們拍片，還一直分享你之前總是盡全力幫助小栗，是很值得信任的朋友呢。」

「啊？小栗跟你說了這麼多喔？哈哈，真是的……」

阿健不好意思地笑著。我也點點頭表示確有此事，畢竟這都是我真實的想法。

「其實呢，我也並不是完全不會緊張、不會害怕呢。」子誼學姊慢慢深呼吸了一口氣後，繼續說道：「雖然這是我寫的劇本，也是我自願安排被狹持的角色。但我還是會擔心對方會怎麼演，怕會不會亂做狹持的動作害得我不舒服呢……」

阿健沒有接話，他只是一臉認真，安靜地繼續聽下去。

「也就是這樣，我才會安排你擔任這個角色。小栗很相信你，我想我也可以相信你。」子誼學姊回到了微笑的狀態，並帶著真誠的語氣：「也能請你相信我嗎？相信我會好好保護自己，不會讓自己隨便受傷的。」

不愧是子誼學姊，即使是在遠處的我也能感受得到學姊鼓勵的話，如同太陽的光線溫暖著我的臉頰。阿健也的確被這些話打動了，他用雙手抹了一下自己的臉，並且用很有精神的語氣跟大家說：

「……好！我再試試看！請大家再給我一次機會！」

看到阿健再次振作起來，我們當然是一同說著「好」表示答應。不過阿健竟然還對子誼學姊九十度鞠躬，戰戰兢兢地喊著：「學姊！如果有任何冒犯，先說聲抱歉了！」

「哎唷，沒那麼誇張啦。」子誼學姊掩著嘴笑著。

在確認大家回到定位後，我就準備再次進行拍攝。在開拍前我對著躲在桌子後面的阿健比了讚來幫他加油，這一次他很快地回給我一個讚，感覺他比較有把握了。

當我喊下了「Action」，子誼學姊就接續演著狹持前的劇情，在巧克力籃前轉過身來問著大家怎麼了。我吞了一下口水，把鏡頭對準阿健準備要出現的地方……

這一次，阿健飛快地衝出來，以急迫的速度伸出了手臂，卻抑制住自己的力道來勒住子誼學姊的脖子。子誼學姊也配合著時機往阿健那裡倒下，也表演出因驚嚇而會喊出的尖叫聲：「呀啊——！」

小瞳和妙妙學姊還沒反應過來，阿健就用另一手拿出了那把玩具彈簧刀比向另外兩人大喊著：「安靜！通……通通不准動！」

很好……阿健這一次的表現終於穩回來了。雖然還是能透過他隔著口罩的喘氣以及顫抖的手感覺得到他依然很緊張，不過還好他的動作沒什麼遲疑了。至於他那些緊張的情緒，在鏡頭裡還能當作是阿健在詮釋倖存者緊張的感覺，算是勉強過關。

「你在做什麼？」妙妙學姊立刻舉起手中的水管對著阿健。

「放開她！」小瞳瞪大著雙眼，像是用著劍道的姿勢把撬棍緊握在前。

「都閉嘴！妳……妳們也不希望吸引喪屍來吧？」阿健對著兩人比劃手上的玩具刀，接著把玩具刀輕輕地抵在子誼學姊的脖子旁：「妳們……要是敢過來……我……我就對她不客氣了！」

「不要！放開我！」子誼學姊緊握著阿健的手臂，扭動著身體做出掙扎的模樣。

「你……」小瞳不可置信地搖著頭，語氣也發抖起來：「你到底想幹嘛？」

「……妳們要食物對吧？那一籃剩下的東西妳們都拿走吧，然後就給我離開這裡……」阿健好像沒辦法控制住自己的緊張，握著玩具刀的手一直在抖著：「只要這個女的……留下來陪我就好。」

「你瘋了！我才不會讓你去傷害世琪！」妙妙學姊的臉依然冰冷，但我能感受的到她的語氣夾帶著憤怒。

「我才不會！我才不會傷害她！」阿健的眼神飄忽不定，我心中不斷幫阿健打氣，希望他不要緊張到突然忘詞：「我一直以來都只有一個人……大家都死光之後我也是一個人……我原本不在意自己一個人的……但我突然覺得自己好寂寞……好孤單……果然我還是需要有人陪著我……」

「你這個變態……該不會……」小瞳那兇狠的眼神摻雜了恐懼以及厭惡。

「對啊……這個女的……很不錯……可以陪著我……」阿健把頭轉了過去，讓自己的口罩碰到子誼學姊的臉頰。只是他沒有明顯的喘氣聲了，感覺是在憋著氣：「我會好好照顧她的……好好陪伴她的……呵……呵……」

「不要……救命……」子誼學姊表現出極度害怕的樣子，不但緊閉著雙眼還咬著牙，說話甚至哽咽了起來。

小瞳在表現得驚慌之餘，她的眼神明顯在子誼學姊身上飄動著，等等她就會透過子誼學姊手上的假傷口來臨機應變智取阿健。我立刻把鏡頭對焦在小瞳的臉上，可不能辜負小瞳用心的演技。

「……求求你放過她吧！」小瞳拚命地對著阿健喊著：「她都被喪屍咬過了！我怕她撐不久的！放過她好不好？」

「……啊？咬過？」

阿健看了下子誼學姊並發現她手上的假傷口，鬼叫了一聲後就嚇到趕緊放開子誼學姊，讓子誼學姊攤軟坐在地上。

「趁現在！喝啊啊啊啊啊——！」

小瞳立刻衝了上去，兇狠的眼神還爆發出憎惡的怒火。她高舉手上的玩具撬棍，往阿健的身上猛揮下去。阿健趕緊側身並用身後的背包擋下撬棍，不過在小瞳持續地揮棍之下，阿健挨不過攻擊就立刻從辦公室另一側的門口逃了出去。

「別跑——！」

小瞳像是發狂般吼叫著還想要繼續追上去，卻被一旁的妙妙學姊抓住肩膀攔了下來：「別追上去，太危險了。」

小瞳看著妙妙學姊不斷喘氣，她的眼神漸漸地冷靜下來。最後她的視線移到癱軟在地上的子誼學姊，她已經在我把鏡頭移向別處時偷點了眼藥水，所以現在的她已經滿臉淚痕，想演出被驚嚇哭泣的模樣。

「世琪！」小瞳著急地扔下了手上的玩具撬棍，跑到子誼學姊面前蹲下並緊緊抱著她。小瞳的眼淚已經止不住潰堤，淚痣被一道道溼潤的痕跡沾溼：「沒事吧？有沒有怎樣？」

「星羽……對不起……」子誼學姊雖然是用假的眼淚，但還是很努力地表現哽咽的樣子：「我一直……在給大家添麻煩……對不起……」

「不是……是我不好……我才要說對不起……」

小瞳和子誼學姊相擁而泣，妙妙學姊則在一旁默默地看著她們。我把鏡頭停留在她們身上好一陣子，確認這一幕的結尾畫面捕捉得夠久後才喊出了卡。

大家一聽到我喊了卡後都待在原地鬆了一大口氣。而阿健馬上跑了回來，依靠在門旁問著我們，神情像是問著老師自己的段考成績如何：「這次……可以了嗎？」

從沒看到阿健這樣的反應讓我愣了一下。但這次的結果沒什麼好懷疑的，我立刻對阿健比了一個讚：「可以喔！阿健你這次做得很好！看起來真的壞透了！」

阿健不可置信地看著我的讚。他又看了下子誼學姊，子誼學姊則是用著滿意的笑容對他點點頭，他才相信自己的表現終於過關了。

「太……太好了……要是再NG我會對不起大家的……」

阿健像是洩了氣的皮球一樣，整個人癱軟在門旁邊。我們大家見狀便忍不住笑了出來，畢竟這一次拍攝的確順利多了，也能感受到阿健是真的有在努力演出。

不過阿健身為人類的戲份還沒有結束。之後阿健扮演的倖存者會在走廊上逃跑，結果撞到了其中幾個喪屍並且被當場攻擊喪命，這種劇情橋段也就是俗稱的天罰。我們原本打算是要讓桃桃和綠綠擔任這裡的喪屍，只不過……

「嗚嗚嗚……」

「嗚哇……」

桃桃和綠綠扮演喪屍的模樣太可愛了。跟她們平常頑皮搗蛋的模樣完全不同，現在她們只是在揮動短短的小手臂慢慢走到阿健旁邊。阿健被這兩隻小喪屍拉扯衣服的模樣，就好像被萬聖節派對的小朋友纏著索要糖果不然就要搗蛋。

阿健也知道被這麼可愛的小喪屍纏住沒辦法演戲，一直在用眼神跟我求救。我只好忍著嘴角的笑意，趕緊喊了個卡。

「桃桃！綠綠！」我跑到這兩個小ㄚ頭面前，並蹲了下來問著她們：「妳們在演喪屍嗎？」

「是呀！我在演殭屍！」桃桃繼續用可愛的模樣舉著手臂，還搖搖晃晃地走路：「我要吃掉你的腦袋……嗚嗚嗚……」

「桃桃妳不對啦！」綠綠即使反駁著桃桃，但也是表現成可愛的小喪屍：「剛剛他們說殭屍不能講話！所以要這樣……嗚哇……」

「呵……」

我有點難為的苦笑了一下。雖然也不是說桃桃和綠綠演錯了，實際上剛剛大家都看著她們可愛的模樣看得挺開心的……只是可愛的小喪屍並非我們短片所要的感覺。但我不敢對她們過分要求或是否定她們的演法，萬一弄哭她們給阿健姨媽添麻煩就不好了。

要把她們換成別人來演這段的喪屍嗎？不過她們都化好喪屍妝了，就這樣讓她們一幕都沒有出現也滿可惜的……有沒有什麼辦法呢……

突然腦中靈光一閃，也許有辦法了。只是這個辦法可能會對阿健不好意思……不管了先試試看吧。

「桃桃綠綠……」我像是分享秘密一樣，低下頭跟她們講悄悄話：「妳們今天演喪屍的表現很棒喔。」

「耶！」「謝謝小栗哥哥！」這兩個小喪屍難得露出這麼惹人憐愛的笑容，讓我對等等要做的事情更愧疚了一些。

「不客氣。為了獎勵妳們，我有買妳們最喜歡吃的東西，我記得是……冰淇淋和布丁對吧？」

「對！冰淇淋！」「布丁！」她們眼睛都亮了起來，很好。

「可是，我現在還不能給妳們冰淇淋和布丁喔。」

「為什麼？」她們異口同聲地失望喊著。

「因為阿健哥哥想要一個人獨吞啊！妳們有看到阿健哥哥身上的包包嗎？他想要一個人拿走所有的冰淇淋和布丁，自己一個人全部吃光光！」

這兩個小丫頭的眼神突然變得很可怕，就像恐怖電影裡魔怔的小女孩那樣。她們死盯著阿健身上的背包，雖然裡面裝的都是上一幕的巧克力就是了。

「欸！不過妳們不能過去搶喔！」我怕她們忍不住，趕緊先阻止她們。

「為什麼！」

「因為妳們是好孩子啊！是爸爸媽媽引以為傲的好孩子，不能隨便搶別人的東西喔。」我感覺自己好像電視上的催眠大師，一直在給眼前的兩個小孩子施加暗示：「不過喪屍就可以喔，妳們只有在當喪屍時才能搶走阿健身上的東西。所以等等拍戲的時候，妳們要演喪屍，也要搶走阿健身上的包包，這樣才能得到冰淇淋和布丁喔。要記得喔，不可以說話，但是可以發出叫聲，知道嗎？」

「嗯。」「好。」

桃桃和綠綠回答得很快，接著她們就一直盯著阿健身上的包包。總覺得自己好像做出了什麼可怕的事情……我趕緊從錢包掏出了幾百塊，遞給了在旁邊休息的小瞳：「小……小瞳，幫我去便利商店買冰淇淋和布丁，拜託了……」

「欸？這麼突然？」小瞳疑惑的問著。

「拜託了，這……這個很緊急……一級警報！拜託了！」

「嗯……好唷！」小瞳接下了錢後，便走向子誼學姊拜託她一起去便利商店。

好……總之還是先準備拍片吧，希望這一次桃桃綠綠能演出不一樣的感覺。

我喊出「Action」後繼續拍攝。阿健再次在走廊上演出落荒而逃的樣子，然後他就會在轉角碰見桃桃和綠綠扮演的小喪屍。只是這一次，桃桃和綠綠一看到阿健，便像是發狂了一樣發出尖銳刺耳的尖叫。

「呀啊啊啊啊啊啊啊啊——！」

「嗚啊啊啊啊啊啊啊啊——！」

不只尖叫，她們還用百米衝刺般的姿勢往阿健那裡衝了過去，跟剛剛蹣跚的可愛模樣完全判若兩人。她們還用飛撲的方式抓到阿健，彷彿森林遊樂園區裡的潑猴去襲擊遊客一樣，拚了命的一定要抓到阿健或是他身上的背包。

「喂！妳們在幹嘛？」阿健看起來好像有被桃桃綠綠突然的改變嚇到，但還是盡責地演完：「不要過來！不要過來！呃啊啊啊啊啊啊——！」

最後阿健被撲倒在地，任由桃桃和綠綠不斷拉扯他的衣服以及背包。太好了，這樣的畫面非常有衝突和暴力感。想不到不只阿健姨媽，連桃桃和綠綠都很有潛力呢……這一家人真的都很有演喪屍的天分啊！

「卡！這次演得很好喔，阿健和桃桃綠綠都辛苦了！」總之，需要的鏡頭也拍攝得差不多了，我就立刻喊卡結束拍攝。

「救命啊！放開我啦！」

「我要冰淇淋——！」「還我布丁——！」

「……欸？」

桃桃和綠綠絲毫沒有要停下來的意思，繼續拉扯阿健的衣服和背包。阿健只能在地上推開這兩個小丫頭，但還是承受不了這兩隻潑猴的猛烈攻勢。

「我沒有冰淇淋啦！也沒有布丁啦！」阿健在地上不斷翻滾掙扎還向我求救：「小栗快救我啊！這到底什麼回事啊？」

「你騙人！你把冰淇淋藏在哪裡？」桃桃甚至還拉開了背包的拉鍊，在看到裡面只有巧克力後就更生氣了，把巧克力撒了一地：「我要冰淇淋——！」

「還我布丁——！」

「好……好了啦！」我趕緊跑上前拉開這兩個小鬼，但是她們不知道哪裡生出來的力氣一直在抗拒我：「桃桃綠綠！冰淇淋和布丁等等會給妳們！快住手！」

場面就這樣一直混亂下去，即使阿健姨媽和姨夫過來幫忙也沒辦法安撫桃桃和綠綠。直到小瞳和子誼學姊帶回來了冰淇淋和布丁，這兩個小鬼才終於平息下來……我以後還是不要用這麼危險的招式好了。

現在就只剩下三幕左右的喪屍鏡頭，不過都會是比較大的場面，也會有衝突的動作戲。為了不耽誤時間，我們先在相關的地點布置場景。至於阿健接下來在劇中就會變成喪屍回來襲擊主角一行人，所以就拜託妙妙學姊趁這個空檔給他上喪屍妝。

我正在確認拍攝的動線時，看到了坐在椅子上的阿健，正興沖沖地跟妙妙學姊講著自己希望的喪屍妝扮。

「學姊妳知道那個遊戲的喪屍嘛？就是也跟我一樣穿兜帽，然後還會跑酷的那個！」阿健感覺對自己能變成喪屍也很期待。

「喔，我知道，Hunter 嘛。」妙妙學姊捲起了衣袖，準備幫阿健上妝：「那你的膚色要弄得更灰一點，先閉上眼睛吧。」

「好！拜託了！」

我看著妙妙學姊在幫阿健上妝，看到自己都入迷起來，沒發現到子誼學姊已經靠近到我旁邊喊著我。

「小栗？」

「啊！抱歉……」我趕緊回神，跟子誼學姊道歉：「我……我只是好奇阿健會化妝成什麼樣子而已。」

「沒事沒事。」看到我這樣的反應，子誼學姊偷笑了一下：「不過，我真的很感謝你的朋友阿健，還有他的家人們幫忙呢。」

「……是啊。沒有他們的幫忙，我還真不敢想像拍攝進度要被卡多久。」我回頭再看著幫阿健上底妝的妙妙學姊：「而且每個喪屍幾乎都有在劇本裡發揮到，也不枉費學姊這幾天熬夜改劇本了。」

「沒那麼誇張啦。我也只是怕大家當下會對劇本不滿意，所以乾脆卯起來把劇本好好修改一番。」

「還好吧，大家都對劇本沒什麼問題啊……除了那對兄妹檔以外。」講到這裡時，我跟子誼學姊都不小心笑出聲來：「還……還好也算順利繼續拍下去了，畢竟我也有點擔心臨時改動劇本會不會讓學姊不太高興……之類的。」

「嗯？擔心我不高興？」

「對啊……不是每次……妙妙學姊突發奇想做臨場反應時，妳都會不太開心……不是嗎？」

「喔……那個啊。」子誼學姊只是摸了一下自己的嘴唇，然後就噗哧笑了一聲：「……我沒你說的那麼刻薄啦。我也清楚如果要讓拍攝的進度順利，劇本有時候也會需要現場做些調整的。不過妙妙她不一樣啦……」

子誼學姊轉過頭看著忙著上妝的妙妙學姊，雖然她依然保持著瞇瞇眼，但我好像感覺得出來她的眼神有點無奈。

「就是……妙妙她太有自己的想法了。每次拍片的當下，她都會無意間蹦出想法，沒有照著我的劇本演出。」子誼學姊輕輕地嘆了口氣：「我並不是否定她的想法，我只是希望她可以在開拍之前就先跟我討論環節。畢竟我也希望她能尊重我的劇本……尊重我的想法……」

「這樣啊……」

看著子誼學姊的愁容，不知道為什麼心中冒出了一個念頭，於是就不假思索地說了出來：「不過……我覺得這也是因為學姊的劇本寫得很好吧？」

「……嗯？」子誼學姊回過頭來，疑惑的看著我。

「因……因為……如果這個劇本寫得很陳腔濫調、很普通的話，演的人大概也只會想說『啊真無聊，照著唸趕快演完好了』這樣吧……不過如果劇本寫得很用心，演員當下也會感受到劇本所帶來的氣氛，所以才會突然有不同的想法吧。」

子誼學姊聽完我一大長串的想法後，整副表情卻毫無動靜了好幾秒。就在我以為自己是不是說錯話時，子誼學姊卻掩著嘴笑了好幾聲。

「呵呵呵……小栗你真是的，難怪小瞳一直都說你很會講話耶。」

「咦……我？小瞳？」

「因為劇本寫得很好嗎……呵呵……這的確讓我有點自信了呢。」看起來子誼學姊是真的笑得很開心，把剛剛臉上的陰霾都掃掉了：「謝謝你，小栗。為了將這個劇本發揮到最好，也要麻煩掌鏡的你了。」

「嗯，我會的學姊！」我兩手握拳向子誼學姊發誓著：「就……就算有什麼突如其來的想法，也要通過我鏡頭的這一關才行！」

「呵呵，一起加油吧。」

我點點頭回應著學姊的期待，回頭時瞥見了倚靠在牆上、用單手讀著劇本的小瞳。她看起來好像也有些緊張，不但神情凝重，拿住劇本的手還緊緊捏著。大家真的都很努力呢，我在心底幫小瞳加油後就繼續忙著確認動線了。

一切都準備就緒後，我們就開始拍攝下一幕。這幕的劇情是主角三人到處搜刮物品，她們不但找到了一些能湊合保護自己的裝備，還在教師辦公室找到一串鑰匙，這串鑰匙可以打開前往頂樓的鐵門。只是主角三人在前往頂樓的過程中將會遭遇最大的危機，同時也是這部短片最高潮的片段。

主角三人在推開樓梯的鐵門時，會誤觸學校的保全系統。保全系統的警報聲響會吸引周圍的喪屍全部都衝過來，也包括阿健扮演的喪屍。儘管我一直叮嚀阿健安全最重要、不要做出太危險的動作，但阿健還是對扮演那個遊戲裡會跑酷的喪屍躍躍欲試，一直在樓梯間蹬牆跳還翻越樓梯的護欄。雖然主角三人也很配合一起演著逃跑，只不過結束拍攝時，妙妙學姊對於阿健的搏命演出就很在意了。

「你沒有必要做出這麼危險的動作吧。」我能聽得出來妙妙學姊的語氣嚴肅了一些：「就算那個樓梯有裝防摔網，但弄不好還是會受傷的。」

「抱歉啦，學姊！」阿健不好意思地抓著頭：「不過我真的很想要試試看邊跑酷邊追逐人的感覺啊！那真的很帥耶！妳看小栗也很喜歡這個鏡頭呀！學姊放心啦！我會注意的！我以前就這樣一直爬來爬去跟小栗玩，所以我會拿捏好分寸啦！」

「……唉，愛搗亂的刺蝟和花栗鼠。」

聽到我莫名其妙中槍，我也只能尷尬地笑了幾聲。我當然也不希望阿健他為了幫我拍片就一直做出危險的表演，那我能做的就只有努力捕捉阿健努力演出的瞬間，讓這一幕順利拍完吧。

就這樣，我們接續拍到主角三人逃到一間教室裡面的場景。主角三人會躲在教室裡面，如同膽小的動物們蜷縮在角落。門外的喪屍們會不斷地拍打門與窗戶，直到門外再次傳出了保全系統警報聲，把外頭的喪屍都吸引過去，因此意外地救了主角三人。只是經歷了如此一連串的事件，讓她們幾近崩潰邊緣。為了振作起來，主角三人會在這間教室的窗戶上留下最後的文字，留下努力存活過的證明。這一幕是子誼學姊苦思了許久後構想出來的劇情。我在瀏覽劇本時也注意到了這幕刻劃的比重，大概就是要讓整部短片的焦點都聚集在這一瞬間吧。

我喊了卡，讓大家調整自己並為重要的下一幕做準備。我先跟喪屍臨演們確認哪幾隻喪屍要留在教室外面拍打窗戶來增加氣氛，溝通好並排練一下後我就回到了教室裡，並瞧見妙妙學姊走向子誼學姊。

我有點好奇她們要講什麼，就偷偷靠近並默默聽著。

「子誼。」妙妙學姊不疾不徐地開口道：「等等這一幕我有想法要跟妳討論一下。」

「……妳？跟我討論？」子誼學姊彷彿發現外星人般錯愕地看著妙妙學姊，還用瞇瞇眼看了一下窗外，似乎是在確認天上有沒有在下紅雨：「妳怎麼了？發燒了嗎？還是等等要演這一幕壓力很大嗎？」

「我沒發燒。」我能感覺得到妙妙學姊的語氣是真的很認真：「不過的確有點壓力。畢竟這一幕妳花很多心力在上面，我不想要辜負妳的心血結晶。」

「……妳唷。這一段我的確寫很久，但這不表示其他段妳就可以胡來喔。」子誼學姊也只是搖搖頭，釋然地笑了一下：「真搞不懂妳。來吧，妳要討論哪個地方？」

「這裡。」妙妙學姊直接從她衣服裡抽出劇本並翻開對著：「等等要在窗戶寫留言的時候，我會搶走妳手上的筆才開始寫對吧？不過剛剛演完被喪屍潮追殺的一幕後，我感覺在劇中的角色心理壓力都快撐不住了，妳應該才不會去注意白板筆什麼的東西，即使只是拿在手上。」

「嗯……」子誼學姊摸著嘴唇思考著：「妳覺得，由妳直接拿起筆並開頭會比較好嗎？」

「沒錯，知我者子誼也。畢竟我這個角色心理強度比較好，所以應該由我開始會比較合理……」

看到學姊們如此認真地討論劇本讓我放心了，還以為她們會像往常一樣爭論不休呢。我立刻伸個懶腰來打起精神，畢竟大家都很注重這一幕，等一下掌鏡的我也必須要全神貫注才行。當我伸完懶腰後，我才注意到小瞳還是一樣坐在教室的角落。

她雙手抱膝，用著她兇狠卻意味深長的眼神望著學姊們。感覺就像一隻待在角落的小狗，期待著有哪個人能發現她令人憐憫的眼眸，期待著有誰能回應她的無助。

總感覺……越來越接近這一幕的拍攝時，小瞳的模樣就越不對勁。我沒辦法坐視不管，便走過去關心她。

「怎……怎麼了，小瞳？」

小瞳只是看著我，然後抹上一點微笑對著我搖搖頭，接著繼續望向學姊們……她的這種微笑感覺很熟悉，就跟那次一起喝多多綠、一起走到捷運站時看到的一樣……直到現在我才確認心中的疑惑並沒有錯，這是有什麼心事藏在裡面的笑容。

腦袋還沒反應，我的身體就先行動了起來。我走到了小瞳旁邊並盤腿坐下，並跟著她一起望著認真討論的學姊們：「……有什麼我能幫忙的嗎？」

小瞳沒有立刻回應我，她只是輕輕地吸了一口氣。不知道她是在整理自己的思緒，還是在給自己一個能鼓起勇氣分享煩惱給我的暗示。之後，她才緩緩開口。

「我……有點不太知道，接下來要怎麼演會比較好唷。」

我轉頭看著小瞳的側臉，看著她掛著微笑的臉龐。老實說，比起小瞳會對演技感到苦惱而讓我驚訝，我更捨不得看到小瞳如此苦惱的模樣。感覺我後頸上的神經有幾道熱流往上沖刷，驅使著我立刻開口：「我……我記得，下一幕『劉星羽』會關心膽怯的『藍世琪』，在給予她勇氣時自己也會落下淚水對吧？妳在煩惱……這一段嗎？」

「嗯……」小瞳只是微微的點著頭，就把手臂和臉靠在她自己的膝蓋上：「感覺……我沒辦法跟這一幕的『劉星羽』產生共鳴。」

「共鳴？」

「對唷。一直以來……我都是在把自己代入『劉星羽』這個角色去演的唷。如果要表現『劉星羽』一個人在走廊很害怕，我就會在心中想著一個人晚上回家的恐怖回憶。如果要表現『劉星羽』想找到其他倖存者的著急模樣，我就會在心中想著……以前很孤單時想要找到朋友的回憶。如果要表現『劉星羽』拿著武器揮打喪屍的激動情緒，我就會在心中想著拿掃把打蟑螂的回憶……很怪對吧？嘻嘻。」

「才……才不會怪呢。」我猛然搖搖頭：「我知道這是妳演技的祕密武器，這很正常。」

小瞳偷偷地用她兇狠的眼神瞧著我。她那天分享給我的話，我才不會忘記……想做出傷心的表情，心中就想著很傷心的回憶。想做出很快樂的表情，心中就想著很開心的回憶。小瞳一直都是這樣練習自己臉上的表情，才會讓她的演技這麼生動。

「可是小栗……」小瞳又把視線偷偷地移回到自己的膝蓋上：「這一幕，我不知道心中要想著什麼樣的回憶唷。」

我沒有接話，只是嚥了一下口水後，耐心等待小瞳的解釋。

「『劉星羽』會關心『藍世琪』，給予她勇氣時自己也會流淚……只是，我以往想表演流淚的模樣時，我都會想著傷心、難過的回憶。當我陷入這種回憶的情緒時，還要我怎麼鼓勵其他人呢……」

「小瞳……」

聽起來，小瞳是因為劇本的要求和她在演戲時使用的技巧產生矛盾而苦惱著。只是看著小瞳憂愁的模樣，她更像是因為想不斷揣摩劇中角色的情緒，結果一直回憶傷心的情緒，最後連自己也被影響了。

「小栗……」小瞳輕輕地、緩緩地闔上她那兇狠的眼神：「我真的，很想要努力演好這一幕唷……這是子誼學姊寫得最辛苦，也最期待的一幕。我不想要讓子誼學姊失望……但是現在……一堆想法在我的腦袋裡亂成一團了……好煩唷……我有點不知道該怎麼辦了……」

看到小瞳這個模樣，讓我的心揪在一塊，渾身都很難受。我一直想要吐出什麼話來幫小瞳打氣加油，但又怕講出來不合適就把話吞到胃裡。

小瞳一直以來都是很全力以赴地在演戲。這段拍戲的日子裡，小瞳每次只要演出流淚的模樣，拍完時她都還要再花一些時間來平復情緒。有時候，我會擔心小瞳會不會太過於投入情緒，會不會哪一天突然承受不住。但每次只要看到小瞳對著我展現自信的笑容，我都會相信小瞳沒有問題，是我自己想太多了。

……看來，小瞳也許只是不想讓我擔心，才會把笑容演給我看吧。

但是我真的很想要幫助小瞳。

不管她自信的笑容是不是演的，我都是被她的笑容鼓舞，才能有更多的勇氣拿起攝影鏡頭，跟電影研究社的大家一起完成願望。

所以……我也想要給她自信。

「我……我在想……」我也深吸了一口氣，希望能把更多的勇氣吸進自己的身體：「如果要流下眼淚……不一定要傷心難過吧？」

「嗯……？」

小瞳一聽到我的話，便緩緩地轉過頭來。她睜開了那兇狠的眼神並注視著我，等待著我繼續解釋下去。

「就是……不是會有那種……高……高興到流淚或是感動到哭出來的場景嗎？」我的雙手緊緊扣住

掌中的手機，想要抑制自己的緊張感：「我的意思是說……如果陷入傷心或是難過的情緒無法給其他人勇氣，那讓自己是高興或是感動的情緒也許就有機會了吧？」

我盡自己的一切力量把心中的想法都表達了出來，希望這樣可以給煩惱的小瞳一些方向。只是小瞳沒有任何回答，她依然雙手抱膝、依然用她深邃的眼眸凝視著我。這反而讓我開始胡思亂想了起來，擔心自己是不是又說錯了什麼話。

「小栗……」小瞳終於開口了，她的嘴角好像掩不住上揚的笑意：「可是這一幕還不能高興起來唷？大家都還沒成功逃出去，就高興到哭出來……感覺很怪吧？」

「是……是這樣嗎……」

「感動也是唷？」小瞳維持著笑容：「難道你要說因為大家要被喪屍吃掉了，所以大家都很感動嗎？」

「欸……說不定……」講到這，我也不好意思地搔搔頭：「說不定妳看見學姊們在窗戶上寫下的留言，就會突然覺得『哇學姊的文筆好好！太感動了！我都看到哭出來了！』……吧？」

「不行啦！這樣亂演會被學姊拿棒球棍敲的唷！」小瞳被我逗笑了開來，能再次看到她的笑容讓我放心許多了。

「啊……哈哈……」

我尷尬地笑了幾聲，然後就轉回頭看著還在前面討論劇本的學姊們。看來我臨時想到的方法沒什麼用啊，果然要用什麼情緒帶入當下的劇本也不是一件簡單的事情。不過能看到小瞳重新笑了起來，這也值得了。

「小栗……」我聽到小瞳用著很小聲的聲音講著話。是個即使不在耳邊的距離，我也能聽得清楚的悄悄話：「……謝謝你。」

「……不客氣。」

我把身子往後躺並靠在牆壁上，可能是想讓自己的身體放鬆一點，也可能是想讓小瞳知道自己沒那麼緊張吧。

「感覺小栗真的很厲害唷……」我偷看了一下小瞳，她現在又把自己的臉埋進膝蓋裡面：「因為有小栗的加入，大家才會重新拾起拍片的希望。而且小栗不管什麼時候都很認真，把大家的表現都拍得好好唷……我……一直以來……什麼忙都幫不上……就只會一味地演戲而已……」

「才沒有這種事。」

我的反應神經促使了我反駁了小瞳貶低自己的語句，還讓我大聲了些。不知道小瞳是不是被我的反應震驚到了，她立刻把頭轉了過來，一直凝視著我，就好像在期待著我的下一句話一樣。

「一直以來，我能堅持下去，都是因為有小瞳的加油打氣。」我深吸了一口氣：「所以我才要謝謝妳，謝謝妳給我實現夢想的勇氣。」

「……我？」小瞳緩緩地挺起身子，甩了下她的馬尾後沒自信地笑著：「我可沒做什麼事情唷，為什麼要謝謝我呢？」

「妳有。」我凝視著手機螢幕，回憶起這段日子裡的所有點滴：「其實我在被妳拉進電影研究社時，對於拍片這件事情還是一直在猶豫不決。是我聽到了妳每一次都在幫大家加油打氣，是我看見了妳每一次充滿自信的笑容，我才會下定決心要在電影研究社跟大家一起實現夢想。也許妳並沒有特意這麼做，但妳給的勇氣我確確實實感受到了啊。」

我轉頭看了下小瞳，她的確是被我的話影響到，但她卻用著那兇狠又呆滯的眼神正傻傻地凝望著我。看到她這樣的反應，我倒是腎上腺素退卻，開始能感受到緊張了。

「我……我只是想說……我們電影研究社，從差點面臨廢社，到現在能快要拍出我們的作品……只差最後一步了……」我又捏緊了手機來緩解緊張感：「大家能同心協力走到這裡……也是因為每一個人都很努力，每一個人都很辛苦……所以……不……不要再說自己什麼忙都幫不上了，電影研究社的每一個人都很重要，少了誰都不可以……」

我很努力地把自己的話講完了。然而小瞳還是一樣沒從呆滯的表情回復過來。不僅如此，她的嘴唇還緩緩地動著、緩緩地吐著幾個字：「大家同心協力走到這裡……只差最後一步了……」

說真的……我不太懂現在的小瞳是不是思考我的話思考到腦袋超載，讓我開始擔心起來自己是不是不該在這時候講這些話。

就在我想要呼著小瞳想讓她回神時，她的眼神不但回魂了，還用著激動無比的聲音大喊著，喊到整間教室都有著她的回音。

「就是這個——！」

小瞳的聲音大到連學姊們都被嚇到把頭甩過來看著我們，我也被嚇到不知所措，只能茫然地看著突然變得欣喜的小瞳。只見她的臉上疊滿了開心，還伸出兩手抓住了我的肩膀，不斷猛烈地搖晃著。

「就是這個就是這個！我怎麼沒有想到呢！」小瞳高興到一直上下擺動自己的身體：「小栗你真的

是天才唷！太厲害了！」

「欸？不……不客氣……？」我是真的不知道自己講了什麼話點醒了小瞳，只能任由她把自己晃得暈頭轉向。

我趕緊轉頭對著學姊們使眼色求救。只是妙妙學姊非但沒有幫忙，還推了一下自己的空氣眼鏡，好像她早已預料一切那樣：「看來，迷途的小狗終於找到道路了呢。」

「呵呵，看來你們的討論也有結果了呢。」子誼學姊也只是掩嘴笑了一下。不過聽她這麼說，似乎她跟妙妙學姊是故意讓出一些時間讓我跟小瞳談談：「好了嗎？好的話我們就準備開始嚕。」

「好……好的。」

在小瞳鬆開我後，我就立刻爬起身，回頭問著依然坐在地上的小瞳：「……準備好了嗎？」

不過小瞳沒有立刻回答我。她只是對我伸出了手，笑瞇瞇地說著：「我腿麻了，幫我拉起來唷！」

「喔……好。」

我握住了小瞳的手，雖然感受到了她手掌的溫度以及柔軟細緻的掌心，但當下並沒有想太多就直接使力把她拉起來。

沒想到小瞳像是開心的大狗狗一樣整個跳起來，還用肩膀撞了下我的肩膀讓我哎喲了一聲後退兩步。我沒辦法理解小瞳這一連串動作的用意，不過只要能看到小瞳恢復精神我就放心了。

「那……那妳沒問題了嗎？」

「沒問題了唷！」小瞳自信的笑容回來了，現在她兇狠的眼神已經沒有了那些憂愁：「多虧了小栗，我已經知道要用什麼樣的回憶了！」

「欸……」

其實我還是不太清楚小瞳從我的話中領悟到了什麼，也不知道她打算要用什麼樣的回憶去代入……不過，我也沒有必要再抱持這麼多疑問了。

因為我相信小瞳。

我相信小瞳她的笑容。

「我……我知道了。」我很大力地點著頭，想要積極回應小瞳：「我也會盡全力把妳的表現都好好拍起來的。」

「嗯！」小瞳燦笑著，還對我說出了那句熟悉的打氣：「一起加油唷！」

一切都已就緒。走廊的喪屍氣氛組已經準備好拍打窗戶，而主角三人的演員都回到自己的定位並調整狀態。我巡視著大家確認是不是都準備好了，妙妙學姊對著我比了OK，子誼學姊對著我點點頭，小瞳則是用伴隨兇狠眼神的自信笑容向我傳達沒問題。很好……看來大家都準備好了……

「那……那我就準備要開始了！」為了掩飾自己的緊張，我喊得有點大聲：「這……這一幕我們大家都準備很久了，一定沒問題的！大家加油吧！那就……Three, two, one, action!」

我緊握著手機以及支架，把鏡頭對準著主角三人，全神貫注在鏡頭上面，連深呼吸都不敢太大力。

子誼學姊飾演的「藍世琪」已經幾近崩潰邊緣，她一直蜷縮在角落，雙手抱膝啜泣著。小瞳飾演的「劉星羽」則是驚魂未定，彷彿恐慌症和氣喘同時發作一樣，她靠在牆上無助地捏緊手上的撬棍。妙妙學姊飾演的「簡宇湘」也面露疲態，她只能看著走廊上拍著窗戶的那幾隻喪屍，以及回頭看著狀態不好的夥伴們。

根據剛剛學姊們討論劇本的新結果，接下來會由妙妙學姊起頭，拿起筆在另一邊映著天空的窗戶上寫下留言。因此我的鏡頭就必須要緊跟著妙妙學姊，配合著她的動作再適時地帶到其他人身上。

妙妙學姊的視線一直在周圍徘徊，最後她注意到了在教室講台上放了好幾隻白板筆。她注視那裡好一陣子，隨後拿起了其中一隻紅色的白板筆並走向窗戶，拔開蓋子，開始在最右邊的窗戶上寫下紅色的文字。現在的天色還很明亮，陽光投射進昏暗的教室，讓窗戶上的紅色字跡格外地顯眼。

我把鏡頭移到妙妙學姊的側臉上，在拍下她冰冷的表情同時，也能透過調整焦距來拍到縮在角落的子誼學姊。這也正好能接上妙妙學姊丟給子誼學姊的第一句台詞：「妳，那個蹲在角落的，再告訴我一次妳的名字。」

「……我？」子誼學姊遲疑地抬起頭，她的臉上爬滿了淚水，當然都是事先滴好的眼藥水。

「對，我怕把妳的名字寫錯。」

子誼學姊哽咽了幾下後，就緩緩吐出在劇中的名字：「藍世琪……。」

「是哪個字？告訴我。」

「藍……藍色的『藍』，世界的『世』，玉字邊的『琪』……」

「嗯。」

妙妙學姊繼續在窗戶上寫下留言，我也不時地把鏡頭帶到還沒停下哭泣的子誼學姊，以及尚未脫離驚慌狀態、仍舊呆滯看著兩人的小瞳。

「……妳……該不會是在寫遺言吧？」儘管在哽咽的狀態下很難講話，但子誼學姊很努力地講出台詞。

「不知道。」妙妙學姊沒有停下書寫的動作：「如果最後我們都活下來了，那這些就不會是遺言。要是我們真的不幸死掉了，那至少我們也已經先留過最後想說的話了。」

妙妙學姊把字寫得很大，因為要是字寫太小，在鏡頭上就只能看到幾條紅色的蚯蚓擠在一起。所以在前陣子的排練大家就已經先預習過，為了順利演出這一幕，她們還在白板上練習了好幾次要怎麼寫。如果接下來其他人在寫留言時也能這麼順利，那麼這些辛苦的練習就不會白費了。

「……為什麼？」小瞳的眼神沒有脫離驚慌的狀態，用顫抖的聲音問著妙妙學姊。

「我想留下，我們都努力活過的證明。」妙妙學姊轉頭看了下其他兩人後，才繼續寫著：「要是這場人生，什麼東西都沒有留下就走了，我就算化成鬼也會繼續後悔下去的。原本以為我會獨自一人面對這一切，獨自一人寫下留言，最後獨自一人祈禱會不會有哪個倖存者能發現這個留言……」

妙妙學姊寫完了窗戶上的留言，便闔上了眼睛，像是在沉思著什麼事情。該說真不愧是子誼學姊最下功夫的劇情嗎？總感覺妙妙學姊的台詞很契合現實的她自己，讓掌鏡的我有種她到底是不是在講真心話的錯覺。

我把握這個機會，把鏡頭聚焦在妙妙學姊的臉上，不管是戲內還是戲外，表情如此認真的她實在不多見。

「……還好，我遇到了妳們。這樣我也不用一個人面對這一切了。」妙妙學姊一邊慢慢地後退幾步，一邊唸著上面的文字：「我是簡宇湘。我遇到了劉星羽、藍世琪並一起努力活下去。如果你看見了這些文字，請你記住我們的名字，記得這世上還有人在努力掙扎著。」

妙妙學姊唸得很清楚，咬字分明。她的聲音如同襲捲而來的凍氣，讓我不自覺起了雞皮疙瘩，讓我忘記這間教室外面的走廊其實還有喪屍在敲出聲響。

「……來吧。」妙妙學姊走到了子誼學姊面前，把白板筆遞給了坐在地上的她：「寫點什麼吧，不要留下遺憾。」

子誼學姊凝視了妙妙學姊許久，才緩緩伸出手來想要接住白板筆。只是沒想到子誼學姊的手不小心撥到了白板筆，白板筆就這樣被彈到了地上並往小瞳的方向滾了過去……

糟糕，子誼學姊不小心NG了。我心裡大叫不妙，子誼學姊的臉上也顯現出驚慌的表情，看起來不像是演的，是真的被自己NG的動作嚇到了。要喊卡嗎？雖然我的鏡頭有追到掉落的白板筆，不過要是小瞳被這突發情況弄到不知所措的話，我就喊卡好了……

……不對？我偷偷抬起頭觀察著小瞳，她的視線沒有看向我這裡的攝影機，而是繼續用著兇狠卻不穩定的疲憊眼神來盯著地上的白板筆。她依然用著恐慌的呼吸來詮釋角色情緒，彷彿剛剛的NG就只是演出的一環而已……

好，我不喊卡了，也把鏡頭對準在小瞳身上。如果小瞳想要繼續演下去，那我也會奉陪到底。

鏡頭裡的小瞳，她閉起雙眼並大力呼吸著，像是在努力克制自己的驚慌。之後，她再緩緩睜開眼睛，並放下了手上的撬棍。接著，她用著還在發抖的手撿起了白板筆，並一步一步走向了子誼學姊。

因為劇本並沒有「劉星羽」把筆遞給「藍世琪」這一段，因此接下來都要靠小瞳和學姊的即興發揮了。我懷著有點忐忑不安的心情，把鏡頭對向了那兩人的位置。

小瞳抬起了子誼學姊的手，並把白板筆放在了她的手心。她的雙手緊緊握住了子誼學姊的手，就像是把珍貴的寶物交付到她手裡一樣。

「……妳的手好冰。」小瞳在抑制自己的恐慌情緒後，說出了這幾句話：「妳沒事吧……？」

「……我……我不知道……」子誼學姊用著緩慢的語調回答。她凝視著小瞳，似乎想努力配合她的臨場發揮：「……妳的手……才抖得很厲害吧……」

「……嗯……我還是……怕得要死……」小瞳握住子誼學姊的力道變得更緊了：「不過……只要能這樣握住妳的手……我就沒那麼怕了……」

子誼學姊抬起了頭，她的瞇瞇眼正對著小瞳兇狠的眼神。她呼吸的動作很明顯，像是在緩和自己的哽咽，但更有可能是在替自己爭取時間來整理下一句的台詞。最後，她深吸了一口氣才繼續用哭腔接話下去：「對……對不起……我一直都是隊伍的累贅……什麼忙都幫不上……也許……我一開始就該一個人鎖在廁所裡……不要遇見妳們比較好……」

這一段話原本是「藍世琪」在接下「簡宇湘」的筆後要說給她聽的，看來子誼學姊直接挪用這一段來對給小瞳了。畢竟回答的人是「劉星羽」而不是「簡宇湘」，她可不能用原本妙妙學姊的台詞，必須要在這時候演出一個屬於自己的版本。小瞳會怎麼做呢？她會如何表演呢？想著想著連我都緊張起來，只能默默地期待眼前即將發生的一切。

小瞳開始呼了一口氣，還呼得很沉重。她不斷搖頭，想要讓嘴角上揚卻又緊咬著牙齒。我能感受得到她的每一個動作都在刻劃著她的情緒，如同在戲妝上再多勾勒幾筆輪廓。最後，她注視著子誼學姊，用著被淚水沾溼的兇狠眼神。

「才沒有這種事。」

我不自覺地把呼吸屏住了。

不久之前的我講過了一樣的話，沒想到我會在這種情況下再次聽到。

小瞳的這句台詞，明明語氣是這麼地平緩，卻感覺好有力道。如同用一把鐘槌敲進心裡。

就連子誼學姊都被這句話震撼到睜大了眼睛……對，這還是我第一次看到子誼學姊沒有瞇瞇眼的模樣，還能看到如黑珍珠般深邃的瞳孔微微顫抖著。

「是我。要說對不起的……是我才對。」小瞳像是拚了命似的，在自己悲傷的表情上擠出一絲微笑：「我看到大家死掉，都變成喪屍後……一直都在害怕……害怕到時候會不會也是自己一個人就這樣死掉了。明明能遇到活著的妳，我應該要很高興才對……但是我反而越來越害怕了……我害怕會不會到時候連妳都消失……結果我一直都對妳表現得很任性，不想要變回自己一個人，又不想要再面對失去人的痛苦……不過，就在妳被那個壞人挾持以後，我終於完全明白了……」

「……星羽？」子誼學姊依然睜大著她的雙眼。

「我……真的很感激……謝謝妳還活著，陪著我一起活下去。」小瞳的淚水如同在樹葉上的露滴，輕輕滑落到她微微笑起的嘴唇上：「我們每一個人都很重要，少了誰都不可以……大家都同心協力走到這裡了，也只差最後一步了……不要再說自己是隊伍的累贅，什麼忙都幫不上了……好嗎？」

這大概是我從看著小瞳演戲以來，演技最有深度、最有渲染力的一次。看著她雕塑出來的表情，我都會入迷到忘了呼吸。聽著她調配出來的語調，我都會起一身雞皮疙瘩。

子誼學姊的瞳孔也開始閃爍出淚光的反射，淚水從她的雙眼溢了出來。以往都需要滴眼藥水才能表演哭戲的她，現在竟然也能流下自己真正的淚水。不知道是被小瞳的出色演技影響到，還是對這些台詞也有深深的共鳴。

我也終於知道小瞳這次代入的回憶是什麼了，不就是電影研究社嗎……？

從好幾個月前社團面臨廢社危機，大家只能把在社團一起共同完成創作的夢想藏在心裡。到如今我們就正在拍攝著大家的心血結晶，離完成夢想就只剩下幾步的距離了。而劇中的大家只差突破這個最後的困境，就能逃到頂樓繼續生還下去。就算情境不一樣，那種想跟大家一起攜手前進的心情也是一樣的。小瞳就是依靠這個，才跟「劉星羽」這個角色產生共鳴吧。

在小瞳的支持下，子誼學姊一步一步來到了窗台前。她的情緒已經完全被小瞳的演技浸透，即使闔回了瞇瞇眼也不斷滲出淚水。她走到了另一側的窗台前，並旋開了紅色白板筆，開始寫下她的話。

「我是藍世琪……爸爸……媽媽……姊姊……我愛你們……嗚……」子誼學姊寫到一半忍不住淚水流下，於是摀住自己的嘴巴哭了幾聲：「我……我現在……跟著她們在一起……她們人很好……我很相信她們……嗚……請不用擔心我……我會跟著她們一起走到最後的……嗚……」

子誼學姊在窗戶寫完這些留言後，像是撐不住力氣似的跌坐在地上……我記得劇本上，子誼學姊並不需要做出這種動作。也許是在場景的氣氛與自身的情緒之下，讓她也順著感覺做出表演了。

為了不辜負學姊的全力演出，我緊盯著手機螢幕，不管是表情還是肢體語言都要盡力捕捉到鏡頭裡面。任何一刻都不能疏忽，深怕自己一個閃神就浪費掉她們的心意了。

最後就是小瞳了。

她蹲了下來，從後面輕輕懷抱住依然哭泣不止的子誼學姊。等到子誼學姊吸了好幾次鼻涕後，她才握起小瞳的手，並把手上的白板筆塞進了她的手心。

小瞳也許是想感受著子誼學姊的心意。她在拿到白板筆後還是一樣繼續抱著子誼學姊，過了一陣子才緩緩起身。她慎重握著白板筆的模樣，就像是一名年輕的冒險者握著摯友託付給自己的武器。

她開始走向窗戶，準備把留言寫在兩人留言的中間。我也輕柔地移動腳步，準備把鏡頭對焦在小瞳的側臉上。我很期待，期待地看著小瞳還會帶給我什麼樣的感覺。

小瞳用手抹掉了臉上的淚水，同時也把笑容抹回自己的臉上。她提起了白板筆，在窗戶上開始寫下自己想說的話。

她注視著窗戶，那有著兇狠眼神的瞳孔不時還有溼潤的光線反射。不同於兩位學姊用著沉重的筆跡，白板筆隨著她的右手翩翩起舞，寫得很輕快。

「……我是劉星羽。原本我以為自己會孤獨一人死去，還好能在最後認識妳們，真的是太好了……」小瞳擦了擦鼻子下的淚水後，繼續維持著她的笑容：「藍世琪，簡宇湘……謝謝妳們，帶給我活下去的希望。我會好好堅持下去……我們一起……活到最後一刻……」

在小瞳寫完後，她就一直凝視著窗戶上的文字。我想要蒐集小瞳與窗戶文字同時出現的畫面，於是再挪動自己的位置到小瞳的後方。我不斷調整鏡頭到對焦著小瞳上半身的背影，佇在原地一動也不動的她正好也讓我方便抓好畫面的距離。

我沒想到，小瞳突然就這麼轉身過來，甩動著她飄逸的馬尾。

就好像已經知道鏡頭早已到她的正後方一樣，一刻也沒有猶豫地注視我這裡。她那兇狠的眼神看起來是如此有神，臉上的笑容看起來是那麼地動人。

還沒準備好面對她的表情，她就已經講出了接下來的台詞。

「我們……一定要活到最後喔！」

如同一陣刺眼的陽光襲來。

明明是那麼地耀眼，我卻沒有閉上眼睛。

從她一開始在劇中時那驚慌恐懼的神情，到現在的她展露出帶給人勇氣的自信笑容。這精湛的演技再次震撼到我差點無法言語。

就跟那部啟蒙我的短片一樣，就跟那部短片的女主角一樣。

當初讓我感動的心情，此時此刻又再次浮現出來。

我終於，也有機會了。

我終於有機會，能拍出這樣的經典鉅作了。

我終於有機會，能拍下這麼動人的表情了。

我終於，能跟我心目中的女主角，一起實現夢想了。

為了不打擾拍攝，我只能把雀躍的心情使勁藏在心裡，只有輕輕點頭來回應小瞳的表現。

畢竟這一幕還沒拍完，身為攝影師的我在完成工作之前還不能鬆懈。

我慢慢退後，讓鏡頭能捕獲到三名女主角的身影。現在的她們背對著鏡頭，漸漸挪動位置並站成一排。

在中間的小瞳輕輕牽起她們的手，做出了劇本裡這一幕最後的動作。

此時的三名女主角手牽著手，一起望著自己在窗戶留下的紅色文字。

她們牽著手的畫面，連我都能感受到這其中的情感。

不論戲內戲外，她們是這樣為彼此加油打氣，朝著大家的目標一同前進。
也許就是因為如此，這裡的動作才會演得這麼真實吧。
我不斷在心裡面發誓，一定要把這畫面好好拍下。
一定要好好打磨這一幕，一定要讓觀眾喜歡上這部短片。
我一定，要讓大家感受到子誼學姊用心的構想，要讓大家體會到妙妙學姊專業的堅持。
我一定，要讓大家親眼目睹小瞳精湛的演技，要讓大家都能感受到與我同等份的感動。
我一定，拚死拚活也要把這部短片，打造成經典鉅作。

晚餐時間，我們劇組的所有人都聚在子誼學姊家裡開的餐廳，幾乎都快要坐滿餐廳的座位了。
而現在穿著圍裙、戴著頭巾的子誼學姊站在櫃台前，似乎有話想先跟大家說，大家也都轉頭看向了她。
「那個……真的，真的很謝謝各位的幫忙，我們電影研究社的拍片才這麼順利地完成。」子誼學姊向大家深深一鞠躬。雖然她還是保持著瞇瞇眼，但我看得出來她的臉上掛滿了和藹可親且滿足的笑容：
「我爸爸媽媽也很高興，說會好好招待、慰勞辛苦的大家。還請大家好好享受我們家的餐點，再次謝謝大家！」
餐廳裡面不止阿健大家庭，連那對兄妹檔也很熱情地回應子誼學姊，不是拍手就是歡呼叫好。於是廚房裡的菜餚便開始一道接著一道端上每一桌，現場就真的像在吃年夜飯一樣非常熱鬧，碗筷的聲響、大家興奮的討論聲此起彼落。

……感覺有點不太真實呢，我也沒有想到拍攝會這麼順利地結束了。當我們在學校的頂樓拍完最後一幕並宣布殺青時，學姊們也都用不可置信的眼神看著彼此。尤其是小瞳，她不但開心到忘我地喊叫，還直接跳到我的背上，簡直就像看到主人回來的大狗狗一樣。

現在我們電影研究社的社員、兄妹檔以及阿健都坐在同一桌。儘管剛忙完的我身體還有些痠痛，但我還是拿起了盒裝的柳橙汁，幫桌上每一個人的杯子倒滿飲料。

「辛苦你了，小栗。」妙妙學姊一手接過杯子，直接先嚐了一口。

「……謝謝唷。」小瞳不知道為什麼倒是安靜了許多，只是對我微笑著點點頭。

「謝謝。」兄妹檔的哥哥憨厚地笑著，還捏了捏他肩頸上的舊傷。

「謝謝！」兄妹檔的妹妹頭也不回地跟我道謝，只是一直抱著她的哥哥。

「不會。大……大家才辛苦了，尤其是在場復的時候……真的辛苦大家了……」我不自覺地嘆了口氣，畢竟我們為了拍片把學校搞得亂七八糟。要不是靠大家的幫忙，不知道場復還要花多久的時間。光是回憶起拿抹布把窗戶上的筆跡擦掉，我的肩膀就又開始痠痛了。

「謝謝！」在我倒完阿健的飲料後，阿健不但跟我道謝，還搭住了我的肩膀：「小栗啊！這次真的幫你幫到竭盡全力了！你可要好好地把這部作品打造到最完美啊！」

「哎喲！我知道啦！還有我肩膀很痠不要搭住我啦！」

「阿健，這次真的要感謝你，以及你的家人們。」妙妙學姊把她的杯子拿起，比出像是敬酒的動作：「子誼還在忙，所以就由我先代表她跟你道謝了。」

「哈哈！不會啦！」阿健豪爽地拿起了杯子，像是舉起聖杯一樣拿在空中：「大家都辛苦了！乾杯！」

「嗯！乾杯！」

「乾杯唷。」

我們六人敲了一下手上的杯子後，就喝了好幾口柳橙汁，倒是沒有人真的把飲料乾完就是。接下來在菜餚上桌的同時，我們這桌不斷聊著在拍片時的事情。比如說在最後一幕前的大動作戲，阿健自告奮勇說要讓自己演出被打破頭流血的樣子。我們還為此準備了一個假血袋，藏在阿健的兜帽裡面。那一幕小瞳拿起武器用力往阿健頭上一敲，阿健顫抖地吼叫，頭上也流下血液的效果實在是太好了。

「你也演得太賣力了。」我一邊夾起桌上的炒牛肉，一邊說著：「賣力到你的頭上還有沒洗掉的假血。」

「……欸？哪裡？」阿健倒是很慌張地摸著自己的頭髮：「我不是都洗掉了嗎？」

「白痴喔，你額頭上面啦。」

我伸出手摸向阿健頭上還有假血跡的地方，讓同桌的人都幾乎笑出聲來。不過我偷偷注意到，小瞳只是看著我微笑而已，並沒有以往那樣開懷活潑的反應……不知道她是太累還是怎麼了。

雖然有點疑惑，不過我也只是先把疑惑放在心底，想拿我盤子上的煎餃來吃。可是奇怪……我剛剛夾到盤子上的煎餃怎麼不見了？

「奇……奇怪……我剛剛不是夾了嗎？」我著急地在桌上尋找失蹤的煎餃，那可是我夾到的最後一個煎餃說：「怎麼突然就消失了？」

「不珠度（不知道）……」妙妙學姊一邊嚼著嘴上的煎餃一邊說著：「苦奴數弩住煮豬肚嚕補（可能是你自己吃掉了吧）。」

「對了學姊！」阿健看著妙妙學姊，一臉疑惑地問著：「剛剛妳不是想要找小栗嗎？還把身體靠過來了，是有什麼事啊？」

「……找我？」

大概猜到怎麼一回事的我，只抬起側臉瞪著妙妙學姊：「妙妙學姊，我能問一件事嗎……妳嘴巴裡的煎餃，是誰的？」

只見妙妙學姊神情變得很凝重，還推了一下自己的空氣眼鏡。看來已經來不及了，我可憐的煎餃已經被妙妙學姊得逞了。

「五住吐物數弩住煮逐竹母怒讀屬股嚕（我最討厭像你這樣直覺敏銳的小鬼了）。」

沒辦法，我們只好再跟子誼學姊點一份煎餃。不過子誼學姊回應我們後還是一樣在廚房忙進忙出的，都有點擔心她會不會太累了。

「學……學姊，妳不過來一起吃嗎？」我趁子誼學姊把菜端過來時跟她搭話。

「沒關係啦，你們先吃。」子誼學姊還是一樣親切地笑著：「等我忙到一個段落，我就過來跟你們一起吃了。」

「嗯……好吧。」

「那子誼，要不要先幫妳夾菜？」妙妙學姊轉頭對著她說：「我怕大家太快把菜吃完，先幫妳把煎餃和菜夾到妳的盤子裡面，好不好？」

「不用了。」

子誼學姊兩手拍在妙妙學姊的肩膀上，而且拍出了很大的響聲，讓妙妙學姊整個人都震了一下。雖然子誼學姊的臉上還是笑瞇瞇的，只是就連我都能感受得到，她的笑容散發出可怕的殺氣，可怕到看了都會不自覺打起冷顫。

「小瞳或是小栗幫我夾就可以了。」子誼學姊緊捏肩膀的手都捏出青筋了：「就不勞妳費心了。」

「……好吧。」妙妙學姊目送子誼學姊回廚房後，只是淡淡地說了一句：「人與人之間的信任啊……」

我們就這樣一邊吃飯一邊聊天，桌上除了幫子誼學姊夾的菜以外也都吃得快差不多了。我還在跟阿健聊天的時候，我的眼角餘光注意到小瞳。她湊過去妙妙學姊身邊，跟她講了下悄悄話後就起身走出餐廳門口了。

我還是有點在意小瞳，於是跟阿健交代：「抱歉……我突然想到一些事情，先離開一下了。」

「喔，好啊！沒問題！那我等等也去找我姊那邊。」阿健點點頭，還伸了個懶腰。

於是我向看起來已經忙得差不多的子誼學姊招招手，把座位讓給她後自己也走出餐廳。一走出門口還差點撞到在人行道上你追我趕的桃桃和綠綠，也跟照顧她們的阿健姨媽打聲招呼。最後在附近的階梯上，找到了坐在那邊的小瞳。

小瞳看到我便露出熟悉的開朗笑容。這讓我放心了許多，不過我還是想關心她在餐廳裡的神情是怎麼了。

「……吃飽了嗎？」我走到她的旁邊問著。

「嗯！吃飽了唷！」小瞳瞇起她的兇狠眼神對我笑著。

「我……我也吃飽了。」我也坐在她旁邊的階梯上。跟她的距離只有一個手臂的長度，不知道這樣會不會太近：「不……不過我以為，妳會留在餐廳跟學姊們聊天呢。」

小瞳沒有直接回答，而是輕輕皺起了眉頭苦笑了一下。

「我還是……不太習慣這種場合唷。」她看向自己的雙腳，輕輕搖晃著它們：「即使有你還有學姊們在……但是周圍幾乎都是不怎麼認識的人，感覺很不自在呢……對不起唷，我這樣很麻煩對吧？」

「原來如此……」聽到小瞳的回答，我心裡倒是沒有覺得半點奇怪：「其……其實我也有差不多的感覺啊。阿健是我的兄弟所以當然沒問題，不過……還有那對兄妹檔在，我……我也沒辦法完全放開講話啊。」

「真的？」小瞳馬上把頭轉過來看著我。她那突然發亮的眼神，好像要從我的身上尋找認同感。

「真的啊……但是又不能孤立他們那一對，畢竟他們也幫我們拍了很多戲嘛……」

講完我都尷尬地笑了一下。不過小瞳好像也能感受得到共鳴，也跟著我一起笑著。

我們就一直坐在階梯上，看著馬路上的車子來來回回。即使是在這麼燈火通明的夜晚，我卻覺得周圍的街道平靜地讓人舒服。我只想安安靜靜地待在小瞳旁邊，享受一下這片刻的寧靜。

「……小栗，謝謝你。」

聽到小瞳的聲音，我便轉頭看向了她。她依然在看著馬路，雙腳不斷地在空中踢著想像中的水花。

「要是沒有小栗的那番話……我是不可能領悟那一段要怎麼演唷。」

「不……不客氣，妳才辛苦了。」我也回頭看向馬路上的車流：「妳……妳在那一段的即興發揮真的很厲害，拍完後子誼學姊都一直說自己嚇死了，差點不知道要怎麼接呢。」

「嘻嘻……」小瞳對著夜空中的月亮笑了一下：「那時候，我覺得好不容易已經進入狀態，如果就這樣卡掉的話感覺有點可惜……所以就鼓起勇氣繼續演下去了唷。而且……」

小瞳保持著抬頭的模樣，闔起眼睛緩緩地吐了一口氣，就好像現在的她是坐在山坡上享受著微風吹拂一樣。

「……小栗說過的吧？只要畫面的感覺很自然，你都會把演出好好補捉起來的……我相信小栗，所以才能好好地演出唷。」

「小瞳……」

我的確是有講過這樣的話，只是我沒有想到，小瞳會把這句話記得這麼清楚。心裡總有股安心又踏實的感覺，也許是因為自己的才能被小瞳認可了，又或者是因為能得到小瞳的信任……不管是哪一種都沒關係，我只要知道……小瞳相信我就足夠了。

「我……我可以好奇問一件事嗎？」也許是回憶起小瞳的演技，讓我突然間有了這個問題：「小瞳……妳當初是為什麼選擇加入電影研究社呢？是為了想要磨練演技嗎？」

「嗯……」小瞳思考了一下，還晃了晃頭上的馬尾：「其實我在找社團的時候並沒有想那麼多唷，不然如果想要磨練演技的話，去找話劇社不是更好嗎？」

「也……也是啦……」

「大概在高一剛開始的時候吧……」小瞳抓了一下晃到前面的馬尾，並慢慢梳著：「那時候學校在辦社團招生的活動，我每一攤都有過去看看。只是……你也知道的唷，大部分的人看到我都嚇到不敢說話了，怎麼可能會想要招我進去社團呢。」

我只有沉默地點點頭回應小瞳，看來小瞳的兇狠眼神的確帶給她不少的困擾。

「不過有一攤非常的特別……那就是電影研究社了唷。」小瞳講到這裡的時候還笑了一下，看起來就像想起美好回憶的愉悅笑容：「我記得那時候就是子誼學姊和妙妙學姊顧攤的，她們看到我並沒有像其他人一樣嚇到躲起來，反倒是還問了我很多問題唷。有沒有喜歡看的電影、有沒有對拍影片有興趣……妙妙學姊一直滔滔不絕地講著電影的東西，子誼學姊也很親切地對待我，就像把我當作正常人一樣……所以我就加入這個社團了唷。雖然加入後才發現社團快要面臨廢社危機了，所以我也想盡辦法想要幫助社團……」

小瞳講到這裡，便抬頭看著我，還展露出一個開朗的露齒笑容。

「最後就是認識到小栗你了唷！就是因為我加入了電影研究社，我才有機會認識這麼厲害的小栗唷！我們能順利地拍出厲害的作品，也都是多虧小栗了唷！」

「嗯……」

還好現在是晚上，不然小瞳大概會發現到我聽得整張臉都快紅透了。

「還……還沒結束呢。」為了掩飾自己的害臊，我趕緊講了些什麼來轉移注意力：「我……我們還只是剛完成拍攝的階段而已，再來的後製階段也要有得忙了。還……還沒把我們的作品完成到最後一刻，都不能鬆懈啊。」

「嗯，我知道唷！」小瞳燦爛的笑容，似乎比街道的燈光還要亮眼：「我們要一起完成經典鉅作唷！」

「……一定會的。」

那是一個充滿自信的笑容。

在戲裡，她用這個笑容，給了其他倖存夥伴的勇氣。

在戲外，她用這個笑容，給了我想實現夢想的勇氣。

她是有著兇狠眼神的女孩子。

而她的笑容，是我拍過的作品中，最美麗的景象。

第五章・閉上眼睛祈禱著奇蹟

終於，我們電影研究社的心血結晶《學園大災變》要進入地獄般的後製階段了。

為了要面對這場地獄，我們決定後製時大家都要聚在一起互相幫忙，還約好了在某天假日一起去妙妙學姊家集合。

雖然我很清楚那一天大概會非常忙，但不知道為什麼，心裡還是會很期待那日的到來。

假日一大早，在我準備好一切後就拎起筆電包出門搭公車。下車後再遵循著手機上的地圖導航，來到了一棟看似很氣派的大樓前面。

在傳訊息給妙妙學姊說自己已經到達後，沒有等多久大樓的大門就有人來迎接我了，只是我沒有想到迎接我的人會是小瞳。她依舊帶著燦爛的笑容，彷彿她才是早晨美好且溫暖的陽光。

「早安唷，小栗！」

「欸？妳……妳已經到了喔？」

「對唷！」

她身上的裝扮很輕鬆愜意。看起來只有一件灰色的寬鬆連帽T，寬鬆到遮住了不知道是否真的有存在的短褲，讓她那雙白皙的腿格外引人注目。而且今天的她沒有綁馬尾，長髮落肩的她看起來也滿新鮮的。

「這……這樣啊。」不想讓自己感覺太緊張，於是找了些話來說：「學……學姊也太懶了吧，還叫妳來樓下接我。」

「嘻嘻，沒有啦！」她還是一樣，兇狠的眼神笑到瞇了起來：「她們還在樓上吃早餐，是我自告奮勇要來接你的唷！」

「這樣啊……」

小瞳還說，因為她是第一次來到學姊家，所以對學姊家裡擺著各式各樣的東西感到格外驚奇。她不時哼著歌，還像個歡喜的大狗狗一樣，一直在大樓庭院跳來跳去的，好像真的很喜歡這個地方。

之後，我跟小瞳一起坐上了電梯，並在她的帶領下找到了妙妙學姊家的門口。在小瞳打開門並跟著她一起穿過玄關後，映入眼簾的是富有設計感的現代風裝潢，以及坐在客廳上吃著早餐的學姊們。

「早安。小栗你吃過早餐了嗎？」子誼學姊還是一樣打扮得粉紅色又軟綿綿的，不同的是這一次的裝扮看起來居家許多，就像是她直接把居家服拿過來穿了。

「早安，我……我還沒吃。」我搖搖頭，畢竟路上買的三明治還在我的包包裡面。

「那坐下來吃一吃吧，等等就要上工了。」至於妙妙學姊就非常隨性了，她幾乎就只有穿深色的衛生衣褲，還帶了個髮箍梳開她的瀏海。看來這就是她在家平常的模樣，而她也毫不掩飾地展現給我們看。

「嗯好……」

我坐在沙發的空位上一起吃著早餐，還不時巡視著屋內的所有角落。雖然早就聽過妙妙學姊說，她的家裡擺著比社辦還多好幾倍的收藏，不過實際看到還是比想像中壯觀……如果只把這些櫃子上的模型、實體片盒子拍下來，然後跟其他人說這是開在某間購物中心的電影周邊專賣店，我想他們一定不會

懷疑。

「很棒對吧？」妙妙學姊好像注意到我一直在看著櫃子的收藏，轉過頭來問著我，她的眼睛好像還閃閃發亮：「那邊還有整套的電影，我老爸一直都會拿給別人炫耀，要不要給你看？」

「呃……改……改天吧。」我趕緊彎出一個彆扭的笑容：「等等吃完……不就要開始忙了嗎？」

「唔……嗯……沒錯，看來你還記得。」妙妙學姊趕緊別過頭並推著眼鏡，總感覺她好像在強忍自己的落寞：「我只是想測測你，是否還記得最重要的事情而已。」

在吃完早餐後，我們就移動到妙妙學姊的房間裡面準備工作。她的房間看起來更像是一間小型個人工作室，半身假人像、彩繪面具、掛著風格迥異服裝的衣架……總之一般人是不太會把這些東西擺在房間裡面的。

妙妙學姊已經把她的電腦桌整理好了，讓我可以把筆電放到另一側作業。在我把筆電就定位後，我也跟大家說明今天的後製要完成的項目。最終目標當然是完成整部短片並輸出成品，只是在這之前可還有一堆事情要做。把拍攝好的片段接起來只是基本，還要做好轉場、加特效以及上字幕。在某些鏡頭可能還需要補上適合的音效來加強感覺，尤其那些用玩具武器拍的動作戲更需要補足。

我主要還是負責後製軟體的操作。而子誼學姊會用妙妙學姊的電腦，把我裝在行動硬碟的鏡頭片段做好分類以及編號，讓我方便匯入影片也不必面對一團亂的零碎片段。妙妙學姊會根據我提出來的音效需求，去借用她爸爸的電腦並在音效素材庫中找出適合的給我。至於小瞳，她一直很雀躍地說著她知道有哪些能開放使用的音樂給短片用，於是我就把找音樂的工作交給她了。

「不過……沒……沒想到，小瞳妳竟然對這方面還滿清楚的。」看著小瞳這麼興奮，讓我有些好奇了：「妳很喜歡音樂嗎？」

「非常喜歡唷！」小瞳很有自信地笑著：「不管是什麼樣的歌曲還是音樂，只要好聽我都喜歡聽唷！」

「聽……聽起來好厲害啊……」

沒想到小瞳對音樂的愛好這麼深，怎麼之前沒有察覺到呢……有點期待小瞳會找到什麼樣的音樂給我了。

總之，我們電影研究社的後製工作正式開始。

以前都是自己一個人去面對這些工作，現在社團的大家都在陪著我一起完成……我想這就是團隊的感覺吧。雖然每個人能幫的忙不多，但我能感受到每個人都很期待，期待著這幾個月來的努力終於化為成果的那一刻。

「這就是我找到要給片頭的音樂唷！大家喜歡哪一首？」

「我……我覺得都可以……」

「呵呵。我很喜歡第一首的鋼琴聲，不過第二首的小提琴也很有氣氛呢……」

「不然我們都試試看把音樂放進去，然後現場看一下感覺如何。上吧小栗。」

「好……好的……」

像是，我們大家會一起討論，決定短片的段落要配上哪首音樂最適合。

「小栗，那一句的字幕……『如果大家都聚再一起的話』，你打成『再』了唷。」

「啊……謝……謝謝，不小心打錯了……」

「小栗，你後面片段的時間軸不小心拉到重疊了，變成淡入淡出了。」

「真……真的耶……我修一下……」

像是，大家看著我後製的同時，也會幫忙檢查我有沒有哪裡疏忽了。

「還……還不錯聽耶……這首日文歌是新歌嗎？」

「是唷！好聽吧！而且它的副歌很洗腦唷！嗶哩滴吧嗶滴噗哇！嗶哩滴吧嗶滴噗哇——！」

「呵呵，妳幹嘛跟著一起唱啦。」

也有像是，我們在吃飯休息的時候，會用手機的Wifi連到妙妙學姊家的電視來分享喜歡的音樂。

「學……學姊！這麼多魔爪是怎麼回事？」

「不讓你睡啊。」

「不……不是啊！這也太多了吧？」

「認命吧。你知道有個遊戲是可以抓世界上的寵物來為自己工作嗎？你就是那個寵物花栗鼠，要永遠當聽命於我的奴隸，永遠為我工作，直到你把影片剪完。」

「救……救命啊……」

以及像是，妙妙學姊會特別關心我的狀態，還會提振我的精神……用她特別的方式。

就這樣，我一直待在妙妙學姊的房間裡剪著影片，總覺得幾乎一整天的時間都花在這裡了。在電影研究社每個人的關心以及胃裡快滿出來的魔爪之下，我硬是撐著精神把短片給剪完了。

只不過，把剪輯的進度輸出成影片檔需要等待一個小時甚至更久的時間。在這等待的時間，疲倦的大家也都趁機休息或是做著自己的事情。

妙妙學姊似乎有什麼事情想要跟她的父母說，於是先離開了房間。

子誼學姊靠在房間的床邊，拿著她的手機輕聲聊著天。從聽到的對話內容來看，學姊似乎是在跟那位漫研社社長朋友分享彼此社團在成果發表會上要展現的東西。

小瞳已經累到睡著了，整個人趴在我旁邊的電腦桌上。放髮的她輕闔著眼睛，整顆頭靠在她自己的手臂上枕著，我就這樣看到她毫無防備的側邊睡顏。小瞳就連睡覺的模樣都這麼上相，總覺得已經忍不住把眼前小瞳的睡顏拍進自己的腦海裡了。

我回過頭看著筆電螢幕。現在的我也很想要休息，只是多虧妙妙學姊的好意，我現在就連打嗝都能聞到胃裡魔爪的味道。是說為什麼要準備這麼多罐魔爪呢……不應該只有我一個人喝吧？這種情況下，不是應該每個人都要喝到一罐嗎？這樣大家也都會睡不著，事情忙完後還有可能會繼續玩到通宵吧？在妙妙學姊家……大概就是一起玩 Switch 之類的吧。總不可能會玩枕頭戰爭吧？要是真的玩了，總覺得她們三個女生會聯合起來一起欺負我丟枕頭吧……

……胡思亂想一陣子後，我就繼續盯著筆電螢幕上的輸出進度條了。

我們欣明高中電影研究社，在隔了幾屆的沉默後，終於再次端出成品！

今天下課的時候，我們就一起到學務主任的辦公室，把短片作品《學園大災變》交給他看。我必須要說，要不是因為現在手機正交給學務主任看著短片，不然我真的很想要當場拍下學務主任那一臉吃驚的表情。

「……這真的是你們做的？」學務主任死盯著螢幕上的短片不放。

「是啊，主任你看裡面的演員不就是我們嗎？」子誼學姊平靜地說，但就連我都看得出來她嘴角的笑容快壓不住了。

「真……真的假的……」

學務主任來回看了我們好幾眼後，就推了一下他自己的眼鏡繼續盯著手機螢幕。過程中，他還會不時問著一些問題，看來他真的對這部短片很有興趣。

「喪屍看起來很多人，你們是找誰來演的？」

「我……我的朋友說想要來幫忙拍戲，所以就找他們一起來演了。」我應聲回答。

「這樣啊……你們拍多久了？」

「大概三到四個月，我們都是在假日跟學校借場地拍的。」子誼學姊解釋著。

「啊，好像最近有社團一直在假日借場地，原來就是你們……這些道具和化妝，都是你們做的嗎？」

「大部分是我做的，不過也多虧了其他人的幫忙才沒有花太久時間。」妙妙學姊抱著胸。

「真沒想到……你們這麼厲害……」

學務主任轉過頭來看著小瞳，似乎還想要確認在短片裡活躍演技的小瞳跟在他眼前的女學生是否為同一個人，不過當他看到小瞳兇狠的眼神後，又被嚇到頭髮都豎起來，趕緊把視線回到手機螢幕上面。我偷看了一下身旁的小瞳，看來她只是很緊張，臉上才沒有任何笑容。

最後學務主任看到了女主角三人在掃具間會合並打退喪屍的場景後，就主動按下了螢幕上的暫停鍵。他深深地吸了一口氣，看樣子眼前的作品的確有帶給他足夠的震撼。

「我等等還要忙，所以只能先看到這。」學務主任轉頭看向我們，並把手機還給了我。他的表情還是跟平常一樣嚴肅，只不過從他頻繁的點頭能看得出來，他的確很滿意我們的成果：「你們會把這部作品放到網路上嗎？我有空再慢慢看就好。」

「我們打算在學校的社團成果發表會當作首映會，在首映會之後才會把短片放在網路上。」

「原來如此，那我就好好期待了。」

「主……主任……」不知道為什麼，我的心中突然衝出這個問題：「那……那我們電影研究社……還會廢社嗎？」

「……廢社？」學務主任哼了一口氣，總感覺他是笑了一下：「你們都做到這種程度了，還要把你們給廢社不就很不通情理了嗎？」

一聽到我們社團的廢社危機解除，大家的臉上都像是被光芒照耀一樣，開心的表情根本藏不住。子誼學姊還甚至大力搖晃妙妙學姊的身體，而妙妙學姊也只是露出了「一切都在預料之內」的那種得意笑容。

「比起這個，你們還有更重要的事吧。」學務主任繼續接話下去：「你們剛剛有提到要把社團成發當作首映會，那就要趕快跟社聯會去申請在體育館的表演項目了。我記得今年申請的社團很多，你們的競爭對手可不少喔。」

「我們會記得的，謝謝主任。」

子誼學姊帶著我們一起向主任道謝後，我們就走出了辦公室。一出辦公室，小瞳就像是切換了什麼開關一樣又找回開朗燦爛的笑容，還不斷搖晃我的肩膀。

「小栗！你有聽到嗎？我們社團不會廢社了唷！」

「有啦有啦！不要晃那麼大力啦！」只是我還對剛剛學務主任說的話有些疑問，於是問著子誼學姊：「不……不過，剛剛學務主任說我們的競爭對手很多……是什麼意思？」

「啊，一直以來都在忙著拍片所以都沒有跟小栗提到嗎？」子誼學姊摸了一下自己的嘴唇：「就是呢……我們學校的社團成發其實是有人氣投票比賽的。在成發當天，學生和老師們可以投給心目中表現最好的社團，一個人可以投給兩個社團。在成發的最後會公布票數前三名的社團，不但可以拿到獎狀，還可以拿到學校提供的獎學金，第一名可是有五千元呢。」

「欸？還……還有這樣的活動啊……」我驚訝到一直眨眨眼，這所學校也太大方了吧：「不過……這樣可以到體育館的舞台上表演的社團會很有優勢吧？」

「是沒錯，只是上台表演同時也會是一把雙面刃。」妙妙學姊推了一下自己的眼鏡：「如果在台上的表演不如預期，別說吸引到人氣了，可能還會有反效果。我記得前幾年的社團成發，劍道社在台上表演跟劍術對決有關的戲劇，結果他們要表演空手奪白刃卻失敗了，那個人的額頭就被竹劍硬生生地敲下去，表演因此中斷……」

「這……這樣啊……」我的身體還是一直被小瞳晃著，繼續跟學姊們瞭解情況：「那學姊，我……

我們不就只要確保當天短片能順利播出不就沒問題了嗎？」

「嗯，這也算是我們社團的優勢吧。」子誼學姊摸著嘴唇的手還沒放下，臉上再次浮現了帶著瞇瞇眼的輕柔笑容：「不過這也不表示我們就沒有事前工作了。除了確保當天首映會的安排都萬無一失外，我們還要好好宣傳一下這部短片。這樣學校的大家才會知道我們電影研究社今年有作品，首映會的人潮也會比較多喔。」

「瞭……瞭解了。」

「小栗，你覺得呢？」小瞳的聲音從我背後傳來。

「……嗯？」

我轉過頭看著背後的小瞳。她沒有再搖我的肩膀了，只是在歪著頭用她兇狠的眼神看著我。她的笑容燦爛依舊，馬尾還像鐘擺一樣在後頭輕輕晃著。

「只是問你唷。你覺得，我們會拿到人氣獎嗎？」

我看著小瞳，她臉上的神情寫滿了期待，不知道是期待我們作品的成績，還是期待我的答案。回頭再看著學姊們，子誼學姊和妙妙學姊的笑容也是展現著期待。

那我想……我的答案，應該就跟大家的答案一樣吧。

「……老實說，我……我不清楚……其他的社團，到底會有多強。」我深呼吸了一口氣，想要把心中的話給傳達出去：「但是……我們都這麼努力了，我對我們的作品有信心，我相信大家也會喜歡上我們的作品的。最後到首映會的這段期間……我也會一起幫忙……一起加油的！」

「嗯。」學姊們都很滿意地點頭。

「嗯嗯！一起加油唷！」小瞳聽了也很開心，又再次大力晃著我的肩膀。

「好啦！晃輕一點啦！」

一月，是已經冷到很適合穿上冬季制服的季節。

今天雖然是假日，但同時也是很重要的日子，社團成果發表會。

在欣明高中，社團成果發辦得很盛大，因此在校內還有人會以「小校慶」來稱呼這個活動。

不但有開放外賓進來參觀，各個社團還可以在指定的區域擺設攤位來介紹成果。

在體育館還會按照時程表讓社團上去舞台進行動態表演，學生和外賓可以依據想要看的社團，在指定的時間過去體育館觀賞。

除此之外，只要是我們在校的學生以及老師們，都可以投票給喜歡的社團。

一個人可以投給兩個社團。在活動的最後，社聯會將會公布結果，讓人氣前三名的社團上台領獎。

我真的……很希望我們電影研究社的成果能得到大家的喜歡，最後能獲得人氣獎的前三名。

只是今年的競爭對手們真的太強了……在準備輪到我們電影研究社的表演之前，我和小瞳、學姊們就聚在體育館的門口討論著前幾個表演的社團到底有多誇張。

「……她真的豁出去了呢。」子誼學姊苦笑著，講的是漫畫研究社的社長：「她在電話跟我說漫研社也想要上體育館舞台時，我還想說她是不是在開玩笑呢……」

也難怪子誼學姊會有這樣的反應。那位社長就她一個女孩子，竟然把大布幕拖到舞台上，還把她的漫畫作品投影到上面。作品名稱叫《第八十六號禁區》，講述著一群敢死隊與他們的聯絡官感情逐漸增溫，最後面對命運指引的感人故事。那部作品畫工精湛、分鏡舒服，社長介紹這部作品時怕自己的聲音太小聲，還幾乎全程都對著麥克風吼下去。任誰看了都不可能察覺不到她是真的豁出去了。

「熱音社也超級厲害唷！」小瞳興沖沖地講著熱音社的表演，似乎還在陶醉熱音社的歌曲上：「那兩首歌都是她們自己寫的歌，超厲害，超級好聽唷！我一直都在台下跟著歡呼唷！」

那一場我也有在小瞳旁邊一起看表演，熱音社的表現太精彩了。不只樂手之間的配合很到位，主唱的歌喉也特色到難以忘懷，更別說這兩首的詞曲都還是她們自己編的。唯一要說的遺憾……大概就是那個吉他手不知道哪根筋不對，什麼話都沒說就直接朝我們觀眾跳水，結果沒人來得及反應去接住她，就這樣摔到地上了……她現在應該被其他夥伴帶到保健室休息，還好聽說沒什麼大礙就是。

「話劇社才誇張吧。」妙妙學姊不但推起了眼鏡還重嘆一口氣，神情就像是自己支持的球隊在比賽陷入了僵局：「他們這幾年下來的表演都很強，沒想到今年……他們的高度已經是我們凡人難以觸及的境界了。」

雖然妙妙學姊講得有點誇張，但話劇社的表演是真的很完美。竟然能在現代與日本古風這兩種場景如此順暢地切換，去講述一名高中少女跳進水井穿越到古代並遇上一名妖怪的愛情故事。他們的台風很穩健，男女主角的演技也有妙妙學姊那樣的水準。也難怪外面的學生都在講……欣明高中最強的社團就是話劇社了。

「大家……大家真的都很厲害啊。」我想給大家打氣，卻不知道為什麼自己的心跳卻越來越快：

「但……但是我們今年不也一樣嗎？我們電影研究社……今年也終於完成了短片……還是我們大家用心打造的短片……絕對沒問題的……大……大家一定會喜歡的！」

「好好，我知道。」妙妙學姊拍了拍我的肩膀，還搖搖頭：「你先放鬆吧，都像隻躲在角落瑟瑟發抖的花栗鼠了。」

「嗯……好……」

在我深呼吸好幾次來嘗試讓自己放鬆一點時，便聽到了由體育館內傳出的廣播音效。廣播中提到，五分鐘之後即將開始電影研究社的表演，我還看到舞台上的主持人正準備對著手上的流程小抄。這讓我更緊張了，就連膀胱都在跟我抗議，想要把緊張的壓力排泄出去。

「對……對不起！」我急到連視線都沒有對到電影研究社的大家，就直接喊著話掉頭就走：「我去廁所一下！」

「小栗？」小瞳似乎很吃驚地看著我：「都快要開始了唷？」

「沒關係！妳……妳們先找位置，我晚點再過去找妳們！」

「吼，真是的。要快一點唷！」

上完廁所後，我在洗手台前把手洗乾淨，還把水捧起來潑到自己的臉上。

雙手在臉上來回抹了好幾次後，我才抬頭看著鏡子裡瀏海都在滴水的自己……還真像個被嚇壞的黑色花栗鼠。

……明明等一下就是我們短片的首映會了，我卻緊張成這個樣子。

我也不知道到底在害怕什麼。是在害怕來看的人不多嗎？還是在害怕來看的人露出興致缺缺的表情呢？

都到這個緊要關頭了，為什麼我的心臟還是跳得這麼猛烈？難道連我的心臟都覺得我無法冷靜下來嗎？

我甚至還閃過一個念頭……要不要乾脆在外面晃晃，等到首映會結束再回去好了？

可是……這樣真的好嗎？

我明明就想知道大家在看我的作品時會有怎麼樣的反應，我明明就想知道自己的想法能不能傳達到觀眾的身上。

我明明……在拍攝她們牽著手、看著窗戶上的留言時發誓過……一定要讓觀眾喜歡上這部短片的。

……啊，真是的。拜託，別再亂想了。

我甩了好幾下自己的頭，想要把頭髮上的水，以及腦中多餘的想法都甩掉。

再次看著鏡中的自己後，我大口地嘆了下氣，最後再用雙手去梳好凌亂的瀏海。

趕快回去首映會吧……小瞳還有學姊們都在等我呢。

離開廁所後，我立刻以小跑的方式朝體育館方向奔去，在路上我還看到其他同學正拉著朋友一同向體育館移動。

「欸欸快一點！聽說那邊在播喪屍電影耶！」

「電影？我們學校的社團有拍電影的嗎？」

「有吧，我前陣子好像在學校有看到他們貼海報徵求演喪屍的人……好啦快走了！好像開始在播了耶！」

我看著他們跑向體育館，還說著電影已經開始在播了……？

到這裡我才驚覺大事不妙，趕緊邁開步伐衝向體育館。還沒接近到體育館門口，我就聽到在裡面已經傳出我們短片序幕的音樂。完蛋了！短片已經開始在播了嗎？而且門口那裡也聚集太多人了吧！

我打算側著身子，想要鑽過門口的人群進去體育館。沒想到在門口後面也是一大群人聚著，我根本沒有辦法找到空隙去鑽過他們。是說為什麼要聚在門口這附近看啊？不是有在體育館擺椅子當觀眾席嗎？還是說觀眾席都坐滿了？

「那個……不好意思……能借過一下嗎？」

我對著前方的同學們喊著，但沒有任何一個人回應我……不行，我怕會破壞首映會不能喊得太大聲，而且現在體育館為了配合短片的播放把燈光切暗，這樣我要怎麼找到小瞳跟學姊們啊？傳訊息嗎？可是現在她們在首映會裡面，會去看手機嗎？完蛋了！難道我真的會這樣被困在人潮裡面嗎？可惡啊！

算了……我決定不傳訊息麻煩她們了，只能繼續在人群後方探頭探腦，看看能不能找到突破口鑽出去。在這過程中，有另一名也在人群後方跳來跳去的女同學吸引了我的注意。她的個子很小，留著一頭非常長的褐色捲髮，頭髮還幾乎長到了在她膝蓋的位置。她似乎因為個子小的關係沒辦法看到舞台上的投影幕，所以只能在人群後方又是踮腳又是跳著，像極了搆不到樹上果子的長尾松鼠。

「喂！前面的！」那位女同學還對著前面的人群喊著話：「蹲低一點啦！這樣後面的人要怎麼看到啦！」

「閉嘴啦！蹲低是要怎麼看到電影啦！」

「你……你這個廢物有種再說一次啊！」那位女同學似乎被激怒了，口氣變得很可怕，還很不顧形象地對著前面比出中指：「你這麼想看，我就把你那兩顆沒屁用的眼珠子都挖出來丟到前面！讓你看到爽吶！」

欸欸欸等一下……這位女同學也太殘暴了吧？她講的話怎麼跟她嬌小的外表完全搭不起來啊？完蛋了……要是讓她在那裡繼續吵下去，首映會因此出現混亂的話就糟糕了！有沒有什麼辦法能讓她安靜下來啊……在體育館門口旁邊，好像還有幾張收起來的折疊椅擺在那裡……有了！

我趕緊抓起其中一張折疊椅，將它放置在那位女同學的後方後再拍了下她的肩膀：「同學！同學！」

「幹嘛啦？」

「妳站在這張椅子上面看吧！我……我幫妳扶著椅子！」

「……欸？」她回頭看著我，臉上憤怒的表情漸漸轉為困惑：「那你怎麼辦？你看得到嗎？」

「我……我沒關係！我已經看過了！快點！」

「呃……」她看了一下人潮越來越擠的周圍，最後抓緊了自己的制服長裙，準備踏到椅子上：「不好意思了！」

於是長捲髮女同學一邊注意自己的頭髮和裙子有沒有被鞋子踩到，一邊爬上了椅子。為了怕周圍的人群會弄倒椅子，我只能以跪姿的方式用兩手固定住椅子。最後長捲髮女同學站到了椅子上，兩手還抓在椅背，似乎也怕自己會不會重心不穩摔下去。

「能看得到嗎？」我對著她喊。

「可以！」她的視線似乎就一直停留在舞台上的投影幕：「我看得到！」

「那……那就好！」

雖然我看不到投影幕，不過從聽到短片裡小瞳講著的台詞判斷，現在大概正演到「劉星羽」和「藍世琪」在教室裡遇到倖存者兄妹檔那裡。大概再過不久，那個兄妹檔的哥哥就會被妹妹咬了。

「呃啊啊啊啊啊啊——！」

在那位哥哥的慘叫聲喊出後，我還能聽到館內的一些觀眾發出了尖叫的聲音。沒想到那位長捲髮女同學看得越來越興奮，興奮到開始搖晃椅子：「好厲害！那看起來好像沒有借位，感覺像真的咬下去耶！到底怎麼做到的！好酷吶！」

「喂喂喂！同學妳冷靜一點啊！」我拚命地把椅子壓穩：「不要搖椅子啦！」

好不容易她停下了搖椅子的動作，我才鬆了一口氣。現在短片大概播到「劉星羽」和「藍世琪」躲到掃具間那裡吧，等等阿健姨媽扮演的喪屍就會面對鏡頭露出兇惡的面容了。

「呀啊啊啊啊啊啊啊——！」

不知道是阿健姨媽的表情效果太強了，還是現場的觀眾們太會做效果了。當阿健姨媽在尖叫時，現場觀眾的尖叫聲甚至快要把短片的聲音壓過去。反倒是椅子上的長捲髮女同學沒什麼尖叫，還是一副像是長尾松鼠發現滿山松果的興奮表情。

不僅如此，在阿健姨媽演著破門的片段時，長捲髮女同學又再次興奮地呼喊，還很激動地晃椅子：

「上吶！加油吶！撞下去！撞大力一點吶！」

「同學！算我求求妳！別再晃了啦！」

我敢說這要是在一般電影院，這位長捲髮女同學絕對會被當場趕出去的。接下來只要短片演到激烈的動作戲或是比較血腥的鏡頭，她不但會高聲歡呼，還會像桃桃綠綠那兩個小丫頭一樣把椅子當作越野機車來晃。而我為了防止任何意外發生，也只能拚死拚活地把椅子給壓住……是說為什麼她都會對那種血腥暴力的畫面那麼喜歡啊？難不成……我接觸到了什麼不該接觸的危險人物嗎？

可是現在的我也沒辦法逃開了，我只能在心中默數下一幕動作鏡頭還要多久，然後替自己做好心理準備。為了要制止她晃動的力道，我都使勁到快流出汗來了……

小瞳……子誼學姊……妙妙學姊……救命啊……我也在體育館啊……不過是在體育館幫別人扶椅子啊……

「妳，那個蹲在角落的，再告訴我一次妳的名字。」

一聽到這句台詞，我才終於放鬆下來。在窗戶寫留言的這一幕會是一大段文戲，那位長捲髮女同學應該不會再晃椅子了吧。

我往後一屁股坐下，只留下了一隻手扶在椅子的角落。剛剛長時間維持在蹲姿讓我的腿痠痛得要命，現在我也能好好讓疲憊的肌肉舒緩一下了。

在此同時，我也環顧一下四周的觀眾，看看他們臉上的表情。畢竟，這是我們電影研究社所有人非常看重的一幕，我當然會想知道觀眾們對於這一幕的反應會是什麼。

不過，那位長捲髮女同學的反應卻吸引了我的注意。我原本以為，像這種文戲她應該會興趣缺缺，沒想到她很專心地看著投影幕上的短片。她那兩手抓著椅背看到忘我的神情，彷彿她其實是在抓著碼頭上的欄杆，並看著遠方海平面上的夕陽。

看到她那模樣的側臉，讓我沒想理會其他人的反應了。我只想看看她看的表情，我只想知道她會不會喜歡這一幕。

「妳的手好冰……妳沒事吧……？」

我能清楚聽見，那是「劉星羽」在撿起被「藍世琪」弄掉的白板筆後交還給她的話。現場觀眾似乎也被這幕的氣氛影響非常地安靜，沒有前幾幕時躁動的感覺了。

而長捲髮的女同學，她還把雙手握在自己的胸前，並睜大雙眼注視著短片的畫面。那入戲的模樣……就像是在期待著故事還會演出怎樣的情節，就像是在希望劇情還會善待喜歡的角色。

「對……對不起……我一直都是隊伍的累贅……什麼忙都幫不上……也許……我一開始就該一個人鎖在廁所裡……不要遇見妳們比較好……」

「才沒有這種事。」

已經演到了這一段，我甚至還能聽見一些零碎的啜泣聲。看來有些觀眾已經被短片的氣氛攻陷，控制不住淚腺了。我只是平穩地深呼吸一下，然後繼續觀察著長捲髮女同學的表情。

她已經把兩隻小手都蓋在自己的嘴巴前，不知道是不是想掩飾自己憂傷的情緒。她的肩膀和胸部都明顯地起伏著，似乎想試著用力呼吸來緩解著自己即將潰堤的眼淚。

「我們每一個人都很重要，少了誰都不可以……大家都同心協力走到這裡了，也只差最後一步了……不要再說自己是隊伍的累贅，什麼忙都幫不上了……好嗎？」

在「劉星羽」說完這一段話後，長捲髮女同學就再也承受不住了。她的身體因為哽咽而不斷抖動，即使體育館的燈光昏暗，我也能清楚看見她的眼睛在閃爍著淚光。

不知道為什麼，看到她這樣的反應，一直以來跳動很快的心臟就這樣開始平緩下來。

……我還真是過分，說對方是危險人物什麼的。她明明就只是個再正常不過的觀眾而已。

也許她的表現有些激動，但每個人面對喜歡的事物，不都也會有特別的反應嗎？

享受在短片帶來的氣氛、歡呼著刺激精彩的片段、沉浸在觸動心靈的情感……

這些不就是發自內心喜歡一部作品時，會有的正常反應嗎？

這些不就是我一直期待看到的，觀眾的反應嗎？

「我們……要一定活到最後喔！」

這句話我再也熟悉不過了。這不但是「劉星羽」帶來眾人勇氣的話，也是小瞳發揮她全力演技的一句台詞。

在此同時，不知道從體育館的哪個地方開始有人大力鼓掌。隨後鼓掌聲就像互相傳染一樣越來越多，最後體育館都被這如大雨聲響般的掌聲蓋滿，甚至還蓋過了短片的背景音樂。

我看著長捲髮女同學。她雖然沒有鼓掌，但她露出了笑容。那是她的雙手也遮不住的笑容，那是被「劉星羽」帶來的勇氣而感到欣慰、滿足的笑容……

如果小瞳就在旁邊，我真的好想要讓她看看這個表情。

如果要讓小瞳知道，她的演技究竟有多精彩，她的演技是否能感染人心，只要讓她看到這個表情就夠了。

「……只有一次機會。準備好了嗎？」

突然聽到「簡宇湘」的台詞，讓我回魂後才發現事態不妙……完蛋了！剛剛太陶醉在自己的世界裡面了，我都忘記最後還有一大段逃到學校頂樓的動作戲了！

緊接著還聽到「簡宇湘」的手機鈴聲以及喪屍們的吼叫聲，結果那張椅子又不聽話地開始猛烈搖晃了！我連滾帶爬地跪回椅子旁邊，也像是拿出最終決戰的覺悟般死命壓回椅子。

「喔喔喔！大的要來了！大場面要來了吶！」

「別晃了！同學！別晃了啊啊啊啊啊啊啊啊啊啊——！」

「嗚……我們……真的可以活下來了嗎……」

「是啊，我們做到了……多虧有妳們……」

「太好了……真的一起活到最後了呢……我會一直跟妳們在一起……再也不會分開了……」

聽到女主角三人講著這些話，我才整個人像是破爛的抹布一樣癱軟在椅子旁邊。終於……演到了在學校頂樓的最後一幕……總算結束了……

在片尾的音樂演奏了好一陣子後，體育館的全場再次響起了熱烈的鼓掌聲，顯然是已經看到「劇終 The End」的字樣了。

掌聲之後，體育館的燈光便再次亮起，而周圍也有不少觀眾走向門口離開。不過我在片尾名單放了一些幕後花絮，所以也有一些人留在原地繼續看著投影幕。

不論如何，總算可以好好休息一下了……真是的……為什麼看個電影還要汗流浹背成這個樣子……

「同學？你還好吧？」

我轉頭一看，原來是站在椅子上的長捲髮罪魁禍首女同學蹲下來在跟我說話。

「那個……謝謝你，我想要下去了。」

「喔……好……」

我趕緊起身離開，也拍了拍褲管上的灰塵。而長捲髮女同學「嘿咻」了一聲，便利落地從椅子上跳了下來，還偷擦了一下臉上的眼淚。

雖然剛剛已經看過她的反應了，但我還想要確認一下，從她親口說出的感想：「那……那個……妳覺得這部片怎麼樣？」

「怎樣？太讚了！超神！我都不曉得學校還有社團會拍出這麼厲害的電影吶！」長捲髮女學生越說越起勁，興奮到就連她的眼睛都閃耀起來：「劇情緊湊不拖泥帶水！動作也很到位！血腥的鏡頭也很棒吶！文戲的部分也超級感人吶！尤其是『劉星羽』又可愛！演技也超強吶！我被她的演技弄到哭得稀里嘩啦，不過哭得很過癮吶！」

「這……這樣啊……」

沒想到她也會稀里嘩啦地講出這麼多的感言，而且不知道是不是我的錯覺，總感覺她的說話風格好像有在哪裡聽過……不過，她很喜歡我們的作品，這是無庸置疑的。

「真的太棒了吶……」長捲髮女學生說完後，還露出了一個滿意的笑容：「我一定會投給他們社團的！」

「謝……謝謝……」聽到她這麼稱讚我的作品，害我講話都難為情了起來：「我……我也會把妳的話轉達給我的夥伴們……讓她們知道有妳這麼支持的觀眾，她們一定會很高興。」

「……欸？」

長捲髮女學生這個時候才察覺到什麼事情，她帶著困惑的面容看向還在播著片尾名單的投影幕，才想起來我之前說過的話。

「你好像說過……你已經看過了？」長捲髮女學生又轉頭回來，帶著期待的神情看著我：「你該不會……就是電影研究社的人吧？」

我沒有回答，只是靦腆地點了點頭。

「好……好厲害吶！」長捲髮女學生的眼睛都快閃出星星了：「你是導演嗎？還是攝影師嗎？」

「應該……都算是吧……哈哈……」

「你們拍多久了？花了多久時間做這部電影的？」

「大概……從九月初的時候就開始籌備了。」

「好厲害吶！那不就只花了四個月左右的時間就完成了嗎！時間……等等……」長捲髮女學生在講出時間這個詞後好像注意到了什麼，於是拿出了她自己的手機一看，結果她整個臉都嚇到五官都快變形了：「啊啊啊啊啊啊——！我看到太入迷，完全忘記跟朋友有約了！」

「欸？」

我還來不及反應過來，她就像隻急著跑回樹洞的長尾松鼠一樣往門口飛奔了，而且還頭也不回地大喊了一句話：「我會投給你們社團的！加油吶！掰掰！」

「喔……嗯……掰掰！」

我甚至都來不及朝著她揮手道別，她就已經消失在我的視線內了。我站在原地無奈地嘆了一口氣，雖然她帶給了我不少麻煩，不過看到她喜歡我們作品的真誠模樣，感覺我也不怎麼累了。希望哪一天還能再見面，這樣我就可以把這位好觀眾介紹給小瞳和學姊們了。

突然！我的小腿被踢了一下！這踢的力道害我以為是被撬棍打到，讓我痛到直接跳了起來！

「痛啊——！」

「你到底去哪裡了，小栗。」

「欸？」

我回頭一看，小瞳站在我的身後，沒有笑容的她還帶著兇狠的眼神……完蛋了，雖然小瞳平時的眼神本來就很兇狠，但看到她的神情，我身上的每一條神經都在警告著我……她這次真的生氣了。

「那……那個……對不起……我剛剛被困在後面……」

「小栗，你這樣不行喔。」妙妙學姊就像童話裡的柴郡貓一樣從小瞳身後慢慢地走了出來，還對著我露出神祕的賊笑：「剛剛小瞳可是拚了命地幫你占著位置不讓其他人靠近呢，結果你到最後都沒有出現，也沒有傳給我們任何一條訊息……你，該當何罪呢？」

「欸？真……真的嗎？」

我看向小瞳，但小瞳似乎不想回答，把視線從我的身上移開。而當我看向後頭的子誼學姊時，子誼學姊也只是無奈地對我微笑並搖搖頭。看來只能靠我自己了……

「小……小瞳，對不起啦……」我又是鞠躬又是雙手合十，一直跟小瞳道歉，希望能緩緩她的悶氣：「我……我真的不是故意的！我剛剛真的被困在門口那邊了……而且我也怕會打擾妳們所以才沒傳訊息的……但……但是讓妳們這麼擔心我的確也有不對！我……我會好好賠罪的！我去飲料店買……買飲料請妳喝好不好？」

我只希望小瞳原諒我，不然開出一個月幫她中午拿便當的條件我也願意。不過我偷偷瞧了一下小瞳的臉，她似乎偷笑了一下，但又很快地把嘴角給壓了下來。

「請客就不必了，但是你要幫我跑腿去買飲料唷！」小瞳雙手抱胸，晃了晃她頭上的馬尾：「我要多多綠少冰。」

「多多綠少冰？好！我知道了！」看到小瞳願意原諒我，我激動到在心中不斷大喊著萬歲。

「啊，既然如此也順便幫我買吧。」妙妙學姊一如往常地落井下石：「我要珍珠奶茶去冰半糖，珍珠換椰果，奶茶不要奶。」

「不就椰果紅茶嗎……」看到妙妙學姊得逞般的笑容，我也只能把辛酸吞在肚子裡：「好啦……我知道了……」

「呵呵，那我也要。」子誼學姊笑得很開心，看來她也不想錯過這個機會：「我要熱奶茶，微糖就可以了，謝謝你。」

「嗯……知道了……」

「你買回來就直接到攤位那裡吧，我和學姊要去收拾了唷。」小瞳的兇狠眼神死盯著我，讓我的背脊又再次發涼了起來：「這次你要快點回來唷！要是再隨便消失，你就死、定、了！」

「會……會啦！我會快點回來的！」

就這樣，《學園大災變》的首映會順利結束了。

還好反應比想像中的還要熱烈，並沒有我一直擔心的沉寂反應。不僅如此，在首映會之後，還有不少同班同學來到我們這邊的攤位，跟我或是小瞳聊著我們社團的作品是多麼好看。

我想，《學園大災變》不僅會成為電影研究社起死回生的新開始，同時也會是我拍片生涯中的新標竿吧。如果說這部短片會不會是一部經典鉅作，我相信不管是我、小瞳還是學姊們一定都會給出肯定的答案。

而且，要是能因為這部作品而得到社團成發的人氣獎……透過獎項的加持，絕對能讓「經典鉅作」這四個字更加地閃耀奪目。

不過……我也清楚，這一次的社團成發，優秀的對手也非常多。即使我相信自己的作品，卻也不敢確定……能否拚過其他表現同樣相當精彩的社團。

我們電影研究社……能否因為《學園大災變》這部作品，拿到前三名的人氣獎呢？

我想，只能跟上天祈禱了吧。

傍晚時刻，學校的體育館內開始進行社團成果發表會的閉幕式。

這場閉幕式沒有強制規定所有的學生一定要參加，然而幾乎所有社團的人都聚集在這裡了。我們電影研究社也都站在舞台右前方，興沖沖地聊著今天發生過的事情。

我沒有加入小瞳與學姊們的聊天，只是盯著台上的主持人，等著她開始主持……我想在這裡的所有人目的應該都是一樣的，待在這裡就是為了要知道最後公布的人氣獎前三名到底是誰。

「各位同學午安！謝謝各位同學今天這麼熱情地參與社團成發活動喔！」舞台上的主持人終於開

始說話。雖然她已經主持一整天了，但她還是很有活力地一直轉圈：「接下來就要公布大家期待的人氣獎結果啦！今年每個社團都表現得非常賣力，投票的人數也非常多喔！在這邊要先謝謝我的社聯會好夥伴，從剛剛就一直辛苦地統計票數直到現在呢！讓我們給自己以及所有社聯會的成員們熱烈鼓掌吧！各位同學都辛苦了！謝謝你們！」

我跟著現場響起的掌聲一起鼓掌，只是不管再拍多少次掌都沒辦法靜下心來。從剛剛開始，我的心跳就又回到首映會前的狀態，跳得比賽車引擎還要來得猛烈。

「……你還好吧，小栗？」身旁的小瞳倒是先發現到我的臉色不太好：「不舒服嗎？」

「沒……沒事……只……只是有點緊張而已……」我捏了捏自己心臟的位置想要舒緩一下。

「還說沒事，你根本就像一隻被放在烤肉架上的花栗鼠了。」妙妙學姊用力拍了拍我的肩膀：「深呼吸，不要想太多。」

「好……好……」

「小栗，如果真的不舒服，要跟我們說喔。」子誼學姊看著我深呼吸時，有點擔心地說著。

「好……讓……讓我……深呼吸一下……」

「小栗，放心啃！」小瞳對著我燦爛地笑著，就像一直以來的那樣對我加油打氣：「我們一定會有好結果的啃！」

「嗯……」我很大力地點頭回應小瞳。

「那麼！我們就廢話不多說，趕緊來公布這一次的前三名人氣獎吧！等一下還請各位同學給獲獎上台的社團掌聲加尖叫喔！」我都還沒深呼吸完，主持人就已經準備要公布人氣獎的得主了：「我看看喔……第三名是——！」

我把全部的精神都放在主持人的嘴巴，看著她會講出什麼社團的名字。不知道是太過專注還是太過緊張，我還把自己的呼吸都憋住了。

「漫畫研究社——！」

聽到主持人喊出不是我們社團的名字，雖然有點失落，但也可以好好換氣不用憋住呼吸了。

在此同時，我們後方有一群人興奮地歡呼起來，其中那位漫研社的社長還先飛奔跑到子誼學姊面前，對著她又抱又跳的。之後漫研社全體才一起走向舞台，接受主持人的頒獎。

「呵呵，她真的很努力呢……」子誼學姊看著台上的好友，看不出來她臉上的笑容是欣慰還是遺憾。

「嗯……」

看著漫研社社長在台上講著感言講到快要哭了出來，我大概也能感同身受。那是自己的作品終於被認可的證明，那是自己的努力終於得到回報的一刻。

……我只希望，我們的努力也能得到這樣的回報。

「好的！接下來就要公布人氣獎的第二名囉！」主持人在送下漫研社社長後，便立即公布了下一個獎項：「第二名是——！」

緊張的感覺又堆疊到我的身體裡了。

我只能雙手握緊在前，做出了像是祈禱的動作，不斷的祈求上天希望接下來喊到的會是我們社團。

「熱音社——！」

一聽到宣布的結果是熱音社，在舞台左前方的她們便抱在一起歡呼雀躍，看起來還打算要把那位跳水的吉他手高高抬起來慶祝。不僅如此，當她們走上舞台領獎時，社長更是一把奪過麥克風，激動地喊著要組一輩子的樂團。她們的熱情瞬間帶動了全場，歡呼聲此起彼伏，連小瞳也很高興地一直朝她們揮手。看來小瞳是真的很喜歡她們呢……

看著台上的熱音社又哭又笑地講著得獎感言，我反倒開始感到有點沒自信了。

我們電影研究社的確很努力沒錯，的確很辛苦沒錯。

但是在這裡的每個社團不也都是如此嗎？他們都是盡著自己的全力來準備成果，所以才能贏得觀眾們的支持。

即使我們也努力地贏得了人氣，但我也很清楚人氣之間也會是有差距的。

難道說……真的只能等待奇蹟發生了嗎……

「好！終於終於！要公布最緊張、最刺激、也是大家最期待的獎項，第一名啦！」

聽到主持人的話我才回神，沒想到這麼快就要準備公布第一名會是誰了。

我回頭看著小瞳，原本想要關心她是不是也很緊張。然而，看到她的模樣，我卻先是愣住了。

她在胸前扣緊著自己的雙手，並輕闔著雙眼不發一語。不時還在偷偷地深呼吸，抑制著眼睫毛偶爾不安地抖動。

那模樣，就像是一名在教堂祈禱的少女，像神明祈禱自己的願望能夠實現。

看到小瞳的模樣，我也不想打擾她了。

於是我再次閉上眼睛，再次做出祈禱的動作。

這一次，我非常認真地，向神明許願。
「準備好囉！第一名是——！」
希望，神明能夠聽見。
希望，奇蹟可以實現。
希望，我們會有好的結局。
希望，這部短片能夠得到殊榮。
希望，我們一齊同心打造的心血結晶，能夠得到肯定，能夠成為經典鉅作。

「話劇社——！」

感覺周圍似乎非常熱鬧，但我卻好像什麼又聽不見。
感覺大家都在歡喜笑著，但我卻沒有辦法擠出笑顏。
感覺我已經睜開了眼睛，但我卻只看到模糊的視線。

奇蹟沒有實現。

為什麼？
不是已經跟神明祈禱了嗎？

為什麼已經祈禱了這麼多次，神明卻還是沒有聽見？
結果最後，還是沒辦法嗎？
沒辦法像自己作品裡的角色一樣，最後能有著圓滿結局嗎？
沒辦法稱心如意地扭轉劇情走向，最後只能去面對現實嗎？
我已經……不想再思考了……

「嗚……嗚……」
那是很細小、很柔弱的哭聲。
那是小瞳的哭聲，小瞳也在哭泣著。
她用來祈禱的雙手，現在只能掩住她的嘴唇。
她那雙兇狠的眼神，現在只有淚水不斷滑落。
「為什麼……大家不是都很努力了嗎……為什麼會這樣……」
她哭得很用力，快要把整張臉給擠了起來。
就算她不斷擦掉淚痣上的淚水，淚滴還是不斷地湧現。
即使現場這麼吵鬧，我卻好像只聽的見小瞳的哽咽，以及她的啜泣。
「對不起……小栗……對不起……」
我明明想安慰她的。

明明就不是她的錯。
但我卻不知道為什麼，完全開不了口。
心中有千百句安慰小瞳的話，但我卻一句話都講不出來。

「對不起……嗚……」
即使小瞳抱緊了我，我也沒辦法開口。
感覺我的眼睛好腫，也許我也在哭吧。
好像也感受到其他人的擁抱。應該有子誼學姊，也有妙妙學姊。
好像也聽得見學姊們的哭聲。也是呢，畢竟學姊們也都付出很多心力了。

也不知道到底哭了多久。
也不清楚到底抱了多久。

之後的事情，我沒什麼印象了。
我也不想再去記得了。
也不想再去管了。

天色好像漸漸暗下來了，這讓沒開著燈的電影研究社社辦更加地昏暗。
妙妙學姊坐在靠窗的椅子上，一手托著下巴，默默地凝視著窗外晚霞的景色。
子誼學姊站在擺放收藏品的櫃子前，伸出手輕撫電影角色的模型，表情看起來若有所思。
小瞳就坐在我的對面。她哭了很久，臉上都是淚水乾涸的痕跡。現在的她更像是一只沒有靈魂的洋娃娃，用她空洞的兇狠眼神一直凝視著我。
我也只是嘆了一口氣，抬起頭看了一下天花板。在四個人都到齊的情況下，社辦從來都沒有這麼安靜過。我甚至還能透過窗戶聽見樓下同學們的吵鬧聲，顯得這裡不但安靜，還被一股難受的低氣壓籠罩著。
……即使如此，我也會一直陪著大家就是了。就算都沒辦法說話也沒關係，至少我還是能感覺得到，大家想要聚在一起，陪伴彼此度過剩下的這一天。
「呼……小瞳，小栗。」結果，是妙妙學姊先打破了這個沉默：「我一直都不太會安慰人，但有一句話我一定要對你們說。如果沒有你們，我和子誼是絕對完成不了《學園大災變》的。我一直以來，都是很特立獨行的人。當初我加入電影研究社，我覺得這個社團沒救了，只會拍普通的校園劇也就算了，還拍得很難看。所以我一直想要改變這個社團，還跟意見不合的人吵了起來。即使到第二年，子誼的加入後也是如此。我的想法好不容易得到子誼的認可，結果下場就是跟全部的人鬧翻，於是這個社團最後就只剩下我們兩個人……」
妙妙學姊深深地嘆了一口氣，才繼續接著話：「……有你們的加入，我和子誼才有機會實現未能完成的夢想。對我來說，這是我在欣明高中的最後一年。這樣的結局，對我來講……很遺憾啊……唉……人生就是這樣吧。不過……也可以了……至少我跟大家一起做出滿意的作品了……能在電影研究社認識你們，我很榮幸……謝謝你們。」

「嗯……」

我只是輕聲回應了一下妙妙學姊，她點點頭以後就繼續看著她的窗外發呆。

「妙妙說得沒有錯喔。」子誼學姊也開口了，只不過她依舊背對我們摸著模型：「我啊……一直都很喜歡創作故事，所以才會一直跟漫研社的社長交流吧。我很羨慕她創作的題材能天馬行空，所以我一直都很想要嘗試不太普通的劇本。也許就是因為這樣，妙妙才很欣賞我吧。那些退社的同學講的最後一句話我還記得很清楚呢……『妳這種亂寫一通的劇本最好有人拍得出來啦！』」

子誼學姊轉過身來看向我和小瞳，她的臉上有著溫柔無比的微笑。感覺再多看她的微笑幾眼，我就會再次哭了出來。

「不過……我們還是拍出來了不是嗎？要拍出《學園大災變》是真的很不容易呢，這都要多虧小瞳和小栗喔。」子誼學姊輕輕地往她的瞇瞇眼旁抹了一下，也許是想偷偷擦掉淚水：「不管別人對我們的評價是如何……你們在我的心中，都會是第一名喔。」

「謝……謝謝……」

我強忍著哽咽跟子誼學姊點頭道謝，子誼學姊才像是放寬心般，讓自己輕輕靠在牆上。

老實說，我應該是沒什麼問題。我也許只是需要一些時間來沉澱一下我自己的思緒。

不過……我真的很擔心眼前的小瞳。

從剛剛到現在，她都是這副模樣，彷彿靈魂被掏空似的。從她身上完全感受不到以往的那些活力，我甚至也不清楚那空洞的兇狠眼神到底是在凝視我，還是在望著我這裡的虛空。

她一定很深受打擊。但我更怕的是，她是因為我的關係才會被打擊成這樣。

畢竟……一直以來，她都是用燦爛的笑容帶給我勇氣，甚至在頒獎前夕，她還對我說著「一定可以」。

現在的情況不如預期……我怕她會非常自責，會怪罪說著一定可以的自己。

可惡……我不想再看到小瞳這麼難過的模樣了。

就算現在的我講不出什麼話也無所謂，我也至少要講出「沒關係」這三個字，讓小瞳別再這麼自責了。

「小……小瞳……」

可……可惡啊！快動啊！我的嘴巴！

為什麼偏偏這個時候嘴巴就跟山岩一樣厚重啊！快啊！快讓我講話啊！

「叩叩叩！」

結果我根本還沒講出什麼話，社辦門口的敲門聲就吸引了我的注意。不僅如此，門後面還喊出了女孩子的聲音。

「不好意思！有人在嗎？」

我正想要起身去應門，小瞳卻像是壞掉的機器人一樣直接站起身，並往門口那裡走去。

奇怪？平時的小瞳是絕對不會去應門的，怎麼現在……該不會是因為心情非常不好，所以去做出反常的舉動吧？

怕會出什麼意外，我趕緊動身想追上小瞳。不過已經來不及了，小瞳已經把門開了……

「您好……請問這裡是電影研……噫噫噫噫噫噫噫噫噫噫噫噫噫──？」

門後面是有點面熟的長捲髮女同學，她看向小瞳後毫不意外地喊出非常尖銳的慘叫聲。畢竟在她眼前的是眼神兇狠、瞳孔黑暗、毫無生氣的小瞳，這種猶如怨靈般的氣場都快把她的捲髮給嚇直了。

為了防止事態變得更加混亂，我扶著小瞳的肩膀，把她輕輕挪動到旁邊。再次確認門後的人就是狂搖椅子的長捲髮女同學後，我跟她打了聲招呼：「嗨！妳……妳是下午那個觀眾……對吧？」

「……呃？」長捲髮女同學猛烈地搖搖頭回神後，便看著我高興問著：「是你吶！那這裡果然就是電影研究社的社辦對吧？」

「對……對呀。」

「果……果然是這樣！」長捲髮女同學還往社辦裡面探頭過去，興奮地指向學姊們：「我還認得妳們吶！『藍世琪』還有『簡宇湘』對吧？」

子誼學姊靦腆地點了下頭，而妙妙學姊只是隨意地揮了下手。

「然後然後！」長捲髮女同學再次看向小瞳，不知道為什麼這一次她沒那麼怕小瞳的眼神了：「妳就是『劉星羽』對不對？」

一聽到陌生人認出自己在劇中的名字，小瞳的眼神似乎回神了一些。接著她立刻轉身過去，在背對著我們的同時還偷偷地擦掉臉上乾掉的眼淚。

「……咦？」長捲髮女學生看到小瞳這樣的行為有些困惑，於是問著我：「她怎麼了嗎？」

「呃……她……」沒想到我的腦袋這時候很爭氣地高速運轉，讓我想到了一個邏輯完美的謊言：「我……我剛剛把她的多多綠偷喝掉了……所以她在生我悶氣啦……哈哈……」

我還在假裝不好意思地搔搔頭時，小瞳卻在這個時候踢了一下我的小腿，讓我痛到跳了起來。

「好痛！」

我無奈地揉了揉小腿，而小瞳則看了我一眼後哼了一聲轉過頭去，甩動著她的馬尾。

看到小瞳這樣，我心裡放心多了……小瞳終於回復正常一些些了。而且該說真不愧是小瞳嗎……在這樣的情況下還能發揮如此卓越的演技，好像我剛剛是真的犯錯所以在生我悶氣一樣。

「喔……這樣啊……」長捲髮女同學好像理解了什麼，她一邊點頭一邊饒有趣味地看著我和小瞳的互動。

「那個，同學。我是電影研究社的社長子誼。」子誼學姊也走到了門前問候著：「已經有點晚了，請問找我們有什麼事嗎？」

「啊對！那個！」長捲髮女同學好像現在才想起來正事，對著我們誠懇地發問：「我很喜歡你們的作品《學園大災變》，請問……我可以得到你們的授權嗎？」

「欸？」

我們電影研究社的大家都互相看著彼此，都對這個突然出現的要求感到訝異。

「授權？」

第六章・在頂樓喊出未來的夢想

希希，她是一名個人勢VTuber。

自稱是活了好幾千年的吸血鬼女王，但卻是只有十幾歲外表的日系美少女。一身黑色哥特式洋裝、銀色雙馬尾、紅藍雙色的異色瞳，希希就是以這樣的形象去接觸她的忠實觀眾們。

憑著對喪屍題材作品的喜好，以及看到暴力畫面的瘋狂反應，希希一直都有著不少的人氣。在網路論壇以及社群軟體都會不時看到有人分享希希直播的精華片段。

也正是如此，小栗的死黨阿健也成為了希希的忠實觀眾，還趁機會把希希的頻道推薦給了小栗。

這天假日，希希一如往常地照常直播。

然而，希希卻準備了一份驚喜，一份連她的忠實觀眾們都意想不到的驚喜。

「午安吶！各位奴僕！」

紅色布幕的直播準備畫面一被切換，希希就出現在畫面的中央，跟她的觀眾們熱情地打招呼。即使才剛開台，直播間就已經有快接近一千名觀眾，聊天室也飛快地刷出留言或是頻道專屬的表情符號，回應著希希的熱情。

↓午安

↓希希午安

↓午安　今天好冷

↓聽說今天要一起跟希希看電影耶

↓週日一個人在房間孤獨　沒想到還會有希希一起陪我看電影　我真的可以這麼幸福嗎

↓週房有希

「哈哈哈！對吶！希希在貼出直播預告的時候，就有不少奴僕問著是什麼電影了吶。等一下就會告訴你們吶！」直播畫面上的希希配合她高興的語調，不斷左搖右晃：「今天外面天氣這麼冷，就不要出門，窩在家裡跟希希一起看電影就好了吶！」

不僅如此，希希還傳出了像是搖晃裝滿零食的袋子聲音，不過畫面上的形象並沒有舉起手，只是跟著一起點頭。

「你們聽！希希都已經準備好多力多滋了吶！看電影就是要準備爆米花、可樂還有多力多滋吶！奴僕們也都準備好了嗎？」

↓準備好了

↓幹我忘記了

↓我買了兩大包家庭號　等的就是跟希希一起看電影的這一刻

↓可惜我附近的便利商店沒有賣微波爆米花了

「哈哈哈！都準備好了對吧？欸那個忘記的趕快去買吶！希希還沒有要開始播，趁現在快去吶！」

希希發出了像是把零食丟在桌上的聲音後，開始介紹著今天的電影：「以往希希在直播上看的電影，各位奴僕可能或多或少有看過了吶。但是希希這一次要播的電影，希希敢保證各位奴僕都沒有看過吶！」

↓真假

↓院線片？

↓不可能　我閱片無數了　怎麼可能有我沒看過的

「是真的吶！其實呢，這一次的電影是欣明高中的電影研究社作品，片名叫做《學園大災變》吶！」

↓學園大災變？

↓原來是學生作品

↓是高中社團作品啊　希望不要太尬

「沒錯吶。前陣子他們學校正在辦社團成發，希希……的朋友也有過去參觀吶！」希希很雀躍地介紹欣明高中的社團成果發表費，彷彿就是她的親身經歷一樣：「那時候電影研究社的作品在體育館那邊播放，希希的朋友看了很喜歡，就推薦給希希了吶！」

↓希希的朋友也是吸血鬼嗎

↓希希是高中生嗎

↓也是喪屍題材的電影嗎？

↓喔　欣明高中　我以前有去看過他們的成發　他們社團強得跟鬼一樣　尤其是話劇社

「嗯！沒錯吶！也是喪屍題材的電影吶！」希希巧妙地只回答聊天室的部分問題：「不過希希不確定算不算電影就是了吶。片長大概只有三十分鐘左右……所以是微電影嗎？哈哈！所以希希就親自去拜託他們電影研究社，讓希希可以跟各位奴僕一起在直播觀賞他們的作品了吶！」

接著，畫面中的希希靜止了一下子，不過能從直播聽的到希希喝下飲料的吞嚥聲，以及喝完後希希暢快的嘆氣聲。

「好吶！大致上的介紹就到這裡吶！那個忘記買多力多滋還是爆米花的奴僕回來了嗎？希希準備要開始播放了吶！影片，即、將、開、始吶！」

↓好耶

↓全裸待機

↓看電影要記得把手機開靜音

於是，希希的形象被移動到了畫面的右下角，整個直播畫面都被切換成了電影的播放視窗。而希希也一副迫不及待的模樣，很用力地把零食包裝撕開後就吃了幾片餅乾下去。

短片開始播放，首先出現在黑色畫面上的，是這一行白色的大字「欣明高中電影研究社　監製」。溫和且平緩的鋼琴音樂開始響起，替短片的開頭鋪上適當的氣氛。

而伴隨著音樂的，是一名女孩子的獨白。

「……一切都來得太突然了。」

畫面開始以相同的節奏切換著欣明高中的場景。上學時熙熙攘攘的校門口、下課時學生互相嬉鬧的教室、中午時人來人往取餐的食堂、課堂上比賽交流的籃球場……

「明明在這之前，一切都感覺很正常的。」

突然之間，畫面切換成課桌上的一個男同學的手。原本緊握的手開始顫抖，並勾起手指比成不自然的爪狀。

「原本好端端的同學，突然就這麼倒在地上還吐得滿地都是……其他同學去關心他的時候，他就像是發狂了一樣，死命地去咬住那個人……」

伴隨著黑畫面的，是雜亂的腳步聲、翻箱倒櫃的聲響，以及一陣又一陣的尖叫。

「之後，大家都在驚慌逃竄，大家都在尖叫……不過不管怎麼逃，都已經來不及了。」

一陣喪屍的怒吼聲，靜止了所有吵雜的聲音。

「我太害怕，躲在了櫃子裡面，連哭都不敢哭出聲音……也不知道過了多久，周圍才安靜了下來……」

「我不想死……我不想就這樣一個人死在櫃子裡面。可是就算走了出來，我也不知道到底該怎麼辦……大家都死了……朋友們都不見了……血都濺得到處都是了……」

「我好害怕……會不會就真的……只剩下我一個人了……」

女孩子的獨白一結束，畫面上就伴隨著音效出現了斗大的白色文字標題：《學園大災變》。

「喔——！前面還有這樣的開場白吶！」希希把嘴巴裡的餅乾咀嚼完後，才繼續接話下去：「希希一直以為這部電影一開始就直接上演戲的鏡頭了，沒想到還有開場白。滿用心的吶！」

↓現在的學生都這麼強嗎

↓講話的是女主角？

↓學生作品最怕的是虎頭蛇尾　希望他們能好好堅持住

在腳步聲的帶領下，黑畫面迅速切換到走廊的鏡頭，而鏡頭上有一名女學生慢慢地走了過來。從原本低角度的畫面只能看到她穿著黑色皮鞋、白色長襪以及水藍色的百褶裙，到鏡頭切換到特寫她的上半身時，不但能看到她緊握撬棍的雙手，還能看到她的棕色馬尾、細緻的臉蛋、點綴在眼角旁的淚痣，以及她那如獵豹般犀利的兇狠眼神。

她的眼神雖然兇狠，但瞳孔卻不斷抖動，彷彿兇狠的感覺早已被恐懼與不安覆蓋。無意間，她的緩慢步伐不小心踢到了一個鋁罐，讓她瞪大著雙眼看向聲音來源處，在反覆確認只是一個鋁罐後，她才拚命地換氣，緩解自己的緊繃情緒。

「這應該就是女主角了吶。」希希發出了像是從袋子拿出一片零食的聲音後，再發出了咬下零食的響脆聲：「希希覺得她很可愛又很酷吶，不覺得兇巴巴的眼神看起來就很酷嗎？」

↓感覺很會演

↓可是她現在怕得跟小狗一樣在發抖

↓會不會連很兇的眼神都是用演出來的

↓原來是ＪＫ打喪屍　真香

棕色馬尾女學生繼續以不安的步伐往前慢行。就在她走到女廁的門口時，女廁傳出了像是哭泣的聲音。一聽到哭聲，女學生的眼睛又被嚇到瞪大了起來，還把手上的撬棍當作救命繩般緊緊捏著。

「誰？誰在那裡？」

女學生抑制不住緊張的情緒，但又不敢喊的太大聲。但即使如此，廁所裡的哭聲也沒有停止。於是女學生深呼吸了一口氣，慢慢走進了女廁。

「喂……裡面……裡面有人嗎？」女學生走到了傳出哭聲的廁所隔間前面。她拚命握緊手上的撬棍，對著哭聲的來源感到疑惑與不安：「……拜託！不要哭了！如果你是人的話……講句話好不好？」

「嗚……妳……妳是誰？」廁所裡的隔間傳出了女孩子的聲音，是那種極度膽怯的哽咽聲：「我……我好害怕……」

「……是女生的聲音？」女學生的驚恐表情漸漸化為遲疑。她抬起顫抖的手，輕輕地敲著隔間的門：「妳還好嗎？我……我是一年五班的劉星羽。妳沒事嗎？沒事的話能開門嗎？」

「哈哈！劉星羽！這名字好可愛吶！」希希倒是只注意起了女主角的名字，完全不在意這一幕的緊張氣氛：「是說現實中真的會有人取這麼可愛的名字嗎？」

↓流星雨 www

↓名字很可愛　眼神卻很兇

↓還真別說　一定有

↓我以前認識的人名字叫做穆郁汝，聽了就讓人很想洗澡。

門後面依然傳來女孩子的哭泣聲，其間還夾雜著哽咽的言語。

「我……我的朋友……老師……嗚嗚……大家……都被……都被那些……會動的屍體……咬死

了……嗚……」

「我也是啊！大家明明都好好的……結果突然有人就被咬，然後我也不知道發生了什麼事情……大家都突然死掉了……」叫做劉星羽的棕色馬尾女學生情緒越來越激動，敲著隔間的速度也越來越快。就連她那兇狠的眼神也都開始夾雜著淚光：「拜託妳！如果妳沒事的話開個門好嗎？讓我知道至少還有人活著！拜託了！」

星羽緊張地喘氣著，喘到連敲門的動作也停下了。過了不久，隔間裡的門閂傳出了帶著猶豫的解鎖聲，門也被輕輕地推了開來。於是星羽一往裡面瞧，看到了在馬桶上面坐著一名女孩子。她有著深藍色側邊低馬尾的髮型，渾身都在顫抖非常害怕，而她的瞇瞇眼也不斷在流下淚水。看起來她哭了很久，臉上都是淚水滑過的痕跡。

「嗚哇哇哇哇哇哇哇哇哇——！」廁所裡的女孩子一看到星羽，便立刻衝出來抱緊了她。

這突如其來的動作不但嚇到了畫面中的星羽，連看著這一幕的希希也被嚇到抖了一下身體。

「等……等一下！放開我！放開我啦！」星羽被嚇到整個人都慌亂了起來，還一直想要把眼前的女孩子推開：「先不要抱我！等一下！」

星羽好不容易把女孩子推了開來，不斷檢查她的手部、脖子以及可能會被咬的地方後，才鬆了一大口氣。

「還……還好……看起來妳真的沒有事情……」星羽不斷在深呼吸，臉上滿是在壓力下的疲憊感：「我是一年五班的劉星羽……妳呢？」

「我是……二年七班的……藍世琪……」名字叫藍世琪的女孩子依然在哽咽，一直揉捏著自己發抖的雙手：「現在……我們要怎麼辦？」

星羽一直在觀察著世琪，用著她疲累的兇狠眼神盯著她發抖的雙手。最後星羽伸出了手，慢慢地、小心地握緊了世琪的手，想要用手心的力氣來抑制她的膽怯與不安。

「……我也不知道。」星羽像是使盡了力氣來講出這些話，連語氣都變得非常慎重：「總之，我們先一起行動吧。我們再找找看還有沒有人也活了下來……如果大家都聚在一起的話……也許……還會有希望吧……」

「……嗯。」世琪低下了頭，彷彿把希望都託付給她似的，兩隻手都緊緊牽住她不放。

「喔喔！看來女主角找到隊友了吶！」希希看樣子很享受著觀賞短片，還帶入了RPG遊戲的音效跟聊天室互動：「邦邦喀邦！藍世琪加入了隊伍！哈哈哈！」

↓邦邦喀邦

↓精華君拜託了　把希希的這一段剪下來

↓隊友都是女的嗎　好耶

↓這是勝者的早餐

於是，這兩名女學生開始一起行動，想要在四處尋找有沒有其他的倖存者或是有用的物資。世琪還是沒能從膽怯的狀態脫離，緊緊摟著星羽的手不放開。即使如此，星羽也沒有嫌她的麻煩，繼續小心地探索著周遭的一切。

這樣的過程並沒有持續很久，她們就注意到附近的教室傳出了一名男子的聲音。

「妹妹……振作一點……哥哥會陪著妳的……」

女學生兩人都愣住了，彷彿在懷疑自己有沒有聽錯。她們立刻快步走到傳出聲音的教室，只是當她們到達門口時，卻被眼前的淒慘景象嚇到連尖叫聲都喊不出來。

教室的課桌椅凌亂不堪，就像一場強烈的地震把這些東西全都晃倒在地。不僅如此，周圍的地板上還遍布大量血跡，其中一道血跡還有著像是被什麼東西拖過的軌跡般，連接到了一名坐在地上的男學生，以及在他懷中另一名全身是血的女學生。

面對眼前如此悽慘的景象，星羽瞪大著眼睛、緊咬著牙齒，連在胸前的撬棍也不敢鬆開。世琪則是被嚇到差點尖叫，卻立刻用手壓住自己的嘴巴來努力克制自己。

「好讚吶……滿地都是血吶……」希希邊說邊吸吮著她自己手指上的零食調味料，好像她其實就在嚐著鮮血的味道似的：「流了這麼多血，應該也快死了吶。不如都把剩下的血液都獻給希希吧，不然就太浪費了吶……」

↓看到血的希希又興奮了

↓希希嗜血日常

↓我願意把全身的血都給女王陛下吸

↓吸到扁掉

坐在地上的男學生發現門口出現了女學生兩人，便轉頭過去以緩慢的語氣問她們：「妳們……有繃帶嗎？有能止血的東西嗎？我妹妹傷得很嚴重，一直在流血啊……」

面對其他倖存者的要求，世琪儘管遲疑了一下但還是往前靠近想幫助他們，然而星羽卻伸出手臂擋下。她一直在搖著頭，那兇狠的眼神在慌張和恐懼的情緒包裹下早已暗淡無光。

「你妹妹……被那些會動的屍體咬了對不對？」星羽為了抑制害怕的感覺而拚命呼吸著：「她沒救了……被那些東西咬了之後，不久後也會變成那種樣子！快點離開她！」

「別亂講……她還活著……她還活著！」男學生露出了不合時宜的憨厚傻笑，令人毛骨悚然。他對著懷中的女學生伸出手，溫柔地撫摸她的臉：「妳們看……她還有呼吸……她還活著……求求妳們……快救救她。」

「哥……哥……」

他懷中的女學生還有微弱的呼吸，還能講出零碎的單字。只是她已經大量出血，任誰看到都會認為這名女學生已經快撐不住了。眼前的情況詭異到讓星羽只能不斷搖頭，不斷否認眼前的現實。

「妳們看！她還活著！對不對？」男學生一聽到懷中的女學生微弱的聲音，便把她懷抱在中，讓她的頭倚靠著自己：「妹妹妳放心……她們不救妳……哥哥也會陪妳到最後的……」

「哥……」

女學生原本難受、痛苦的臉色，突然猙獰了起來。她開始以全身的力氣抓緊男學生的背，接著用全身力氣撐開臉上的五官。最後，她再使盡全力張開大嘴，往男學生的肩頸處用力咬了下去！

「呃啊啊啊啊啊——！」

男學生被咬到臉上青筋暴露，痛苦的吼叫聲響徹了整間教室。如此的衝擊畫面讓星羽和世琪也只能放聲尖叫，又跌又撞地跑離教室。

「看到沒！她是真的咬下去對吶？那個女生是真的咬下去對吶？」希希還是一樣沒有被這驚悚的場面嚇到，還很興奮地跟聊天室確認男學生被咬的橋段是不是真槍實彈演出：「對吧？看起來不像借位，希希還有看到他的肉被牙齒咬到陷下去，是真的咬吶！很厲害吶！」

↓好像是真的咬

↓誇張

↓我更佩服那個被咬的男的

↓現在的學生拍片都要這麼拚嗎

女學生兩人在走廊上死命地奔跑著。不論剛剛是男學生的吼叫聲還是她們的尖叫聲，這聲音已經足以讓她們遭遇危險。

有幾隻在校園內徘徊的喪屍，一聽到聲響，就如同猛獸聞到獵物的味道般往聲響的來源狂奔過去。戴著口罩、穿著學生制服的男性喪屍不顧自己跑到失去平衡，即使撞到了牆壁也要往前衝刺。身穿老師衣著的男性喪屍在衝刺的同時還不斷撥開路上的障礙物，並使勁地咬著牙齒，咬到把自己的臉都擠成了一團。

這些喪屍，服裝、髮型、外表都不太一樣。但他們都有著一樣的共通點……他們的皮膚黯淡如死灰，他們的傷口潰爛得明顯，以及……他們對生者的渴望永無止盡。

「喔喔喔！來了！喪屍出現了吶！」希希似乎很期待喪屍的出現，還興奮到一直上下擺動自己的身體：「加油！跑快一點吶！」

↓希希又在晃

↓喪屍耶

↓喪屍模樣看起來有像到　這也是學生自己化妝的嗎

↓在說什麼　當然是抓真的喪屍在演啊　不知道侏儸紀公園也是抓真的恐龍來演嗎

星羽也知道在走廊上漫無目的地竄逃會非常危險，於是拉著世琪一起躲進了附近的掃具間。果不其然，那些男性喪屍追尋著噪音狂奔過來，但都忽略了旁邊的掃具間繼續前進。只剩下一個女學生模樣的喪屍，以遲緩的速度在掃具間門前蹣跚走著。

掃具間裡的女學生兩人就像嚇壞的小動物一樣蹲在角落。怕會發出任何聲音吸引到門外喪屍的注意，她們都遮住了自己的口鼻，連呼吸也都憋了起來。現在的她們只能無助地盯著掃具間的門，並祈禱不要有任何喪屍發現她們躲在這裡。

留下的那個女學生喪屍一跛一跛地來到掃具間門前，並用她空洞無神的眼珠子凝視著那扇門。她有著清麗脫俗的臉龐，凌亂的頭髮、臉上的傷口反倒是凸顯了她的天生麗質。即使不幸墮落成為喪屍，也依然藏不住她姣好媚麗的容貌。

↓哇幹

↓這個ＪＫ喪屍也太香

↓想被她咬

↓如果被她咬成喪屍　這輩子也值得了

「……喂喂！你們這群奴僕在幹嘛吶！」希希注意到了她的聊天室觀眾們在向女學生喪屍興奮地搖著尾巴，於是表現出吃醋的模樣威嚇他們：「你們永遠都是希希的奴僕，不准當那個喪屍妹妹的奴僕吶！哈哈哈！」

掃具間裡的星羽和世琪不敢發出任何聲音，連口水都只敢慢慢吞下。她們只希望門外不要再傳出任何腳步聲，才有機會脫離險境。而門外的女學生喪屍凝視著掃具間好一段時間，最後像是放棄了一樣，繼續拖著步伐前行。

聽到如掃著落葉般的腳步聲越來越遠，星羽才終於鬆了一口氣，把心中的那些緊張全部都給吐了出來。她看著身旁的世琪還是一樣不安地揉捏自己的手，原本想要伸出手安慰她，卻忘記撬棍還在自己的手上，就這樣不小心敲到旁邊的鐵櫃，還敲出了不小的聲音……

星羽瞪大眼睛驚恐地看著被敲到的鐵櫃，但已經來不及了。門外的女學生喪屍一聽到聲響就猛然回頭盯著掃具間的門，她終於發現了躲藏的獵物，臉上的肌肉頓時全部施力擠壓著自己美麗的容顏，還發出了震耳的尖叫聲。

「呀啊啊啊啊啊啊啊——！」

這尖叫聲讓希希維持在驚訝的張嘴表情，連聊天室的觀眾也被這女學生喪屍的表情變化給嚇傻了。

↓哇幹

↓嚇到Witch了

↓當你的女朋友發現你沒買她的生日禮物　還把錢拿去課金的時候

↓剛剛誰說想被她咬的　出來啊

↓我還是可以　接受挑戰

女學生喪屍使出了與她嬌小身軀不符的可怕力氣。不但使勁把肩膀撞在門上，還往那扇門瘋狂搥擊。這讓掃具間裡的星羽和世琪害怕地放聲尖叫，但無論怎麼喊，女學生喪屍就是不肯停手。

「不要呀！救命啊——！」

「呀嚇嚇嚇嚇啊啊啊啊啊——！」

在不斷敲打與撞擊之下，掃具間的門就快要被破壞掉了。這時，走廊的另一側出現了急促的腳步聲正往這裡靠近，女學生喪屍並沒有理會這個聲音，而下場就是被逼近的鈍器偷襲頭部，硬生生倒在地上。

這突然出現的人是一名身材高䠷的女學生，有著柔順的黑色長直髮，臉上的表情如同冰面一樣平靜且整潔。她身上穿了一個塞滿東西的後背包，左手臂還用透明膠帶捆了一本厚課本在上面。能感覺得出來……面對這場大災變，她已經做好了準備。

在劇情的危機中出現了新的角色來解圍，這樣的套路讓希希非常專心地拿起一手零食，往自己的嘴上咔滋咔滋地咬了下去。

↓新隊友？

↓感覺是很Carry的那種隊友

↓她好高

↓這身材應該是模特兒吧

倒在地上的女學生喪屍還在掙扎祟動著，黑色長直髮女學生二話不說便提起了手上的金屬水管，往她的頭上再使勁一敲。敲出了沉悶的聲響以及斑駁的血跡後，女學生喪屍就再也沒有任何動靜。

「裡面的，快點打開門。」眼看危機解除，黑色長直髮女學生就立刻往掃具間的門敲了幾下：「快一點，我怕還會有其他喪屍跑過來，」

掃具間的門被打開了，門後的星羽和世琪驚魂未定地看著黑色長直髮女學生，連嘴唇都在抖著無法言語。

「快點。」黑色長直髮女學生很果斷地拉住世琪的手，直接拉向走廊的另一頭：「有什麼話，等一下再說。」

「欸？等……等一下啦！」

世琪還來不及反應就被拉走，而星羽看到地上遭擊倒的女學生喪屍被嚇到後退了幾步，不過在發現其他人越跑越遠後也趕緊回神跟上去。最後她們躲進一間空教室，三人不斷喘著粗氣以緩和心跳以及緊繃的情緒。

「謝……謝謝……」星羽捏著自己的胸口，話都講得上氣不接下氣：「要是妳沒有出現……我們……就死定了……」

「……沒事的。」黑色長直髮女學生深呼吸，就好像剛剛只是做完普通的激烈運動一樣：「就妳們兩個嗎？」

「……嗯。」星羽看世琪還是喘到沒辦法正常講話，所以就一起幫她回答：「我是劉星羽……她叫藍世琪……我是在廁所發現到她躲在裡面……所以才一起行動的……」

「知道了……三年三班，簡宇湘。」黑色長直髮女學生就連介紹自己的名字都非常地乾脆，接著她把身上的背包卸在地上，把一根露出在外的木製球棒取了出來：「喂……那個叫藍世琪的。」

宇湘走到了世琪面前，把手上的球棒遞給了她。這讓還沒平復情緒的世琪傻了眼，錯愕地看著眼前的球棒。

「拿好。」宇湘的語氣就如同結凍的湖面，沒有絲毫起伏：「妳也要有個能保護自己的武器，總比什麼都沒有來得好。」

「……欸？我……我嗎？」世琪好不容易回了神，她的瞇瞇眼疑惑的看向宇湘：「那……妳呢？」

「我原本就是打算等水管被打壞掉後才要換上這個武器。沒關係，先給妳吧。」

「……謝……謝謝。」

世琪像是下定了決心一樣吸了好大一口氣，才伸出雙手接下球棒。

「這應該就是學園喪屍作品裡面都會出現的那種，很靠得住的前輩角色吶。」希希旋開了飲料的瓶蓋，把飲料咕嚕咕嚕地喝了下去後才繼續講著：「通常這種角色武力值也很高吶！邦邦喀邦！簡宇湘加入了隊伍！」

↓精華君　這一段也拜託了

↓就只差這黑長直說出自己是劍道社主將了

↓想起了毒島學姊

↓毒島學姊我永遠的婆

「那我們……現在要怎麼辦？」星羽問著宇湘：「我們要一起逃出學校嗎？」

「逃出去是不可能的。」宇湘直接搖了搖頭。

「為……為什麼？」

「我之前觀察了一下一樓大廳的位置，那裡全都是喪屍……」

隨著宇湘的講解，畫面帶到了一樓大廳的鏡頭，那裡至少有六隻以上的喪屍在那裡徘徊。不是在原地用緩慢的步伐繞著圈子，就是坐在地上微微晃動身體。儘管都還是行動遲緩的模樣，但只要驚動到他們，他們就會像剛剛破門的女學生喪屍那樣狂暴起來，直到把他們眼中的獵物撕碎。

「我沒有把握讓那些喪屍遠離那裡，也沒有把握引出他們後自己還能全身而退。」宇湘不斷搖搖頭，就連她都不想直面那些危險：「所以就先別考慮逃離學校了，太危險了。」

「等等……妳說……喪屍？」星羽倒是對宇湘用喪屍稱呼他們感到訝異，還睜大了她兇狠的眼睛：

「妳是說……像電影那樣的喪屍嗎……怎麼可能？」

「不知道，但他們的表現就跟喪屍差不多，所以就先叫他們喪屍了。」宇湘看了一下手上的水管，似乎在回憶著毆打喪屍時的情況：「只要被他們咬到，就會出現身體虛弱、發燒等症狀，過沒多久就會死亡。而且死亡的人還會再次爬起來，繼續攻擊其他生還的人。我不確定傳染媒介是什麼，總之不要被他們咬到，如果身上有傷口也絕對不要碰到他們濺出的血液。」

「怎……怎麼這樣……」

星羽沒有辦法接受自己聽到的一切，無力地靠向旁邊的課桌上撐著。世琪聽到後也發抖得更厲害了，可能沒想過會遇到這麼險峻的情況，讓她連球棒都沒辦法握得很穩。

「那……」世琪哽咽著，好像還在期待能聽見什麼希望：「那我們……要怎麼辦？」

「……我是有個想法。」

一聽到宇湘還有辦法，其他兩人的眼睛都像是進入夜晚的路燈一樣亮了起來。

「我曾經在窗戶外面看到像是直昇機的東西，在很遠的地方飛行著。」宇湘一邊說著一邊看著窗外，不過現在窗外只有陰沉沉的天空，沒有任何飛行的物體：「不知道是救難單位還是軍隊的直昇機就是了……不過這也表示還是有機會讓他們發現我們。我原本就是要打算去找頂樓的鑰匙，畢竟頂樓大概會是最安全的地方，也能在那裡做些求救訊號吸引注意……」

「對……對耶！還有頂樓！我怎麼沒有想到呢！那裡也只有一個出入口，絕對會很安全的！太好了！」星羽難以掩飾自己重新找到希望的喜悅，還不斷搖著世琪的肩膀，把她搖得頭昏眼花。

「先別急著高興。」宇湘拍了拍地上的書包，要大家注意她講的話：「我還沒找到頂樓的鑰匙，也還不確定鑰匙在哪個地方。況且，還要準備足夠的水和糧食，才能在頂樓有更久的機會等待救援。我的背包裡只有一瓶水而已，只給我自己勉強撐得住。但現在有我們三個人，只有這瓶水鐵定是不夠的。」

「啊……也是呢……」星羽收回笑容，搭在世琪肩膀上的手也不安地捏得更緊了。

「那個……」世琪用手擦掉了瞇瞇眼旁的眼淚。她的語氣堅定了一些，似乎對宇湘提出的問題有了想法：「我躲在廁所的時候，有發現到……水龍頭……還有水可以用……」

「真的嗎？」星羽難以置信地看著世琪：「可是……學校這裡不是已經斷電了嗎？」

「我不清楚為什麼……但是我可以確定在我們離開廁所時……水龍頭是還有水的。」

「那……那太好了！」星羽的兇狠眼神都在閃閃發亮，能明顯地看得出來她到底有多開心：「這間教室一定還有保溫杯或是遺落的塑膠瓶，我們多拿幾個去走廊上的水龍頭裝水吧！」

「嗯……好。」

星羽趁著幹勁拉著世琪開始搜刮教室裡面的物資。而宇湘看著她們，只是輕輕地說了一句「也好」就把背包收了起來，加入了搜刮的行列。

希希在看著這一段文戲時顯得比較認真，沒有什麼發言，只是在默默地吃著零食喝著飲料。倒是聊天室還是一樣不斷刷動著留言，對著劇中女主角三人的行為有著不少感想。

↓劇中的學生在充滿喪屍的世界，分享武器、共享情報以及一起搜刮資源，我們也許可以藉由學生拍攝的作品來得知學生的夢想是什麼。沒錯，學生的夢想就是希望分組報告的時候，不要再把工作都只丟給自己一個人了。

↓幹www

↓樓上在共三小www

↓沒辦法　分組報告就是這樣　躺分仔超多

為了收集水資源，女學生三人利用在走廊上的水龍頭，把收集到的保溫杯、塑膠瓶洗乾淨後再裝滿水。而星羽更是趁這個機會，把手上保溫杯的水一飲而盡。

「哈……」星羽喝完水後嘆了很大一口氣，連她兇狠的眼神都沉浸在放鬆的感覺：「還好還沒有斷水，不然根本不知道要怎麼辦……」

之後她又再把保溫瓶裝滿水，並幫大家一起把東西裝到宇湘的背包上。

↓要是被困在家裡　就要先把浴缸或水槽裝滿水了

↓完蛋　我家沒有浴缸

↓那就先裝鍋子啊　或是任何能裝水的東西

↓馬桶水箱也可以

↓不先去便利商店搶東西嗎

↓外面可能很危險　也有可能便利商店早就被搶光了

↓我還有妹妹的口水可以喝

↓樓上醒醒

「那個，宇湘。」在把背包的拉鍊拉上後，星羽似乎有什麼請求想對宇湘說：「可以讓我幫忙背書包嗎？我想要多幫一點忙。」

「……嗯。」宇湘並沒有任何猶豫，就直接把書包脫下，遞到星羽的面前：「現在裡面有很多水，應該會很重，如果累了再換人背吧。」

「嗯，謝謝。」

劉星羽接下了背包並穿在身上。不過在她往前看著走廊時，她的臉色又變得很糟，糟到兇狠的眼神再次被恐懼占據。她看到走廊前方有三個喪屍，其中兩個喪屍還是不久前她們在教室裡遇到的那一對倖存者，看來他們已經屍變成為喪屍了。

其中的女學生喪屍看到星羽後就開始跑了過來，讓星羽嚇到趕緊回頭提醒夥伴們危機來臨。

「前……前面！」星羽拿起放在水槽旁的撬棍，慌張到還差一點把撬棍摔在地上：「有喪屍！他們發現我們了！」

世琪嚇到拿著球棒的手都在抖著，至於宇湘則是衝到了星羽的面前，揮出水管護住她後方的夥伴們。

「往後退！不要跟他們硬拚！被咬到就完了！」宇湘條理分明地向夥伴下達指示，現在三人就剩下她沒被恐懼征服：「世琪！確認一下後退的路線！星羽！保護世琪！可以的話也支援我！」

「唔喔喔喔喔！來了！終於來了吶！」一看到終於要演打戲，希希激動到還把手上的零食袋子用力搖晃，結果就是把餅乾都晃了出來：「終於有打戲可以看了吶！啊幹！多力多滋飛出來了吶！吼呦！」

於是希希本人就彎下腰去撿餅乾。由於直播鏡頭沒捕捉到本人的臉部，因此畫面上的希希就呈現了靜止狀態，但不時還是能聽見希希在碎嘴抱怨著。

↓笑死

↓wwwww

↓草

↓希希耍笨日常

↓多力多滋：我沒欠妳耶

「要衝過來了！」

女學生喪屍最先跑到宇湘面前，星羽驚慌地大喊著提醒她。然而宇湘卻先蹲了下來，以穩固下盤的方式用水管往女學生喪屍的腿部用力撥開，這讓女學生喪屍直接重心不穩摔在地上。宇湘再趁著這個機會舉高了手上的水管，像是拿著大榔頭的工人一樣使出全身的力氣，往女學生喪屍的頭部猛砸下去！在迸發出斑駁的血跡與微弱的尖叫聲後，女學生喪屍就再也沒有了動靜。

這一連串動作緊湊又精彩，讓回到直播鏡頭前的希希看了一直拍手叫好。

不過在後頭的男學生喪屍也立刻追了上來，而且也已經離宇湘的距離非常近了。星羽不但出聲提醒宇湘，也把撬棍像竹劍一樣雙手持握在前準備應戰：「宇湘！還有一個！在妳前面！」

「唔！」

宇湘還來不及把彎腰的姿勢收回來，男學生喪屍就已經衝到她的面前。迫於緊急，宇湘只能把左手

要上了!!!
大的要來了!!
好耶
7777777777
\流星雨/ \流星雨/ \流星雨/
來了 他們來了
77777777777777
7777
希希笑得像個孩子
接下來翻滾很有用
希喜若狂
77777777
7777777777777

臂上捆著的厚課本往前擋，讓男學生喪屍張口咬著厚課本。

星羽不斷地往男學生喪屍的頭部敲打下去，然而男學生喪屍頑強抵抗，還伸手抓破了星羽的制服袖口。就算星羽揮到手已經快要麻掉，男學生喪屍的動作也沒有停止，讓宇湘一直處於被壓制的險境。沒想到後方尾隨的口罩喪屍直接略過前面與喪屍纏鬥的兩人，並衝向了後方的世琪！

「可惡！走開啊！」

「世琪小心！」

星羽來不及反應，只能回頭大喊告誡世琪有喪屍逼近。世琪驚慌到全身都縮在一起，還把棒球棍當做捷運車廂內的立柱一樣抱在胸前。眼看口罩喪屍就要衝到她的面前，世琪只能尖叫一聲後往他的身上揮出棒球棍。厲害的是，不知道世琪是否真的使出全部吃奶的力氣，還是她其實有打棒球的天分。棒球棍不偏不倚地砸中了喪屍的頭部，力道還猛烈到讓喪屍轉了好幾圈倒在一旁。

如此驚人的表現連希希都張了大嘴看傻了眼，彷彿她其實是在看一場棒球比賽，而比賽中那位不受期待的打者在關鍵時刻敲出了一支剛好越過邊界的全壘打。

「太強了吶！」於是希希開始欣喜地笑著，還學不到教訓地繼續晃著她的零食袋：「希希以為世琪會一直躲在旁邊哭哭的吶，沒想到戰力也很強吶！」

→Home Run

→炸裂

→7777777777777777777777777

→HERO！HITO！安打！藍世琪！！！
→還不是靠兄弟
→果然瞇瞇眼都是狠角色
→是我的錯覺嗎　總覺得她拿的球棒跟上一幕拿的不太一樣

看到世琪暫時擺脫危機，星羽就繼續敲著男學生喪屍，直到終於敲到讓他的嘴鬆開，也讓他失去了對宇湘壓制的力量。宇湘便趁這個機會再往男學生喪屍的頭上給了一記重擊，於是男學生喪屍就倒在女學生喪屍的身上，讓這一對生前抱在一起，死後也躺在一起。

星羽趕緊回過身去幫忙世琪，因為世琪雖然成功揮出那一擊，但她早已嚇壞了，只是看著地上死命掙扎的口罩喪屍沒有進一步動作。星羽藉由喊叫聲音來替自己壯膽，往地上的口罩喪屍用力敲了幾次，直到地上的喪屍再也沒有動靜，星羽才停下動作。她無法平復心中緊繃的狀態，不斷喘著氣，也一直維持著瞪大眼睛的狀態。

星羽的氣都還沒喘完，遠方又傳出了喪屍的吼叫聲。宇湘見狀不妙，趕緊提醒著大家趕快離開：「快走！找個地方躲起來！我怕還有喪屍會追上來！」

「這……這裡！」世琪勉強還記得自己的工作，拉著星羽指著走廊後方：「後面應該有教室！趕快找其中一間躲進去！」

「……好！」

星羽搖了搖頭想讓自己清醒一點，接著立刻跟上其他人的腳步。現在她們三人在走廊上狂奔著，就像是在與死神比賽一場大隊接力，只不過規則是被死神握到接力棒就會出局。

「那……那邊！」

星羽發現到右側的教室門還開著，便指向那間教室放聲大喊：「快點進去！然後把門封上！」

三人立刻跑進了教室。而最後跑進教室的宇湘直接一個順手把門甩上，不僅如此還拉了旁邊的桌子壓在門前。做完這一系列的動作後，宇湘才開始大口喘氣，調整著自己的呼吸。

「哈……哈……我們……安全了嗎？」世琪一屁股坐在地上。她喘得很大力，額頭滲出細碎的汗珠。

「應該吧……還好這裡……好像沒有屍體……也沒有那些喪屍……」星羽一邊喘氣一邊回答，用手臂擦了一下額頭上的汗水。

現在三人的喘息聲交織著，彷彿連心跳聲都在為此打著緊湊的節拍。

如此的場景連希希都很識相地不吃下任何一片零食，似乎就是要讓聊天室的觀眾也能清楚聽到劇中三人激烈的喘息聲。

↓喘

↓ASMR好評

↓建議用耳機聽

↓欸真的武器跟剛才不太一樣耶

↓應該是演打戲時換成其他道具當武器了

↓這樣很好啊　雖然技術不到位　但至少有安全意識

「你們……還好吧？」

星羽脫下背包檢查裡面的物資後，就走向另外兩名夥伴想要關心她們。只不過，當她看向世琪時，她那兇狠的眼神開始添加了幾分恐懼，就像一杯紅茶被倒入了黑色墨水，再也沒辦法維持原本的清澈。

「世琪……妳手上的那個傷口……是什麼？」

「……欸？這個？」世琪嚇到差點忘記喘氣，看著手背上的傷口後急忙地解釋著：「這不是！我也不知道為什麼會有這道傷口……但這絕對不是妳想的那樣！」

「……妳不知道？」星羽緊握著撬棍，呼吸越來越趕：「我們剛剛為了逃開那些喪屍跑得死去活來的……然後妳手上就有傷口了……有這麼巧的事嗎？」

實際上，世琪手背上的傷口並不像是咬傷的模樣，但在經歷剛才這麼多危險的情況，已經讓星羽沒辦法冷靜下來好好思考了。現在的星羽，滿腦子都在想著眼前的夥伴就要變成喪屍了。那個好不容易救下來的、好不容易能一起扶持的夥伴，就要變成喪屍了……

「不是的！我很確定……我剛剛離那些喪屍還有一段距離……我很確定沒有被他們抓到！」世琪很肯定地說著，畢竟這是實話。

「妳很確定？百分之百確定嗎？」星羽把撬棍揮到世琪的面前指著她，她那兇狠的眼神已經漸漸被恐懼取代：「要是妳下一秒突然吐了怎麼辦？突然昏死過去怎麼辦？要是妳之後站起來突然攻擊我們怎麼辦？」

「不要……我真的沒有……」

「星羽，冷靜一點。」宇湘立刻插話，冷靜的語氣就像一把冰冷的刀擋在兩人面前：「不要隨便懷疑一起行動的夥伴。」

「懷疑？我為什麼不能懷疑？妳有看過那些被咬過的人嗎？妳有看過他們變成喪屍後的模樣嗎？」星羽越喊越激動，柔軟的嘴唇伴隨著激動的話語做出更誇張的形狀：「明明……我的同學……那時候明明就說著沒事的……結果……結果他吐了一地……就這麼倒在地上……然後他又站了起來……咬了……咬了其他人啊——！他咬了其他人啊——！有越來越多人就這樣死在我面前！然後又活過來攻擊其他人！我要怎麼不懷疑？我已經……已經不想要再看到這樣的畫面了啊啊啊啊啊——！」

「啊糟糕，劉星羽壞掉了吶。」希希到這個時候才拿起零食大口大口地嚼著，嚼出明顯的響脆聲。

↓流星雨壞掉了QQ

↓san值太低了

↓未看先猜簡宇湘會賞她一巴掌

「好了，別喊了。」宇湘輕輕地搖頭：「妳這麼大聲，會吸引那些喪屍的。」

「我不要！」星羽閉著眼睛大喊，她已經激動到握著撬棍的手也跟著不斷地抖著：「除非她離開這裡！除非她滾開！」

宇湘趁機起身，並用手上的水管揮打星羽手上的撬棍。閉著眼睛的星羽來不及反應，手上的撬棍就這樣被震落摔到地上，敲出了響亮的金屬聲。

「妳竟敢……呀啊！」星羽還來不及用她兇狠的眼神瞪回去，就被宇湘用手抓住喉嚨，讓她慘叫了一下。

「搞清楚，妳再這樣下去，要滾開的是妳。」宇湘每一句冰冷的話，都像是用刀劃著星羽的心窩。每劃一刀，就讓星羽的眼神顫抖了一下：「我們一起行動不就是要互相幫助嗎？如果我們自己就先彼此傷害，是要怎麼對付外面那些喪屍？要是世琪根本就沒有被咬，妳有辦法賠罪嗎？」

「嗚……我……」

星羽開始哽咽了起來，表情逐漸扭成一團。她那兇狠的眼神開始匯聚著淚水，並從她的淚痣旁慢慢滑落下去。

「妳要是再懷疑其他人，妳就自己走吧。別在這裡散播妳的恐懼來破壞我們。」

宇湘放開了手，星羽就像是失去了力氣般跌在地上。她依然哭紅著臉，依然放任著淚水滑落到她的臉頰下。

「為什麼……」星羽一邊哽咽，一邊努力換氣說著話：「為什麼……要讓我遇到這種事……嗚……」

現場就只剩下她的哽咽哭聲。從那間教室裡，不斷傳出她無力的抗議。

「嗯……看來簡宇湘制止了劉星羽，還好吶。」希希似乎有被星羽的哭聲影響到，好像在心疼著她：「劉星羽太可愛了吶……連哭都哭得這麼可憐……如果是其他作品這種失去理智的角色，希希應該會很想賞她一巴掌，然後叫這個死婊子閉嘴安靜一點吶！哈哈！」

↓確實

↓希希認證的可愛

↓平常的希希應該會一邊拍手一邊拱火喊打起來打起來

↓希希偏心

不知道過了多久，待她們三人重整完狀態後，便一起走出教室去尋找下一個目標——頂樓的鑰匙，以及足夠的糧食。

星羽因為剛剛的事情，背著背包走在隊伍的最後頭。她的神情看起來很落寞，就像是個做錯事情的狗狗一樣，一直用著帶著愧疚的兇狠眼神偷看隊伍前頭的世琪和宇湘。而世琪似乎很想要掩飾被誤會的糟糕心情，一直在跟宇湘討論著下一步。

「那個……保管頂樓鑰匙的地方……是警衛室吧？」即使如此，世琪好像也不放心星羽的狀態，一直回頭偷看著她：「可是警衛室不是離一樓大廳很近嗎？過去會很危險吧？」

「是啊，所以我在想要不要去其他地方找找看。」宇湘也注意到她們倆一直在偷偷注意彼此，只是她裝作不知道，一直看著前方的路：「先去教師辦公室看看吧，說不定某些老師的座位上能找到備用鑰匙。」

「教師辦公室嗎……有了！」世琪像是想到什麼般激動地喊了一聲，但察覺到不能發出太大的聲音又摀住了一下自己的嘴巴：「……那個……我是說……要不要先去我們班導的辦公室，那裡可能會找到很多糧食喔！」

「真的？怎麼說？」

「就……前陣子，我們班在辦有獎徵答的活動，班導有準備很多很多的巧克力和糖果，當作是獎勵要發給班上。」世琪越講越高興，很期待自己的主意能得到認可：「如果我們去她的辦公室找，也許還能找到不少留下來的食物……」

「……嗯，這點子不錯。」宇湘爽快地點了頭：「就算是巧克力，這些高熱量的食物也夠撐上好一段時間了。我們就過去吧。」

「好……好的！」

世琪欣喜地跑到宇湘前方，兩步做一步地帶領大家前往她們班的導師辦公室。星羽看到她那模樣，雖然想提醒她不要跑太快，但也只是向她抬起了手，嘴巴則像被異物塞住了一樣，什麼話都吐不出來。

「……快點跟上吧。」宇湘察覺到了星羽的動作，回頭提醒著她：「有什麼話，等一下再說。」

宇湘說完就回頭小跑步跟上了世琪。星羽在原地發楞了一下下，看著地面輕輕地嘆一口氣後就邁開步伐跟上。

只是她們萬萬沒有想到，導師辦公室裡已經有人在搜刮。戴起口罩和衣服兜帽的男學生倖存者，正蹲在辦公室一處位置的籃子旁，一把一把地抓起籃子上的散裝巧克力。然而，男學生倖存者好像聽到了遠方傳來了急促的腳步聲，於是他左顧右盼了一下，先把自己藏在後方位置的角落，果斷放棄了裝到一半的巧克力。

「啊，不妙吶。」希希一看到男學生倖存者的出現，就只是淡淡地說了這一句話。其實平常的她看到疑似非善類的角色出現，反應會更加激烈。只不過也許是怕自己會不小心劇透，所以就乾脆不說話以避免影響聊天室的觀賞體驗。

↓新角色？

↓會是新隊友嗎

↓總覺得會像是搶食物的

↓怕

「這邊這邊！就是這間！」

世琪首先出現在辦公室門口，一臉期待的她直接進門，開始尋找她班導的座位。而另外兩人到達後，稍微觀察了一下有點昏暗、沒什麼光線的辦公室，接著一起進入。

沒花多少功夫，世琪就找到了班導的座位。她把球棍放在一旁，蹲下去並提起座位下的籃子，裡面果然有許多散裝的巧克力與零食。雖然沒有想像中的那麼多，不過有堆到籃子一半高的數量也算足夠了。

另外兩人停下了腳步，看著興高采烈的世琪。她就像是發現了地下城的寶藏一樣，一直在捧起寶箱裡成堆的金幣。星羽也只是看著樂開懷的她嘆了一口氣，不過宇湘卻在這時皺起眉頭……

「快點！星羽！把這些裝進背包裡面吧！」世琪高興地搖了搖籃子，想要快點收穫這些珍貴的資源。

「等一下。」宇湘立刻出聲打斷了世琪，神情凝重地問著她：「妳剛剛過來的時候，籃子就已經拉出來了嗎？」

「咦？」世琪不太理解，微微地歪頭回答著：「應該……是吧？」

「有人來過……不好。」察覺到情況不太妙，宇湘立刻緊握了手上的水管警戒著：「世琪，這間辦公室不安全，先過來再說。」

「怎麼了？」

世琪才剛問完，就有一個身影從後方陰暗處跳出來，並以極快的速度伸出手臂，緊緊勒住了世琪的脖子，讓世琪被嚇到直接喊出尖叫聲：「呀啊——！」

挾持世琪的就是剛才潛伏在這裡的男學生倖存者。也許是因為看到了這些女性倖存者，他就動起了歪腦筋直接下手。他掏出一把彈簧刀，指向還來不及反應的宇湘和星羽兩人：「安靜！通……通通不准動！」

「你在做什麼？」宇湘立刻把手中的水管對向倖存者。

「放開她！」星羽也把撬棍緊握在前，用兇狠的雙眼瞪向他。

不只劇中的兩人，就連希希也都忍不住了，不斷尖叫大喊放開世琪，還一直罵出髒話要倖存者立刻滾開。

「都閉嘴！妳……妳們也不希望吸引喪屍來吧？」倖存者用彈簧刀威脅兩人不准靠近，還把彈簧刀抵在世琪的脖子上：「妳們……要是敢過來……我……我就對她不客氣了！」

「不要！放開我！」驚慌的世琪一直想要掙扎，但無法拔開倖存者的手臂。

「你……」星羽無法接受眼前的一切。她不斷搖著自己的頭，語氣也越來越抖：「你到底想幹嘛？」

「……妳們要食物對吧？那一籃剩下的東西妳們都拿走吧，然後就給我離開這裡……」倖存者握著彈簧刀的手也在發抖，不知道是因為他同樣也很緊張，還是對即將搶到的東西感到非常興奮：「只要這個女的……留下來陪我就好。」

「你瘋了！我才不會讓你傷害世琪！」這是宇湘第一次用這麼憤怒的語氣說話，比剛才制止星羽時還要來得憤怒。

「我才不會！我才不會傷害她！」倖存者的精神狀態非常不穩定，眼神不斷遊移：「我一直以來都只有一個人……大家都死光之後我也是一個人……我原本不在意自己一個人的……但我突然覺得自己好寂寞……好孤單……果然我還是需要有人陪著我……」

「你這個變態……該不會……」星羽難以置信他想要染指世琪的想法，恐懼以及厭惡都摻進了她那兇狠的眼神。

「對啊……這個女的……很不錯……可以陪著我……」倖存者把頭轉了過去，儘管他戴著口罩，刻意聞著世琪臉頰的動作卻非常明顯：「我會好好照顧她的……好好陪伴她的……呵……呵……」

「不要啊……救命啊……」世琪已經嚇到哭了出來，但她也只能緊閉雙眼咬牙撐著，祈禱著事情還會有什麼轉機。

「可惡！你這個變態！放開藍世琪吶！」希希看得非常入戲，也顧不得手上的零食會不會又飛出來，一直在猛敲桌子：「你敢對藍世琪動一根汗毛，希希就把你那沒屁用的雞雞給剪斷吶！」

↓希希要拿出剪刀了

↓女王陛下息怒

↓結果不只是搶食物　還要搶女人
↓原來是哥布林啊
↓我看過哥布林殺手　我知道接下來會發生什麼事情

面對眼前如此嚴峻的情況，星羽已經不知道該怎麼辦了。若是貿然靠近，那個倖存者可能會狗急跳牆用刀去傷害世琪。但她也不可能就此放棄世琪，畢竟她都還沒跟世琪為剛才的誤會好好道歉。只是，到底還有什麼方法能打破這個僵局，不但能保護世琪還能擊退那個傢伙呢……

就在星羽慌張地用視線尋找方法時，她在世琪的手背上再次看到了那讓她誤會的傷口……突然，一個想法如電流般閃過星羽的腦海，讓她終於知道該怎麼辦了！

「……求求你放過她吧！」星羽為了智取倖存者，故意拚命般地向他求情：「她都被喪屍咬過了！我怕她撐不久的！放過她好不好？」

「……啊？咬過？」

倖存者看了下世琪，立刻就發現她手上的傷口。這讓他嚇到鬼叫一下後立刻放開了世琪，讓她直接攤軟坐在地上。

「趁現在！喝啊啊啊啊啊——！」

星羽立刻衝了上去向倖存者猛揮撬棍，兇狠的眼神已經藏不住憤怒的熊熊烈火。她已經管不著這樣敲下去會不會讓她成為殺人兇手，她只想保護世琪，並把過往以來的壓力及情緒都發洩在眼前這憎惡的對象。

就連看著這幕的希希都在大聲歡呼，還要星羽打多一點、打痛一點，最好把倖存者的腦袋打成一團漿糊。

最後，倖存者承受不住星羽猛烈的攻勢，只能側身用身後的背包擋了幾下鈍擊後，趁隙從辦公室另一側的門口溜走。

「別跑——！」

已經氣到失去理智的星羽還想要繼續追上去，結果宇湘抓住了她的肩膀，又再一次地制止她：「別追上去，太危險了。」

星羽回頭看著宇湘，一直在喘氣，似乎想找回自己的思緒。在她的眼神慢慢冷卻下來後，才想起自己最要緊的事情，連忙望向癱軟在地上、哭到滿臉都是淚水的世琪。

「世琪！」星羽著急地直接扔了手上的撬棍，跑到世琪面前蹲下並緊緊抱著她。星羽的眼淚也止不住潰堤，溢出的水滴一次次地滑過眼下的淚痣：「沒事吧？有沒有怎樣？」

「星羽……對不起……」世琪一直在哽咽，還沒辦法從剛才的驚嚇中回復：「我一直……在給大家添麻煩……對不起……」

「不是……是我不好……我才要說對不起……」

星羽緊緊抱住了世琪，緊緊依偎在一起。兩人就這樣在原地不斷哭泣，彌補因誤會而劃出的傷痕。看到她們再次和好，宇湘也只是輕輕地嘆了口氣，在一旁默默地守護她們。

「……太好了吶。」看到劇中角色的危機解除，希希也鬆了一大口氣，暢快地喝起了桌上的飲料：

「哈……還好藍世琪沒有被變態做出什麼事情，光想會被怎樣我就頭皮發麻了吶。劉星羽真的好聰明吶，能想到這樣去化解危機。而且最後還這樣跟藍世琪抱在一起……越來越喜歡這個角色了吶。」

↓我也是

↓+1

↓/流星雨/　/流星雨/　/流星雨/

↓欸等等　那個變態呢？　就讓他這樣逃掉了喔？

聊天室的觀眾才剛問著倖存者的下落，鏡頭就切換到他的身上。

倖存者的模樣非常狼狽，一直在走廊上大步奔跑，只想趕快逃離那一切。結果在他跑過轉角的時候，撞見了兩個小女孩模樣的……喪屍。

這兩個小女孩喪屍一看到倖存者，就發狂似的喊出尖銳又刺耳的尖叫聲。

一直以來都沒被喪屍嚇到叫出聲音的希希，也被這小女孩喪屍的表現嚇到尖叫了一下。

「呀啊啊啊啊啊啊啊啊啊啊——！」

「嗚啊啊啊啊啊啊啊啊啊——！」

倖存者根本還來不及反應，就被這兩個小女孩喪屍飛撲上去。小女孩喪屍們就像地獄的惡鬼一樣，不斷用力拉扯他的衣服、背包以及頭髮。

「喂！妳們在幹嘛？不要過來！不要過來！呃啊啊啊啊啊——！」

倖存者無法撥開小女孩喪屍，最後倒在地上任由她們摧殘自己的身體。鏡頭也從他們身上漸漸移開，讓觀眾自己去做血腥畫面的遐想。

「哈……哈哈哈！活該吶！罪有應得吶！」看到討厭的角色死亡，希希就一直在拍手歡呼：「爽啊！是說那小女孩喪屍也太可怕了吶……感覺希希被嚇到心臟一直在蹦蹦跳了吶……」

↓這就叫天罰

↓夕鶴

↓我倒是被希希的尖叫聲嚇到了

↓這小女孩喪屍也太猛了

↓死猴囝仔

↓我家姪子也是這樣一邊尖叫一邊弄壞我的模型嗚嗚嗚

↓樓上拍拍

在經過了被倖存者襲擊的事件以後，少女三人之間的隔閡也漸漸消失，更加地相依為命。幾幕短暫的鏡頭片段，拼湊著她們接下來行動的各種記事：拿起膠帶和書本再一次修補手臂上的臨時防具、搜刮到了直排輪運動用的護具討論著要給誰穿、意外地在辦公室找到備用鑰匙串而抱在一起歡呼……不曉得是上天憐憫她們的遭遇，還是在最後的考驗之前給她們一點喘息的片刻，這段時間的她們沒有遭遇到任何危險，不禁讓人懷疑是否太順利了一點。

即使如此，看著這幕的希希依然很開心，還再次配上了RPG遊戲的音效跟聊天室互動。

在確認要搜刮到的物品都找得差不多後，少女三人準備從下層走廊移動到通往頂樓的樓梯。怕會在最後關頭出現什麼意外，她們連腳步都不敢踏得太大聲。即使如此，戴著機車用半頂式安全帽的星羽還是壓低了聲音問著走在前頭的宇湘：「到了頂樓，我們要怎麼讓直昇機還是其他人知道我們在這裡呢？」

「我有找到打火機，先試著在那邊燒出濃煙吸引注意吧。」宇湘則是幾乎穿上全套直排輪的防護裝，不過左手臂上依然捆著厚課本：「如果上面能燒的東西不多，就看看能不能排出什麼求救訊息……SOS之類的吧。」

「他們……會發現我們嗎？」世琪的手臂都套上了清潔用的塑膠袖套，看起來鼓鼓的似乎塞進了不少東西：「手機能聯絡得到他們嗎？可是我跟星羽的手機都沒電了……」

「我的還有電。只是現在沒有訊號了，連打一一〇都不會通。」宇湘微微地搖頭：「手機大概就只剩下手電筒之類的基本功能了，而且斷電的情況下也沒辦法充電，要有心理準備當作沒有手機可以用了。」

「嗯……」

少女三人很快就到達了樓梯前的鐵門，只要把鐵門推開，就能走樓梯到達安全的頂樓了。宇湘動作輕柔地推開鐵門，但在把鐵門推出的一剎那，讓人意想不到的事情發生了。

震耳的警報開始嗡嗡作響。

她們的表情完全呆住了，就像是一道閃電直接落在面前。

「怎麼可能！」一直以來保持冷靜的宇湘也終於破功，一臉吃驚的模樣就像是盤算好的棋路完全被打亂了般：「不是已經斷電了嗎？為什麼還會有保全系統！」

「宇湘！」星羽搖了搖宇湘的肩膀，提醒著她周圍不斷有喪屍的吼叫聲出現。

「可惡！快點！跑到頂樓！」
宇湘也顧不得情況變得危險，要大家趕緊跟隨自己的腳步爬上樓梯，只希望能比喪屍們早一點到達頂樓的鐵門。然而才剛爬沒幾層，上層的樓梯就有個熟悉的身影擋住了她們的去路……戴著口罩、背著背包、衣服的兜帽還蓋住自己的頭，他就是少女們不久前遇到的、心懷不軌的倖存者，而他已經成為了喪屍的一員。
兜帽喪屍一看到她們，似乎還摻雜了生前的情緒一樣，對著她們發出震耳欲聾的吼叫！
「不行！先退後！快！」
宇湘看到兜帽喪屍不尋常的兇殘異樣，又把身後的兩人推回去，要她們趕緊往樓梯下跑。而兜帽喪屍真的如宇湘判斷的一樣危險，身手異常地敏捷，不但蹬著牆跳下樓梯，還順著力道翻越樓梯的護欄。眼看就快要被追上，宇湘只好指示其他人先離開樓梯回到走廊上。
「呀啊啊啊——！又是你這個變態吶！」劇情急轉直下成為了危險刺激的追逐戰，讓希希激動到像是在打太鼓一樣不停猛敲桌子：「快點吶！不要怕吶劉星羽！快點拿撬棍敲爛那個變態的腦袋吶！」
↓幹這 Hunter 吧
↓變態變成最終 BOSS 了
↓女王陛下也要暴走了
↓希希桌子：幹

保全警報還繼續製造噪音。女學生三人還在走廊上拚死命逃跑，還有一整群、至少有八個以上的喪屍從走廊的盡頭出現，如同飢餓的魔鬼一樣朝向少女們拔腿狂奔。

再這樣下去，她們就會被喪屍前後包抄，宇湘只好拉著大家躲進旁邊的空教室。在關門後也來不及推桌椅來擋住門了，宇湘只好自己肉身壓住門，還不忘指示星羽要顧好另一側的門：「星羽！另一側的門！拜託妳了！」

「咦……」一連串發生的事情讓星羽驚慌到連話都沒辦法說清楚，但她也立刻到了另一側門前，兩手橫拿撬棍當做門閂一樣壓在門上。

喪屍們到達後，毫不留情地撞著門扇。即使門扇震動得非常厲害，宇湘也咬著牙承受著衝擊。而星羽即使恐慌到情緒快承受不住了，卻也盡著最後的理智用撬棍與身體擋住門。每一次喪屍撞著門，星羽兇狠眼神裡的魂魄就像是快要被震飛了一樣。

「窗……窗戶……」

宇湘聽到了世琪顫抖的聲音，抬頭一看才發現中間的窗戶並沒有關上，有好幾個喪屍正越過窗戶向教室內伸手，甚至要準備爬進來了。然而世琪也陷入了膽怯的狀態，只是站在原地握著球棒發抖。

「用球棒推回去！趁機關上窗戶！」宇湘彷彿身陷戰場，一直拚命向隊友喊著指示。

「嗚……呀啊啊啊啊啊——！」

世琪一邊尖叫，一邊閉起眼睛用球棒把窗戶上的喪屍戳了回去。但外頭的喪屍數量非常的多，就算把一隻戳回去，還會有其他的喪屍替補上來，讓世琪根本找不到機會把窗戶給關上。於是教室一直持續著完全劣勢的守城戰，喪屍一直嘗試著以暴力的方式突破進去，少女們的精神與體力則是一直被消耗下去……

時間感覺過得十分漫長，直到遠處不知道為什麼又再次響起保全警報，吸引了門外大部分的喪屍過去。窗戶也終於被關上，只剩下幾隻喪屍在拍打著窗戶，此刻危機才終於解除。只是，在經過這一連串事件的摧殘，每個人都已經面臨崩潰的邊緣了……

「為什麼……都到最後了……還要這樣……夠了……為什麼……」世琪沒辦法再承受可怕的景象，一直蜷縮在角落，雙手抱膝不斷啜泣著。

「哈……哈……」星羽則是恐慌到一直喘氣，兇狠的眼神失去了所有活力。為了讓自己的負擔少一點，她還把安全帽和背包脫掉並隨意甩在地上，只剩下手中還緊緊捏住撬棍。

「……」宇湘的狀態也好不到哪裡去，臉色不但非常疲倦，還一直揉捏著似乎被撞傷的肩膀。她一直在巡視著走廊上還未離去的喪屍，以及快要撐不下去的夥伴們。

已經到了最後關頭，卻因為發生這一連串的危機，讓大家好不容易凝聚的心又再次散落一地。如果說，這最後的難關大家都要一起活著跨過，那麼現在缺少的，是還有人能鼓起勇氣去牽住夥伴的手，再次把心連在一起。

↓完蛋

↓感覺快撐不住了

↓要滅團了嗎

↓QQ

聊天室還在討論著劇情的發展。不過希希卻不發一語，就好像早已預測到接下來會有什麼情節一樣，她把零食袋和飲料都放好在桌上，非常專注且認真地看著影片。

不知道宇湘是否想到了什麼，一直在四周觀望的她最後把視線停留在教室講台上的好幾隻白板筆。她思考了一陣子後，便拿起其中一隻紅色的白板筆。接著她走向映著天空的窗戶，拔開白板筆蓋子，開始在最右邊的窗戶上寫下紅色的文字。即使陰沉沉的天空只有些許的陽光投射進來，還是能在昏暗的教室裡清楚看見窗戶上的紅色字跡。

寫到一半時，宇湘頭也不轉地問著世琪：「妳，那個蹲在角落的，再告訴我一次妳的名字。」

「……我？」世琪遲疑地抬起頭，臉上都是淚水的痕跡。

「對，我怕把妳的名字寫錯。」

「……」世琪哽咽了幾下後，就緩緩吐出自己的名字：「藍世琪……」

「是哪個字？告訴我。」

「藍……藍色的『藍』，世界的『世』，玉字邊的『琪』……」

「嗯。」

宇湘繼續在窗戶上寫下留言，讓其他無法順利言語的兩人都疑惑地望向她。

「……妳……該不會是在寫遺言吧？」儘管在哽咽的狀態下很難講話，但世琪還是努力吐出心中的疑問。

「不知道。」宇湘沒有停下書寫的動作：「如果最後我們都活下來了，那這些就不會是遺言。要是我們真的不幸死掉了，那至少我們也已經先留過最後想說的話了。」

宇湘的字寫得很大、很工整，就如同她的個性一樣，凡事有條有理。即使在非常疲倦的狀態下，也不忘把自己保持在最好的一面。

「……為什麼？」星羽的眼神依然驚慌著，不斷顫抖著。

「我想留下，我們都努力活過的證明。」宇湘轉頭看了下其他兩人後，才繼續寫字：「要是這場人生，什麼東西都沒有留下就走了，我就算化成鬼也會繼續後悔下去的。原本以為我會獨自一人面對這一切，獨自一人寫著留言，最後獨自一人祈禱會不會有哪個倖存者能發現這個留言……」

宇湘寫完了窗戶上的留言，便闔上了眼睛。

她就像是對著自己的文字祈禱一樣，好讓自己的信念還能有個寄託。

「……還好，我遇到了妳們。這樣我也不用一個人面對這一切了。」宇湘慢慢地後退幾步，同時唸著上面的文字：「我是簡宇湘。我遇到了劉星羽、藍世琪並一起努力活下去。如果你看見了這些文字，請你記住我們的名字，記得這世上還有人在努力掙扎著。」

宇湘每一字每一句都唸得十分鏗鏘有力，整間教室都有著她的回音，幾乎都快掩蓋住外頭喪屍敲出的聲響。

「……來吧。」宇湘走到了世琪面前，把白板筆遞給了坐在地上的她：「寫點什麼吧，不要留下遺憾。」

世琪凝視了宇湘許久，才緩緩伸出手來想要接住白板筆。只不過她沒辦法控制不斷顫抖的手，就這樣不小心撥到了白板筆，讓白板筆彈到了星羽的方向，滾到了她的腳邊。而星羽只是盯著地板上的白板筆，用她那兇狠卻毫無元氣的眼神……

不過，也許是不想要再刻意遠離世琪了，或是不想要再次失去世琪了。星羽閉起雙眼拚命深呼吸，想要憑著自己的意識克服驚慌。最後，她緩緩地睜開眼睛，放下了手上的撬棍，並用還在發抖的手撿起了白板筆，一步一步走向世琪。

她抬起世琪的手，把白板筆放進她的手心。她的雙手緊緊握住世琪的手，彷彿想要藉由手掌的溫度，把心中的信念傳達到她的手上。

「……妳的手好冰。」星羽努力抑制自己的恐慌情緒後，說出了這句話：「妳沒事吧……？」

「……我……我不知道……」世琪用著緩慢的語調回答。她凝視著星羽，好像還沒辦法明白星羽心中真正的想法：「……妳的手……才抖得很厲害吧……」

「……嗯……我還是……怕得要死……」星羽握住世琪的力道變得更緊了：「不過……只要能這樣握住妳的手……我就沒那麼怕了……」

世琪抬起了頭，瞇瞇眼正對著小瞳兇狠的眼神。她呼吸的動作很明顯，像是在緩和自己的哽咽，但更有可能是對懦弱的自己感到愧疚。儘管她深吸了一口氣，但還是又哭了出來：「對……對不起……我一直都是隊伍的累贅……什麼忙都幫不上……也許……我一開始就該一個人鎖在廁所裡……不要遇見妳們比較好……」

星羽聽到世琪的自責，只是呼了沉重的一口氣。她不斷搖頭，想要讓嘴角上揚卻又緊咬著牙齒，就像心中每種複雜的情緒都堆疊在她的臉上。最後，她注視著世琪，用被淚水沾溼的兇狠眼神。

「才沒有這種事。」

似乎完全沒預料到自己會聽到如此堅決的否定答案，世琪完全被震撼得睜大了眼睛。她那如黑珍珠般深邃的瞳孔顫抖著、凝望著眼前的星羽。

「是我。要說對不起的……是我才對。」星羽彷彿拚了命似的，把那一絲微笑勾勒在自己悲傷的面容上：「我看到大家死掉，都變成喪屍後……一直都在害怕……害怕到時候會不會也是自己一個人就這樣死掉了。明明能遇到活著的妳，我應該要很高興才對……但是我反而越來越害怕了……我害怕會不會到時候連妳都消失……結果我一直都對妳表現得很任性，不想要變回自己一個人，又不想要再面對失去人的痛苦……不過，就在妳被那個壞人挾持以後，我終於完全明白了……」

「……星羽？」

「我……真的很感激……謝謝妳還活著，陪著我一起活下去。」星羽臉上的淚水就像劃過夜空的流星一樣閃耀，輕輕灑落到她的笑容：「我們每一個人都很重要，少了誰都不可以……大家都同心協力走到這裡，也只差最後一步了……不要再說自己是隊伍的累贅，什麼忙都幫不上了……好嗎？」

世琪深邃的眼眸開始溼潤了起來。她無法止住哽咽，也無法止住眼淚從眼眶湧出。

一直以來，世琪都是在害怕、恐懼的情況下流下眼淚。但這一次她會流下眼淚，是因為在星羽的言語中得到了救贖。

「嗚……不行……」不僅如此，連希希也被星羽攻陷了。她啜泣的聲音非常明顯，還不斷抽起旁邊的衛生紙想阻擋眼淚的潰堤：「我……我還是……對這種劇情……沒有辦法吶……嗚……」

↓
QQ

↓嗚嗚嗚
↓希希抱抱
↓秀秀
↓我也哭爛
↓大哭特哭
↓幹誰在切洋蔥啦

在星羽的扶持下，世琪慢慢地走到了窗台前。她還沒整理好自己的情緒，就算闔回睡睡眼也還在滲著淚水。即使如此，她還是走到了另一側的窗台前，並旋開了紅色白板筆，開始寫下她的話。

「我是藍世琪……爸爸……媽媽……姊姊……我愛你們……嗚……」世琪寫到一半止不住自己的淚水，還摀住嘴巴哭了幾聲：「我……我現在……跟著她們在一起……她們人很好……我很相信她們……嗚……請不用擔心我……我會跟著她們一起走到最後的……嗚……」

世琪的文字很柔和、很圓滑，卻因為使不上手部的力氣，字跡逐漸歪斜了起來。直到寫完到最後一個字，她便再也承受不住，跌坐在地上不斷哭泣著。

星羽也只是蹲了下來，從後面輕輕懷抱著她、安慰著她。直到世琪的情緒比較穩定後，她才把手中的白板筆交付到星羽的手上。不過，星羽還是緊抱世琪不願鬆開，她不想要再把自己的夥伴從懷中推開了。片刻之後，她才漸漸站直身軀，走向兩人留言的中間。

她拔起了筆蓋，那手握的不僅僅是白板筆，還是另外兩人傳承下來的心意。

她抹去了淚水，那個笑容不僅僅表現自信，還是能賦予其他人勇氣的魔法。

她寫上了文字，那些筆跡不僅僅充滿生命，還留下了努力活過足跡的證明。

「……我是劉星羽。原本我以為自己會孤獨一人死去，還好能在最後認識妳們，真的是太好了……藍世琪，簡宇湘……謝謝妳們，帶給我活下去的希望。我會好好堅持下去……我們一起……活到最後一刻……」

在星羽寫完的那一瞬間、在她就凝視完窗戶上文字的那一瞬間，她就轉回身來，甩動著她飄逸的馬尾。

不論是她的兇狠眼神，還是那發自內心的笑容，都在為她的下一句話，推砌著無數情感。

「我們……要一定活到最後喔！」

三位少女，在教室裡站成一排，望著她們寫上的文字。

站在中間的星羽，慎重地向其他兩人牽起了手。彼此的手都牽得很緊、握得很牢。

她們不會再分開了，她們不會再懷疑彼此了。

她們已經下定決心……要一起，活到最後一刻。

「嗚嗚嗚嗚嗚嗚……」希希已經哭到連正常說話都很困難，只能一直拿衛生紙擤著鼻涕：「不行了吶……劉星羽那個笑容……看了會一直忍不住哭吶……嗚嗚嗚嗚嗚……」

↓QQ

↓止不住淚水

↓牽手的背影拍得好讚

↓神作

↓好喜歡看女孩子們互相扶持的感覺

↓希望會是好結局啊……

一切都已經準備就緒，這是少女們最後逃離危險的機會。

她們再次把裝備穿齊，再次握緊了手上的武器。

這一次，她們一定要成功逃離。

「……只有一次機會。」宇湘拿起了自己的手機，按著螢幕設定完東西後回頭問著其他人：「準備好了嗎？」

星羽和世琪都毫不猶豫地點點頭。只要宇湘一動作，她們就絕對會緊緊跟上。

而如此最終決戰般的肅殺氣氛，自然也少不了希希的歡呼。已經回復到正常狀態的她，一直在高喊著：大的要來了、一直期待的就是這個大場面，可見她也期待這一幕很久了。

「……那開始吧。」

宇湘趁著走廊上的喪屍沒注意，打開了窗戶並把自己的手機丟到走廊上。在此同時，手機發出了明顯又響亮的鈴聲，吸引走廊上所有的喪屍並跑向手機那裡！

「趁現在！跑！」

宇湘立刻邁開腳步，並要另外兩人立刻跟上她，趕緊趁著喪屍的注意力都在手機上時離開那裡，並再次前往能到達頂樓的樓梯。在她們逃跑的路線中，還有一隻看起來有些年邁的校工喪屍。宇湘二話不說，藉著跑步的衝刺直接往校工喪屍的頭部揮上一記水管！校工喪屍還來不及成為少女們的威脅，就被宇湘立刻擊倒在地。

簡宇湘如此行雲流水的動作，連希希看了都大呼過癮，一直興奮地上下擺動身體。

「看到鐵門了！不要撞到鐵門！不然警報還會再響的！」

三人跑到了樓梯間前，宇湘趕緊提醒眾人直接穿過敞開的鐵門，以防再次觸發保全系統。她們幾乎拚上性命地往上快速爬樓梯，以前的她們即使為了趕上遲到時間也沒有如此急速地爬過。

這一次沒有任何喪屍阻擋她們，三人成功爬到頂樓鐵門的位置。世琪立刻跑向鐵門前，拿起搜刮到的備用鑰匙串並開始試著哪一把才是這扇門的鑰匙：「我來開門！幫我擋下他們！」

樓梯下層傳出的腳步聲也越來越多、越來越密集。察覺到情況不妙的星羽一直慌張地左顧右盼，想尋找有什麼東西可以拿來用，最後在自己的腳邊找到了好幾捆廢紙以及紙箱等雜物，便搖著宇湘的肩膀：「宇湘！用這些放在階梯上！」

「……好！應該還是可以擋住他們！」

於是星羽和宇湘趕緊把腳邊的雜物都疊在前面的階梯上，疊成了簡易的障礙物。這些雜物不怎麼牢固，但至少能暫時讓階梯不能只用一步的距離跨越上來。如果喪屍還要多花時間爬上階梯，這些多出來的時間就會是少女們反擊的機會。

「吼啊啊啊啊啊啊啊啊啊——！」

伴隨著下層深處吼叫的回音，喪屍們開始瘋狂地從樓梯竄了上來！那些喪屍在樓梯間你推我擠、拚死命也要上樓的模樣，彷彿就像是過年人們搶頭香時的瘋狂，只是喪屍搶的不是神明的保佑，而是活人的血肉。

就在喪屍爬到即將能伸出手抓到少女們的階梯前時，他們爬樓梯的行動卻卡住了！那些臨時障礙物奏效了，喪屍若要接近星羽和宇湘，就必須要用整個身體爬上臨時障礙物，這正好能給星羽和宇湘多一點機會用武器推喪屍下樓！

「不要讓他們上來！推走他們！」宇湘一直用水管對準喪屍的頭顱，把他們推下去。

「走開！走開啊！」星羽揮舞撬棍時還一邊激動地喊著，也不管自己是把喪屍推下去還是把他們的腦袋敲到開花。

沒想到後頭的喪屍趁著宇湘推出水管時，兩手抓住了水管並用力往後拉扯！宇湘反應不及，整個人被拉到身體差點要倒向底下的喪屍群，還好星羽及時反應，拉住了宇湘的手臂才沒有跌進去，只是手中的水管就這樣被拉進喪屍群裡了！

「糟了……世琪！」星羽已經顧不得自己會不會再被險境陷入恐慌，立刻回頭向世琪大聲求援：「宇湘的武器被奪走了！」

「欸？」世琪停下了試鑰匙的動作，看到守在前方的兩人陷入了危機，連考慮都沒考慮就把擺在旁邊的球棒扔給了星羽：「接好！」

星羽伸高了手，成功接住球棒後再一口氣塞到宇湘的手心。宇湘一抓緊球棒，就以雙手握持的方式把要爬上來的喪屍揮打出去！

這傳遞武器的過程如同大隊接力的交棒一樣流暢且精彩，讓希希看了又是尖叫又是激動地搖椅子。

還沒把底下的喪屍全都推回去，星羽就注意到下層樓梯出現了行動迅速的人影。星羽立刻從那人影的裝扮認了出來，是那個之前就遇到過的兜帽喪屍！他一邊吼叫、一邊攀爬著樓梯的護欄，就這樣直接越過了喪屍群來到星羽面前！

星羽來不及反應兜帽喪屍的突襲，被嚇得低頭蹲下。還好很幸運地，兜帽喪屍手臂揮出去只抓到星羽的安全帽，但他依然不放棄，站在臨時障礙物上繼續撲向星羽！星羽只能兩手橫拿撬棍，吃力地抵住他的身體！但是兜帽喪屍不斷對著星羽亂揮雙手，再這樣下去星羽很快就會撐不住了！

還在對付底下喪屍的宇湘，一回頭看到星羽被壓制的情況，果斷地把兜帽喪屍腳下的臨時障礙物用力踹開！臨時障礙物滾到了樓下，兜帽喪屍也失去平衡倒了下來，星羽因此脫離了危機。

不過，兜帽喪屍還沒有放棄，一直掙扎著想要再次爬起身體！這讓星羽再也無法忍受了，她高舉著撬棍，對著兜帽喪屍的頭部硬生生地揮了下去！

「你這個變態！快給我滾開啊啊啊啊啊啊——！」

兜帽喪屍才剛要起身，頭部就被撬棍彎曲的末端擊中，那削尖的末端還嵌進了兜帽喪屍的頭頂，讓兜帽喪屍只能痛苦地怒吼，只能感受從頭頂湧出的血液流到自己面前，只能用布滿血絲的雙眼瞪著星羽不斷顫抖的兇狠雙眼。

星羽一個施力，就把撬棍從兜帽喪屍的頭上拔了出來，至此兜帽喪屍就倒在樓梯上，再也無法構成任何威脅。

這一幕讓希希亢奮到一直呼喊著星羽的名字。還像是電競比賽的播報員一樣，把剛剛星羽殺掉兜帽喪屍的精彩畫面口頭播報出來。

「太精彩了吶！劉星羽趁著變態喪屍還來不及爬起來，就往他的頭上給予一記重擊！變態喪屍根本來不及躲開，腦袋就被劉星羽敲成爛豆花了吶——！」希希還激動到站起來，差點讓直播鏡頭捕捉不到她的臉：「劉星羽終於成功擊殺了變態喪屍了吶！哇嗚——！聊天室的奴僕們！刷一波劉星羽吶！」

聊天室的觀眾們除了響應希希的應援，甚至還有人投放兩千元的紅色超級留言，而超級留言的內容就只有「流星雨」這三個字。

↓流星雨！

↓流星雨～～～

↓／流星雨／　／流星雨／　／流星雨／　／流星雨／　／流星雨／

「……有了！」隨著一陣令人滿意的喀啦聲，世琪終於找到頂樓鐵門的鑰匙，也成功打開了門。世琪趕緊回頭對著其他人大喊：「大家！門開了！快點過來！」

「星羽！走了！」宇湘拉住了星羽的手，立刻跑上樓梯。

「呃？好！」星羽的精神還沒反應過來，但她的腳步已經跟上了宇湘。

少女們在進入頂樓鐵門後，就立刻把頂樓鐵門給關上壓住，世琪還不忘轉著門上的旋鈕把門鎖住。那些喪屍們都被擋在鐵門的另一邊，只能不斷用蠻力撞著鐵門。三人只能用身體死命地壓住鐵門，不讓鐵門有任何被撞開的機會。

她們就這樣一直壓著，一直被鐵門震著自己的身體，一直聽到喪屍的咆哮聲。
也不知道到底壓了多久，也不知道門到底被撞了多久。

如果她們還依然相信著神明，
那她們唯一還能做的，就只剩下祈禱了。

周圍似乎越來越安靜，安靜到少女們可以聽見彼此的呼吸聲。
她們發現鐵門被撞擊的次數越來越稀疏，力道也越來越小。
直到鐵門再也沒有被撞擊、也聽不見喪屍的呻吟聲時，少女們才終於放鬆下來，三個人都累到幾乎都快要疊成一塊了。
「終於……安全了嗎……」星羽感覺一身酸痛，但還是爬起身子巡視著周圍，並把身上的包包放在右手邊的矮牆旁：「看起來……頂樓好像沒有其他的出入口……我們只要一直待在這裡就可以了嗎？」
「要想辦法……弄出求救訊息吧？」世琪也吃力地站了起來，觀察四周的物資情況：「看起來有些垃圾……以及一些廢木板……不過數量看起來沒有很多……如果要用燒濃煙的方式可能要節制一下了……」
「是啊，就用那些東西排出ＳＯＳ優先吧。」宇湘還是一樣坐在原地，把背靠在鐵門上：「不管怎麼樣，我們做到了。」
星羽和世琪都回頭看著宇湘，宇湘露出了笑容。

那是她從未展現過的放鬆笑容，現在終於能展現給她們兩人看了。

「嗚……」世琪看到這樣的笑容，反而控制不住自己的淚腺，又開始哭了出來：「我們……真的可以活下來了嗎……」

「是啊。」宇湘滿意地看著天空，輕輕吐了一口氣：「我們做到了……多虧有妳們……」

也許是心中滿懷著感激，又或是單純地想讓情緒有個依靠，世琪跑到了宇湘那裡，依偎到她的旁邊繼續哭著。而宇湘也只是維持著她的笑容，環抱著世琪並拍了拍她的背。看到這畫面的星羽也忍不住淚水，她也在世琪和宇湘面前蹲了下來，展開雙臂抱住她的夥伴們。

「太好了……真的一起活到最後了呢……」星羽臉上的笑容就像是卸下了重擔一樣，只剩下滿滿的滿足：「我會一直跟妳們在一起……再也不會分開了……」

鏡頭慢慢地從互相擁抱的三位少女慢慢拉遠，並慢慢淡出到黑畫面。伴隨著黑畫面以及結尾的音樂，也是與開頭同一名女孩子——劉星羽的獨白。

「我們終於安全了。」

「等到我們的求救訊息被發現、有直昇機過來接我們時，已經是好幾天後的事情了。食物幾乎都被吃光，大家也好像都有些脫水。不過我們還是成功撐到了最後一刻，成功逃離那可怕的地方了。」

「今後，我也會一直跟世琪，還有宇湘活下去的。」

「因為……我們已經說好了，要一起，活到最後一刻。」

隨著獨白的結束，黑畫面的中央也顯現著「劇終 The End」的白色字樣。偷偷用衛生紙擤著鼻涕的希希才賣力地鼓掌，連聊天室的觀眾們也都刷起了鼓掌的表情符號，反應非常熱烈。

「……太好了吶！她們都活下了吶！」希希還沒把臉上的眼淚偷擦完，就發現在片尾名單旁還放著幕後花絮：「欸！等等！好像還有東西吶！」

在幕後花絮，大部分都放著劇組們討論、休息或是嬉鬧的日常。有把攝影師套上畫了耳朵的大字報頭套，有女學生咬住男學生的肩頸後還俏皮舔著嘴唇與牙齒，還有不少劇中的主角少女三人組對著鏡頭比YA的畫面。而在這些幕後花絮中，有些畫面還特別吸引了希希以及聊天室觀眾的注意。

像是那位對藍世琪心懷不軌的倖存者演員一直ＮＧ，還對著飾演世琪的女同學鞠躬道歉，如此反差的表現讓希希被逗笑了一下。

「欸？那個是變態嗎？哈哈哈！結果演變態的一點都不變態吶！這麼有禮貌，害希希都有點不好意思剛剛一直都在罵他了吶！」

↓原來是紳士

↓名為變態　實為紳士

↓他動作也很矯健耶　變喪屍時一直在跳來跳去

↓很緊張啦　演那段時一直在ＮＧ還好順利拍完了

或是那位演破門的女學生喪屍，卸下喪屍裝後穿回平時略顯成熟的私服，還抱起了那兩個小女孩喪屍，一副慈母模樣，欣慰地將她們抱進懷中。

「她？她是媽媽？她是這兩個小女孩的媽媽嗎？騙人！看起來也太年輕了吶！」

↓結果是人妻？

↓賴優香　飾演　女學生喪屍

↓唔喔喔喔喔喔喔喔

↓還有這好事

↓太太我喜歡妳啊

↓集合啦！曹氏宗親會！

當然還少不了，飾演劉星羽的女同學在對著鏡頭比YA的畫面。那瞇起的兇狠眼神、活潑的燦爛笑容快要把希希給整個人融化了。

「劉星羽——！呀呀呀呀呀呀——！她怎麼這麼可愛吶！」

↓婆爆

↓這笑容是要甜死誰

↓我的心臟

↓她有粉專嗎

↓/流星雨/　/流星雨/　/流星雨/　/流星雨/　/流星雨/

直到片尾名單跑到了最後一行：

感謝您的觀看
——欣明高中電影研究社

希希與聊天室就再次鼓起了掌，對這半小時左右的視覺饗宴感到很滿意。之後希希就把直播畫面切回到平時的配置，繼續跟她的觀眾們互動。

「嗯呀——！」每當希希破完了一款遊戲或是看完一部作品後，都會這樣伸起懶腰：「好棒吶……感覺這半小時過得很快吶……希希真的很喜歡這部微電影吶！可以感受得到他們社團是真的很用心在他們的作品上面吶！希希最喜歡三位女主角牽手看著窗戶文字的那一段，還有劉星羽用撬棍尻爆那個變態喪屍的頭那一幕吶！今天的這部微電影，各位奴僕們喜歡嗎？」

↓喜歡

↓以學生作品而言　能做到這樣真的很厲害了

↓特效60分　劇情70分　演技80分　情感100分

↓我覺得厲害的是　她們演技沒有很尬　也沒有很棒讀

↓流星雨的演技太鬼了

↓演喪屍的不知道在拚命什麼　笑死

↓這真的只是高中生的作品嗎

↓他們有自己的影片頻道嗎

↓國家的未來有救了

↓我也喜歡手牽手看留言那段
↓我喜歡丟棒球棍到黑長直手上接力攻擊的那段

「哈哈哈！對吶！他們到底是怎麼找到演喪屍的人吶！」希希還在跟觀眾聊天時，突然又想到了什麼事情般大聲驚呼：「啊對！那個！等等進入雜談環節之前先跟各位奴僕說一下，希希這一次會把這部微電影《學園大災變》的連結放在直播的資訊欄吶！連結正好也是他們社團的頻道，可以的話多多支持他們吶！希希也打算要把今天所有收到的超級留言收入分一半給他們社團，作為支持他們社團的贊助，也感謝電影研究社為我們帶來這麼精彩的作品吶！希希在今天最後也會同樣進入讀超級留言的環節，奴僕們今天的斗內，希希也會照常去唸吶！」

在希希公布完後，聊天室彷彿就跟私底下說好的一樣，開始陸續送出超級留言。金額有從三十元到兩千元都有，而留言多半都很有默契地寫著「全票一張」、「全票一張　附爆米花可樂套餐」、「我跟我女朋友一張全票一張優待票」諸如此類的內容。

「哈哈！你各位奴僕動作也太快了吶！」一看到自己的觀眾們非常熱情也非常踴躍，希希大概笑到就算用液壓機也很難把嘴角給壓下去了：「為什麼我還看到有人斗兩千元說是電影票一張吶！希希不記得現在看電影要這麼貴吶！哈哈！沒關係！希希等等到最後還是會都唸一遍吶！欸！哪個傢伙說希希今天像剪票員的！出來！希希絕對會把你給打扁吶！哈哈！」

總覺得，這一切事情的發展，都快要比我拍的作品還要誇張了。

我們電影研究社的作品《學園大災變》，自從授權給 VTuber 希希，並讓她在寒假期間直播著我們的短片後，我們頻道的短片瀏覽數量便開始爆炸性地增長。到目前為止，這部短片的瀏覽次數竟然已經達到了三萬次以上。子誼學姊說這大概是我們社團的頻道創立以來，作品的瀏覽次數達到最高的一次。寒假的時候，我都一直在看著短片底下的留言，大部分的網友都對這部短片讚賞並給予肯定……看著這些支持的話語，讓我覺得從加入電影研究社開始發生的一切，都太不真實了。

不過要說不真實，恐怕阿健的感覺會比我更強烈吧。自從他知道這部短片在希希的直播上播出後，他就一直覺得自己是在做夢，還不停問我為什麼可以神通廣大到連希希都認識。一想到他自己能出現在希希的直播上，彷彿他這輩子都已經值得了。我好奇問著他會後悔當時戴口罩拍戲嗎？他只是不斷咳嗽，一邊說我都沒有在短片裡露臉了，他也不會只顧著自己出風頭。我知道很講義氣的他一定會這麼說，但根據我對他的瞭解，他大概會一直捶心肝，後悔當時的自己為什麼要戴口罩演出吧。

我呢……也必須要習慣這不真實的感覺了。自從寒假結束回到學校，同學們看到我都只會叫我「張導」或是「栗導」，看到小瞳也只會叫她「劉星羽」，彷彿已經忘記了她本來的名字一樣。這讓我感覺很不好意思，一直都在躲避大家看過來的視線。小瞳的朋友們還問著她有沒有想要出道的打算，她也只是笑了下說還沒想這麼多……不過，能在寒假結束後再次看到小瞳以往那樣的開朗笑容，心中被像是巨石壓住的感覺總算是可以好好放下了。

而子誼學姊，她很高興地跟我們表示，有不少同學都在詢問電影研究社，說不定在下學期一開始就會有更多新的社員加入我們。而她的漫畫研究社社長朋友更是給她下了份挑戰書，要在明年的社團成發再次決一勝負。不知道子誼學姊有沒有答應就是了，不過她若是還想要繼續寫劇本的話，至少她不用再費心思煩惱電影研究社會不會又面臨廢社危機了。

至於妙妙學姊……她大概是受到了希希直播影響，當時聊天室有不少人都說她演的角色像是劍道社的主將什麼的……於是從開學的第一天起，她就帶著一把竹劍背在身上，還自稱是「劍與兵器的天才」。不僅如此，她還把我當作是她的隨從寵物，開始稱呼我為「忠栗丸」……我想我大概永遠都無法瞭解妙妙學姊到底在想什麼吧。

現在……這位讓我們電影研究社每個人生活劇變的關鍵人物，也就是首映當天興奮到不行的那位長捲髮女同學，正站在我們的社辦裡，從她的皮包拿出了好幾張白花花的千元大鈔。

「喏！拿去吶！」長捲髮女同學看起來心情很好，用兩手把鈔票遞到了我面前：「這是說好的分成，六千五百元吶！」

「欸？這……這個……」

看到這麼多錢在我面前，讓我的腦袋瞬間停擺……沒想到我們的作品可以透過希希的直播賺到這麼多錢，已經比社團成發的第一名五千元還要多了。我不知道到底該不該真的要收下這麼多的錢，一直回頭想要跟學姊們求救……

「好好收下吶！一開始都說好的不是嗎？」長捲髮女同學似乎看到我在猶豫，很誠懇地說：「我爸爸……不對！我經紀人說，跟合作對象答應的事情就一定要確實執行才行吶！畢竟我的直播也是因為有這樣的活動才能收到這麼多斗內，所以我也必須要把誠意表現給活動的合作對象才行吶！」

「這……這樣嗎……」

我還是有些猶豫，回頭看了下子誼學姊。直到看見子誼學姊對著我微笑點點頭，我才放下猶豫，幾乎以九十度鞠躬的姿勢收下了錢：「謝……謝謝！因為有妳的直播，我……我們社團的作品迴響才會這麼熱烈！」

「哎喲！這沒什麼吶！」長捲髮女同學整個人神氣了起來，雙手抱胸還把她的腰扭向了另一邊：「我可是超人氣 VTuber 吶！小意思小意思！」

「哈哈……是……是啊……」

我還是把收到的錢交給了子誼學姊，畢竟由社長去決定這些資金的運用也比較合適。子誼學姊首先想到的是終於可以付給阿健一家人以及兄妹檔臨演費用了，也是為了感謝他們不厭其煩地幫忙拍戲。而妙妙學姊則是打算把剩下的錢先好好存起來，除了購入新道具能用得著，以後若有新社員加入也能再辦場迎新聚餐，跟新社員培養感情的同時還能犒賞我們自己，真不愧是精打細算的學姊們呢。

小瞳呢？她似乎對長捲髮女同學還有些陌生，所以都不太敢加入對話，窩在角落滑著自己的手機。感覺長捲髮女同學也一直在偷看小瞳那裡，不知道是因為好奇還是想更瞭解飾演「劉星羽」的演員。怕小瞳緊張的兇狠眼神會再次嚇到長捲髮女同學，於是我搶先搭話：「對……對了，希希……」

「噓！噓噓噓！」長捲髮女同學氣急敗壞地阻止我繼續說下去，還把食指比在自己的嘴巴上：「在現實世界不可以這樣叫我，會暴露啦！叫我可可就好了吶！」

「喔……好好好……」我被嚇到差點忘記原本要說什麼，努力回想一陣子才繼續把話接回來：「那……那個……可可……我只是想說，這個世界真的很小而已……我……我完全沒有想到妳竟然會是人氣VTuber。雖然我沒什麼在接觸，不……不過我有朋友是妳的忠實觀眾，也是在他的介紹下我才看過妳的頻道……只……只是我萬萬沒有想到……竟然就真的這麼巧……遇見了妳本人……」

「哈哈！就說過了！我可是超人氣VTuber！你身邊會有人看過我的直播也是很正常的吶！」自稱可可的長捲髮女同學又把神氣掛回到自己的臉上：「啊對！我這星期週末有要開歌回，提醒你的朋友一定要準時收看吶！」

「歌回？」我還來不及回答，小瞳就非常大聲地搶問問題。她就像是一隻看到多汁肉排的大狗狗，兇狠的眼神都在閃閃發亮：「妳會唱歌嗎？會唱什麼歌呢？」

「咦？」可可面對突然的提問感到有些錯愕。不過在她看到是小瞳發問後，她也像是看到了可愛的大狗狗般一臉興奮：「這個……這個……我當然會吶！我非常喜歡聽日文歌，所以大部分都會唱日文歌吶！這次我大概會挑戰唱一下……〈名為心靈的無解〉這首歌吧？」

「〈名為心靈的無解〉？」小瞳幾乎快要尖叫了起來，直接從角落飛越我這個障礙到可可面前，還激動到握起她的手：「那首歌很難唱唷！副歌的地方一直都在高音，還要吶喊得很有力道唷！」

「對呀！因為……因為我真的很喜歡這首歌，所以也想要用自己的想法去詮釋這首歌吶！」可可越講越興奮，不知道為什麼還有點臉紅了：「那個……劉星羽！我很喜歡妳的演技吶！我一直都被妳的演技感動了好幾次吶！週末的時候……妳可以也來看我的直播嗎？我一定會把這首歌好好地唱給妳聽吶！」

「可以！我一定會！一定會去看妳的直播唷！」

小瞳高興到一直握著可可的手原地跳著，她的臉上又再次展現了那無比燦爛的雀躍神情。我原本就想要介紹可可這個好觀眾給小瞳認識，沒有想到她們竟能如此迅速地成為朋友……能再一次看到小瞳這樣重拾活力真的是太好了。

「加油吶！」可可準備離開我們的社辦，她就像是在遊樂園玩到非常盡興的孩子，滿足地向我們揮揮手：「我會期待你們的下一部作品吶！」

我們所有人也熱情地向她揮揮手道別，感謝她如此支持著我們社團。說真的，不論是可可，還是支持的網友，能聽到他們說出「期待下一部作品」真的會很滿足。我想全天下的創作者應該都是這樣吧……期待著自己的作品能得到肯定，也期待著自己的創作之路能繼續得到認可。

我還在望著社辦的門口發呆時，肩膀就被竹劍敲了一下，讓我嚇得整個身子都抖了起來。我帶著錯愕的神情回頭，只見拿著竹劍的妙妙學姊一臉嚴肅，好像我做出了什麼可怕的事情一樣。

「忠栗丸，老實招來。你到底還認識多少個奇形怪狀的朋友？」

「學……學姊！別把我講得跟外星人一樣啦！」

社辦又再次充滿了大家的笑聲，又再次回到了以往的愉快氣氛。不管怎麼說……能看到電影研究社回到熟悉的模樣，那實在是再開心不過了。

趁著放學時間，我們電影研究社再次回到了最後一幕的場地，也就是學校的頂樓。眼前的天空逐漸昏暗，遠處那些大樓的燈光也逐漸明顯，就像無數琥珀嵌在晚霞的帷幕上。

「學姊，我們還能來頂樓嗎？不是已經把鑰匙還回去了嗎？」小瞳以背對靠門的方式關上了頂樓的鐵門。

「放心吧。我已經跟老師說，我們電影研究社還要來這裡整理東西，所以就再借到鑰匙了。」妙妙學姊把竹劍搭在肩上，大搖大擺地往前走。

「整……整理？那時候拍完戲時不是已經整理完了嗎？還要整理什麼？」我不解地問道。

「整理心情。」

妙妙學姊就這樣踏著隨意的步伐走到頂樓邊緣，把身體靠在矮牆上，開始看著眼前還沒沉入黑夜的景色。

「呵呵，沒關係的。」子誼學姊也立刻上前。她回頭招呼著我們，還是那樣帶著瞇瞇眼的溫柔微笑：「來吧，反正也就一下下。」

我和小瞳互相對視了一下，小瞳回給我開朗的笑容，似乎是要我別顧慮太多了。

「好唷！」小瞳很有精神地回答子誼學姊，又跑又跳地跟了過去。我也只能扔下了多餘的猶豫，走到了小瞳的身邊。

我們四人就這樣排成一排靠在邊緣的矮牆上，一起享受著眼前的晚霞與街景，一起享受著城市的白噪音，一起感受冷風吹拂著自己的頭髮。

透過這些感官的享受，讓我的心靈開始慢慢沉澱下來。

我當然明白，大家會想要在這時候整理心情的意義。

這陣子發生了太多事情。從無緣獲得社團成發的人氣獎，到短片作品在網路上竄紅。心情就像是在坐雲霄飛車一樣刺激，但是也需要好好緩和一下……

一旦靜下心來，就會想到未來還有許多挑戰要一起面對……社團下一次的作品，是否還能保持這樣的水準？要是有更多人加入，社團是否還能維持這樣愉快的氣氛？一旦學姊們畢業，我們是否還能像學姊們一樣撐起整個社團？我想……總有一天，還是要認真面對這些問題吧。

「……妙妙學姊。」在思考心中那些問題時，我想起了社團成發那天最後妙妙學姊說過的話。於是我好奇問了一下她：「妳……妳還會覺得遺憾嗎？」

「當然遺憾啊。」妙妙學姊回答得很快：「再怎麼說，我還是會希望能在社團成發的最後留下美好的結束。」

「嗯……」

「但也就只是那樣子了。」妙妙學姊把竹劍用力往自己的後頸敲了幾下，敲出了響亮的聲音：「雖然我還是覺得忠栗丸有一堆奇怪的朋友很不可思議，不過我真的要說，如果我們只是隨便應付社團成發，那個 VTuber 也不會如此欣賞我們作品，我們的短片也就不會在網路上被這麼多人看見了。」

妙妙學姊轉頭過來看向我。一直以來，她都是用著冰冷的視線看人，不過這一次好像有點不太一樣……她的眼神就好像在演最後一幕的「簡宇湘」時，那如釋重負的感覺。

「知道嗎？我雖然遺憾，但我從不後悔。能身為這個電影研究社的一員畢業，我很榮幸。」

「我……我也很榮幸能跟學姊一起合作！」

聽到妙妙學姊講出這樣的真心話，我也把心中的感激喊了出來，她才滿意地點點頭，露出了彷彿是行走江湖的前輩終於可以把精神傳承下去的神情。

「我也是唷！」小瞳不但喊得比我大聲，還講出了心中的不捨：「就算……就算學姊畢業了，沒辦法很常看到學姊……我也會把在社團裡跟學姊的點點滴滴都好好記在心裡唷！」

「別這樣嘛，又不是以後都無法見面了。」總覺得妙妙學姊還想耍帥一下，把竹劍敲到地上當枴杖使：「只要電影研究社沒有倒掉，即使上大學我也會常常回來看你們的。」

「真的嗎？一定要回來看唷！」小瞳高興到抓住我的肩膀一直跳著，好像快把我當成了跳箱一樣。

「……妳還要回來？」子誼學姊倒是對著妙妙學姊鼓起了臉頰：「妳只是想回來吃我的煎餃吧？」

「我是這樣的人嗎？」

我和小瞳都被學姊的鬥嘴逗笑了，理虧的妙妙學姊也只能一直拿竹劍戳著子誼學姊的腰。

「那妳呢，子誼？」妙妙學姊邊戳邊問著：「下一個作品的劇本，妳有什麼想法了嗎？」

「這個嘛……」子誼學姊把竹劍拍掉以後，才摸著自己的嘴唇：「可能……下一次就不會是我寫的劇本了。」

「咦？為什麼！」我對子誼學姊的回答感到很錯愕：「學姊的劇本明明就很不錯啊！」

「呵呵……不是啦。」好像我的反應太過激動，讓子誼學姊掩住了嘴笑了一下：「我的意思是說，如果之後有新社員想要寫劇本的話，那我也要給他們嘗試的機會呀。這樣的話，我就只會在旁邊指導而已喔。」

「原……原來是這樣……」我給自己嚇了一跳，還以為子誼學姊是想放棄寫劇本了。

「不過呢……如果到最後還是要我寫劇本的話，那我大概還是會再寫喪屍主題的劇本喔。」子誼學姊講得很有自信，似乎在她腦海裡已經有了打算。

「學……學姊真的很喜歡喪屍題材的故事呢。」

「當然喜歡呀。在末日時的求生、喪屍的危險、人性的掙扎……每次做白日夢都會想到很多喪屍末日的故事，怎麼想都不會膩呢。」看來子誼學姊真的很喜歡這個題材，講到她的神情都快飛舞了起來：「只是……要是下次還是我寫劇本，那就真的要跟漫研社再次對決了。如果想要贏過她們，那我應該會安排一些變化讓劇本更精彩吧。比如說……小瞳這次就要演壞人！」

「欸？我嗎？」小瞳害臊地一直搖頭甩著自己的馬尾：「我不行啦！我又沒做過壞事！演壞人會演得很不像唷！」

「妳……妳沒問題啦……」我毫不思索地講出：「社團成發那天，妳……妳兇起來的樣子就很可怕啊……」

「你還敢說。」小瞳直接踢了一下我的小腿。

「哎喲！」

這次換學姊們被逗笑了。不過子誼學姊似乎是認真想要讓小瞳嘗試不一樣的戲路，她還有話想說：「小瞳，如果妳願意的話，我是真的會安排一個壞人或反派角色給妳。況且，壞人也是有許多不同種類的。有那種只是想使壞、只是想惡作劇的單純壞蛋，也有那種做盡壞事就只是為了復仇、為了撫平心中傷痕的悲劇反派喔。」

「沒錯，而且不一定要做過壞事，拿過往的經歷去作聯想也可以。」妙妙學姊把竹劍打到我的肩膀上，又露出了神祕的詭笑來洗腦小瞳：「小瞳妳來想像一下。假如這隻忠栗丸在社團成發那天消失後就再也沒有出現，也就不會有 VTuber 來找我們談合作的事情。不僅如此，這傢伙竟然還在網路上散播謠言，說都是我們這些人在扯後腿，他拍的作品才沒辦法得人氣獎。於是我們社團被搞得烏煙瘴氣、七零八落。結果這渾帳做的一切都被妳給知道了，而他現在就在妳面前……妳會怎麼做呢？」

「喂！學……學姊！」

我有點不安地看向小瞳，也不知道她到底會不會對我大罵還是崩潰大哭，甚至是甩給我一巴掌。結果……在她深呼吸了一口氣後，她什麼也沒有做，就只是一樣站在原地，把雙手擺在她的腰後。

她的反應比想像中的還要來得平靜，但我卻感受到無比的壓抑，就連嚥下口水都非常困難。我不知道為什麼……她臉上那一抹微笑讓我的頭皮一直在發麻，她那兇狠的眼神彷彿還能直視著我的靈魂，讓我沒辦法逃離。

「你覺得我會怎麼做呢，張誌宣？」

「嚇？」

我被嚇到倒吸一口氣，卻又感覺吸不到任何空氣……

好可怕……為什麼小瞳可以表現出這麼危險的模樣？在她兇狠的眼神裡確實藏了許多情感，但我卻看不出來現在的她到底是心碎還是心痛……甚至是，她的心早就被摧殘殆盡了……

我只想逃離這個危險……但我的腳卻不聽使喚，彷彿被她的眼神緊緊盯死了……再這樣下去，我會被這壓抑感掐到喘不過氣的。我只能立刻大喊些什麼來中斷這個表演：「好了啦！別……別把我加上什麼奇怪的設定啦！」

「……噗。」

小瞳把頭撇了過去，終於忍不住笑了一下，我才擺脫壓抑感，呼吸到周圍的空氣……真的很怕要是再繼續下去，我會開始想像自己會不會被利器刺進心臟，或是更多可怕的後果……

學姊們都在拍手稱讚著小瞳的演技，讓小瞳不好意思地吐了下舌頭。而我……我當然知道小瞳的演技一直以來就是這麼厲害，只是這一次的表演又讓我有了更不一樣的感受，讓我在腦中開始產生了無數分鏡，開始想像著這樣的小瞳會給觀眾什麼樣的感受。早知道剛剛就該拿出手機，把表演時的小瞳拍下來了……

「小瞳妳做得很好，忠栗丸嚇到身上的毛都快掉光了。」妙妙學姊玩得很愉快，還一直拿竹劍敲我的肩膀。

「學姊！我……我真的哪一天會被妳玩壞掉啦！」我沒好氣地推開竹劍。

不過當我再把視線對回小瞳身上時，她又只是一語不發地看著我……是還沒從剛剛的情境脫離嗎？我忐忑不安地問了一下：「怎……怎麼了？」

「那你呢，小栗？」小瞳用手梳了一下被風吹開的頭髮：「你還會……繼續在這個社團嗎？」

「……嗯？」

我是沒有再感受到壓抑感了，不過那兇狠的眼神在注視我時好像還偷藏著某種感覺。

好像她只是想確認什麼，只是在期待著我的回答是否與她的心意一致。

「我……我當然會留下來。」我把頭轉向夜景的方向，怕自己看著小瞳說話會越來越緊張：「我還想要繼續拍出作品，再拍出下一部經典鉅作，所以我一定會留下來。而……而且……我想要讓拍攝出來的影片品質更好，所以我會開始存錢或是打工看看……因為不論是去買新設備的或是去攝影器材店租設備都會需要錢，為了以後要拍出更好的經典鉅作……我也會繼續努力下去的。」

這是當然的。我的夢想好不容易開始實現，好不容易找到志同道合的夥伴。我甚至還找到了夢寐以求的女主角……所以，我會繼續努力，繼續打造出經典鉅作，繼續將心中的感動化為鏡頭語言，並將這份感動傳遞下去。

講完之後我才回頭，看到了站在晚霞下的小瞳。在聽到了我的答案後，她的神情就漸漸開朗起來。微風吹拂著她的馬尾，讓這幅美麗的景色描繪出更動人的輪廓。

「……我也是唷，小栗！」

她輕輕地倚靠在矮牆上，露出了一個完全在我意料之外的笑容……原本我以為，小瞳會像往常一樣做出像活潑大狗狗般的開朗反應。沒想到，她只是微微地笑著……一個很坦率、很真誠的笑容。那笑容中滿溢的幸福感，讓我看得連眼睛都忘了眨。而當我察覺到她的目光正直直地望向我時，我才發現……自己似乎不再怎麼害怕她的兇狠眼神了。

「我最喜歡演戲了！也最喜歡大家了唷！」小瞳看著我，大聲喊出了這句話：「所以我也會繼續留下來唷！」

「……嗯！」

我用力地點點頭。能能看到小瞳如此幸福的笑容，感覺一切的辛苦和勞累都值得了。

「好啊。既然學弟妹們都這麼認真，那我也不能漏氣啊！」

妙妙學姊不知道為什麼燃起了鬥志，對著眼前的夜景比出了竹劍，好像自己是要征服大海另一端的海盜一樣。

「我是簡妙妃！電影研究社的大家！謝謝你們！你們最讚了！從今以後！我也會繼續打造完美的作品！讓世界上所有人都為我的作品感到驚豔吧！」

「呵呵呵，那我也要！」

子誼學姊把雙手比在自己嘴巴前，也對著夜景大喊著心中的期許。

「我是藍子誼！妙妙！小栗！小瞳！謝謝你們！讓我有機會實現夢想！今後我也會一起加油寫出好故事的！」

「換我！換我唷！」

輪到一直活潑跳著的小瞳，在她大喊的時候還把身體往前彎，對著晚霞大喊著感激。

「我是劉語曈！能加入電影研究社真的太好了唷！小栗！謝謝你！子誼學姊！謝謝妳！妙妙學姊！謝謝妳！最喜歡大家了！我也會繼續加油！盡全力演出唷！」

「欸？那……那我……」

現……現在是每個人都要喊一下嗎？沒辦法了，只能豁出去了……

「我……我是張誌宣！我還要繼續拍出下一個經典鉅作！妙妙學姊！謝謝妳用特別的方式指引我們前進！子誼學姊！謝謝妳如此溫柔地照顧我們！小……小瞳！謝謝妳！妳是我心目中最棒的女主角了！」

我一口氣把所有心中的想法都喊了出來，只是沒想到喊完之後，周圍卻開始寂靜了下來。我疑惑地轉頭看著大家，妙妙學姊和子誼學姊都愣住了沒有說話，而小瞳不但瞪大了她那兇狠的眼神，臉還越來越紅……

「怎……怎麼了？」

我不解大家的反應，一直轉頭問著她們。只見子誼學姊驚訝地用雙手遮起自己的嘴巴，連妙妙學姊都一臉震驚地對我比出了竹劍：「少年啊！你知道你剛剛的那句話是什麼意思嗎？」

「欸……我？」

我再轉頭看向小瞳。即使是在晚霞的夜空，也能看得清楚她那紅通通的臉。她還輕輕地抿著嘴唇，那兇狠的眼神也一直想往我身上移開卻好像又移不開來……看到她那樣的反應，讓我慌到心臟都快跳出來了。

「我……我到底說了什麼啦！學姊！」

我大概也害臊得臉都紅了，只能大聲詢問學姊以掩飾自己的慌張。結果子誼學姊一直在遮住嘴巴憋笑，妙妙學姊還不放棄玩弄我，繼續用竹劍戳我的腰：「你講了什麼居然忘記，結果你還是想始亂終棄嘛。」

「不是啦！我……我是講真心話！但是不是妳們想的那樣啦！真的啦！」

我一直想撥掉竹劍，結果還來不及回頭對小瞳好好解釋，她好像就先被逗笑了，還一直捧著肚子笑得很用力。

「呵呵……哈哈哈哈哈！真是的！你們在幹嘛啦！」

不知道她是因為想要掩飾剛才的尷尬，還是真的看我就像被關在籠子裡一直被手指戳的花栗鼠才會笑成這樣。不管怎樣，還好小瞳就這樣笑了出來。不然我真的不知道剛才要怎麼面對臉紅的她……

在最後子誼學姊跟妙妙學姊講完悄悄話，妙妙學姊才終於停下了竹劍。也不知道學姊她們到底在講什麼，講完後她們倆就只是一直在偷笑著。

「小瞳！妳想成為女主角，就得先通過我們的考驗！」妙妙學姊又不知道在裝模作樣什麼，把竹劍比向了小瞳：「來吧！即興演出！喜怒哀樂的『樂』！」

「欸？現在嗎？」小瞳不知道為什麼又臉紅了起來。

「沒錯！來吧！」

「什……什麼啦！」我一直來回看著學姊們和小瞳，完全搞不懂她們現在要演哪一齣：「妳們又想要做什麼？」

小瞳這一次沒有深呼吸。

她只是又笑了起來，然後又像個高興的大狗狗一樣往我這裡猛撲過來再緊緊抱住我，害我差點重心不穩往後退了幾步。

等我把腳步站穩後，小瞳才抬起頭，望著我開心地大喊。

「太好了！小栗！我們真的拍出經典鉅作了唷！」

……咦？

這一次，小瞳是在演戲嗎？還是說，這是她的真心話呢？

算了……不管了，是不是在演戲都無所謂了。

看到她那幾乎快要照亮晚霞的燦爛笑容，還有那笑到快瞇起來的兇狠眼神。

反正……我只要知道，她的笑容的確能帶給我力量……那就夠了。

「……嗯！太好了！」

後記

嗨！大家好！

我是洛米，這是我第一次用這個筆名發布作品。筆名其實沒有什麼特殊涵意，純粹只是正職工作時，同事們嫌我的英文名字Jeremy三個音節唸起來太麻煩，所以就一直用洛米來稱呼我罷了。

這是我人生中第一次出書，實屬難得寶貴的經驗。能完成接近十四萬字的輕小說，我自己都覺得不可思議。所以首先我要感謝的，是購買本書的各位。謝謝你們！希望各位會喜歡這部輕小說，它融合了演戲、校園、青春與喪屍要素。每一個要素都是我喜歡的題材，於是我嘗試將這些要素融合成一部作品。希望這樣融合的結果能讓大家的閱讀體驗感到滿足。

接著，我要感謝秀威出版社以及我的責任編輯劉芮瑜。若是沒有得到劉編輯的賞識，我是絕對不可能有現在這樣的出版機會的。也謝謝出版社以及劉編輯在準備出版的這段期間，不斷對這部作品進行打磨。能得到這樣的合作機會，真的非常感激。

再來，我要感謝再一次跟我合作的繪師咪婭。我很喜歡她的作品，上一次我參加「巴哈姆特BOT比賽」的作品《Crystal小晶》，角色形象也是拜託她繪製的。能讓我嘔心瀝血的作品以我喜歡、想要的方式好好包裝起來，沒有比這更令人振奮的了！

我一直都很喜歡講故事。無論是在我人生中的親身經歷，還是在我腦海裡的天馬行空，我都希望能抓住每一個機會好好分享，並從聽眾的回饋中獲得滿足與共鳴。我想這也是為什麼，我的夢想是成為一名獨立遊戲開發者。我希望能透過遊戲這種獨特的媒介，來將內心的故事以更生動、更深刻的方式呈現，讓故事的感動永遠刻印在玩家心中。

這一次，我是因為看了《act-age 新世代演員》這部作品後後久久不能自已，憑著心中的感動與激情開始寫了這部作品。但我也知道，只憑一時的衝動是很難把一個故事給好好完善的。我希望自己創造出來的人物，可以活躍在他們身處的世界，可以見證到自己故事的結尾而不會留下遺憾。在懷抱著這份信念一點一滴的累積之下，我終於完成了這部作品。我終於，能將心中的感動好好地、完整地分享給大家了呢。

同時，我也希望能藉由這部作品，向全天下的創作者們致上深深敬意。我衷心祝福每一位創作者，就像這部作品裡的電影研究社一樣，都能順利完成自己夢想的經典鉅作，都能將心中的感動分享出去。

願我們傾注的創作心血，能在這個世界上永遠地留下足跡。

最後，這部作品其實埋了很多動漫電影遊戲等等作品的彩蛋在裡面呢！有興趣的各位不妨可以再找找看，看看故事裡面到底致敬了多少作品喔！

再一次，謝謝大家的支持。

如果我還在創作道路上的話，我們有緣再會。

要冒險9　PG3117

要有光
FIAT LUX

大災變開麥拉！

——我的女主角眼神很兇，演技卻誇張地強!!?

作　　者　洛　米
繪　　者　咪婭 Miya
責任編輯　劉芮瑜
圖文排版　黃莉珊
封面設計　嚴若綾

出版策劃　要有光
發 行 人　宋政坤
法律顧問　毛國樑　律師
印製發行　秀威資訊科技股份有限公司
114台北市內湖區瑞光路76巷65號1樓
電話：+886-2-2796-3638　傳真：+886-2-2796-1377
http://www.showwe.com.tw
劃撥帳號　19563868　戶名：秀威資訊科技股份有限公司
讀者服務信箱：service@showwe.com.tw
展售門市　國家書店（松江門市）
104台北市中山區松江路209號1樓
電話：+886-2-2518-0207　傳真：+886-2-2518-0778
網路訂購　秀威網路書店：https://store.showwe.tw
國家網路書店：https://www.govbooks.com.tw
總 經 銷　聯合發行股份有限公司
231新北市新店區寶橋路235巷6弄6號4F
電話：+886-2-2917-8022　傳真：+886-2-2915-6275

出版日期　2025年4月　BOD一版
定　　價　390元

讀者回函卡

Printed in Taiwan

國家圖書館出版品預行編目

大災變開麥拉！——我的女主角眼神很兇，演技卻誇張地強!!? / 洛米著. -- 一版. -- 臺北市：要有光, 2025.04
面； 公分. -- (要冒險；9)
BOD版
ISBN 978-626-7515-41-9 (平裝)

863.57 113020769